涼宮ハルヒの陰謀

谷川 流

角川文庫
21556

目次

プロローグ

涼宮ハルヒがおとなしい。

憂鬱そうでも溜息を漏らすわけでも、実を言うと退屈そうにも見えないのだが、ここ最近どこか奇妙な静けさを感じさせ、その正体不明なおとなしさが俺なんかにはけっこう不気味だ。

もちろん、ただ物理的に静かにしているわけではなく、ましてや情緒的におしとやかになったわけでもない。すでに形成された性格をちょっとやそっとで変えちまうほどハルヒは自分に疑いを持っておらず、大体そんなことになったらまた俺が困るハメになりそうなので今さら矯正してやろうとも思わないが、何というか、年中放射しているだろうキルリアン写真的なオーラが燃えさかる赤から橙色に変色しているような微妙なおとなしさをまとわりつかせているのである。

クラスの連中で、こいつの雰囲気がいつもと違うなどと気づいているヤツは一人か多くても二人だろう。そのうちの一人が誰かは確実に名指しできる。つまり俺だ。入学以来俺の背後に居座り続け、放課後になっても面を付き合わせているおかげで気づけたようなもんだから俺以外の誰も気づかなかったとしても無理はない。おとなしいとはいえ森羅万象に向かって挑戦し続けているような目つきは健在だし、いったん動き出せば満足するまで止まらない行動力もそのままだし。

先月の終わり頃におこなわれた校内百人一首大会では惜しくも二位に止まったが、今月の頭にやった校内マラソン大会では堂々の優勝を飾り、ちなみに百人一首の一位は長門、マラソンの二位も長門だった。ようするにSOS団の団長と読書係が文武そろってワンツーフィニッシュを決めるという、いったいこの団は何をしたいのか全校生徒があらためて首をひねったことだろうが、かく言う俺もそのうちの一人だ。

一つだけ理解可能なことがあるとしたら、これまでの経験上、ハルヒがこんな顔と空気を作り上げている時は次はどんな悪巧みを思いつくべきか考えていると見て間違いないってことである。そして考えついた瞬間に実にいい笑顔へと切り替わることも絶対確実だ。

そうじゃなかったときが思い出せないからな。あったっけ？　俺の脳内にある歴史の教科書にハルヒが恒常的におとなしくしたまま引っ込んでいたなんていう年表が。

一時的な平穏は、次に来る大津波を予言する確かな前兆に他ならない。いつもがそうだったようにさ。

さて——。

寒気もピークに達する真冬の終盤、今は二月の初頭である。

いろいろあった去年から年を越えて、すでに一ヶ月が経過している。時間が加速しているような気がするのは、年明けしょっぱなの一月にだってそれなりなことをやっていた自覚があるからだろう。

ここでいったん時間を巻き戻させてもらいたい。ハルヒがいま何を企ててんのかは知らんが、とりあえず俺は俺で自分に折り合いをつける必要があったのである。一年の出来事を振り返るには二月はまだ早すぎるが、しかし俺がやらざるをえなかった、むしろやる気満々だった事件の顛末を語ることにする。

その時、俺が抱いてたスローガンはただ一つ。

——やり残していたことをすませよう。できるだけ速やかに。

決意したのは冬合宿の最中だが、行動に移すまでにはしばらく時間が必要だった。

それは一月二日、いつもの駅前から始まるエピソードだ。

……

……

……

吹雪の中で遭難して謎な館に閉じこめられるというアレな事件の起きた合宿旅行は年明け二日目に終了日を迎え、ＳＯＳ団冬合宿ツアー一行は遥か山の彼方にあった旅行先から帰還を果たした。

「ふうっ、ただいま」

ハルヒが我が町へ挨拶を送り、夕日に目をすがめた。

「やっぱりホッとするわね。雪山もよかったけど嗅ぎ慣れた空気が一番だわ。ちょっと湿っぽいけどさ」

俺たちとは違うルートで帰った多丸氏兄弟と新川・森さんコンビの姿はすでにない。

そんなわけで懐かしき地元の駅前で荷を下ろしたのは、長旅などものともしない超合金のような心身を持つハルヒと鶴屋さん、別れを惜しむ妹にしがみつかれている朝比奈さん、いつものように無表情に立つ長門と、どこか疲れた笑みをたたえた古泉に、やはり疲れぎみの俺および荷物化しているシャミセンだけだ。まあこんだけいれば充分だろうという気はする。

「今日はこれで解散ね」

ハルヒは存分に楽しみ終えた顔をして、

「みんなゆっくり休むといいわ。明日は近所のお寺と神社に初詣に行くからね。朝九時にここに集合するように。あ、鶴屋さんはどうする？」

旅行から帰ってきた次の日にまたどこかに行こうとするバイタリティにはほとほと感服するが、問題は俺を代表とする普通の人間の体内には永久機関など内蔵されていないということである。しかしハルヒと同レベルのエネルギー源をどこかに隠し持つらしい鶴屋さんは、

「ごめんよっ！　あたしは明日からスイス行きさっ。おみやげ買ってくるから、頼むっ、賽銭箱にあたしのぶんの小銭をいれといてくれっかな！」

財布から出したジャラ銭を朝比奈さんに手渡し、続いて、

「これはお年玉だっ！」

妹にも硬貨を握らせ、

「じゃねーっ。また新学期にっ」

手を振りながら笑顔のまま駅前を後にした。感心するくらいにサバサバした歩き姿で、どうしたらあんな娘になるよう育てることができるのか、後学のためにも鶴屋さんのご両親に話をうかがいに行きたい。

ハルヒは笑顔の絶えない上級生が雑居ビルの角を曲がって消えるまで手を振り続けていたが、

「そいじゃ、ま、あたしたちも帰りましょ。みんな、気をつけてね。家に帰るまでが

合宿よ」

　これ以上何かあっては俺と古泉の身体が保たないだろうが、さすがに駅から自宅までの道のりで変なものに出くわしたりはせんだろう。

　俺は長門を見る。謎館での不調はすっかり消し飛び、普段の何考えてんだか解らん表情ナッシング状態に戻っている。——と、目が微動して俺の視線と触れあった。うなずいたように思えたのは多分錯覚ではない。

　次に朝比奈さんを見る。旅行中は終始能天気に振る舞い、あまりの能天気さに謎館ではちょっと不安にもなったりしたが、いま思うとそれでよかったのだ。彼女の本当の出番はこれからだ。思いを込めて視線を送ってみたのだが、残念ながら朝比奈さんは俺のサイン入り視線に気づくことなく妹と同年代の友人のようにじゃれている。

「では明日ね！　遅れちゃダメよ。それからちゃんとお年玉をガメてきなさいよ。屋台の列はきっと参道をどこまでも延びているに違いないから」

　そう言ったハルヒや朝比奈さんたちと別れ、俺は妹の手とシャミセン入りのキャリーボックスを引いてバスに乗り込んだ。

「みくるちゃーん、またねー！」

　昇降口にへばり付く妹を引きはがして座席に連れて行く間、朝比奈さんは何度も振り返って、片手をにぎにぎしていた。申しわけありませんが俺はいま手を振る気にはなりません。ハルヒと古泉相手ならバイバイと大声で叫ぶのだが。

さて、家に戻ってシャミセンと妹から解放された数分後、俺はついさっき別れたばかりのメンバーのうち二人のもとへ電話連絡を入れた。

何のためか？

年内にやっときゃよかったとしみじみ後悔するハメになったことを、一刻も早くすませようというわけだ。自分の怠惰が原因であのような冷や汗をかくのは金輪際ゴメンであり、ゆえに余裕をかましていた昨年末の自分にヤキの一つでもいれたいところだったが、行くべきはそれよりもうちょっと前の自分のもとだ。例の謎館事件はどうやら長門と古泉の機転で最悪な結果だけは避けることができたものの、ああいうのがもう一度やってこないという保証はなく、むしろありそうな雰囲気がむらむらとする。旅行中は何かと問題がありそうだったので躊躇していたが団員がバラけた今はその限りでない。鶴屋さんの別荘で推理ゲームしたりスゴロクしたりする合間に決意する時間は充分にあった。

俺は行かねばならない。長門と朝比奈さんとともに、もう一度あの時間に。

そう、十二月十八日の未明へ——。

冬合宿の疲れを癒す間もなく、俺が電話した先は第一に朝比奈さんである。ついさっき別れたばかりの相手から電話がきて軽く驚いた様子の彼女だったが、

『どうしました？　キョンくん』

「一緒に行って欲しいところがあるんですよ。今からなんですが」

さらに驚いた声が、

『ええ……？　どこですか？』

「去年の十二月十八日です」

驚きと困惑が混ざったように、

『えっえっ……？　それ、どういうこと……？』

「俺と長門を過去に連れて行って欲しいんです。今から二週間ほど過去に、三人で時間遡行しなきゃならないんです」

『そんなぁ、あたしがTP……いえ、そのう、使用は勝手にできません。厳しい審査とたくさんの人の許可がいるんですよ？』

賭けてもいいが、その許可はすんなり通る。俺の頭の上に浮かんだ妄想スクリーンの中で大人版朝比奈さんがウインクし、ついでに投げキッスまでくれた。

「朝比奈さん、今すぐあなたの上司かそれに近いような人に連絡して言ってください。俺があなたと長門を連れて十二月十八日の早朝に戻りたがっている、とね」

いやに自信満々だったせいだろう、朝比奈さんはしばらくハテナマークが受話器から漏れ出そうな勢いで沈黙し、

『ちょっと、ちょっと待ってて』

もちろん待つ。未来とどうやって連絡するのか興味津々だが、こちらに伝わるのは朝比奈さんの静かな息遣いだけだった。十秒に満たないそのBGMが、

『信じられません……』

茫然とした声に移り変わった。

『……通っちゃいました。そんな、どうして……？　こんな簡単に……』

それは未来の行方が俺の双肩にかかっているからだ——とは言わず、というか電話で長話をする気にならず、

「長門のマンションで落ち合いましょう。三十分で行けますか？」

『あ……待って。一時間ください。もう一度確認したいし、あっ、あと長門さんの部屋じゃなくてマンションの玄関で待ち合わせたいんだけど……』

俺は快諾すると電話を切り、朝比奈さんが可愛く驚いている姿を想像してひとしきりニヤついた後、顔の筋肉と気を引き締め直した。これから行こうとしている時間帯では和やかに笑っていられるシーンなど上映していない。そいつは俺が一番よく知っているはずだった。

もう一人、こっちには連絡しなくても解ってくれてそうな気もするが、一応確認しとかないとな。俺は再び受話器を持ち上げた。

一時間後——。

早く来すぎた。調子に乗ってチャリを飛ばしすぎたぜ。豪勢な分譲マンションのエントランスで寒さに凍えながら十五分間の足踏み運動をしていた俺のもとに、ふわふわした人影がぱたぱたと駆けよってきた。着替えるヒマか思いつく余裕のどちらかがなかったようで、合宿帰りに着ていた服そのままだ。俺もそうだが。

「キョンくん」

朝比奈さんはまだ狐につままれたような表情でいる。

「わけがわかんないです。どうしてキョンくんの依頼がこんなに簡単に通過するんですか？ しかも長門さんも一緒にって、必ず三人でって逆に命令されました……。でも詳細を問い合わせても極秘って返ってくるだけなんです。それに……、あなたの指示に全部従えって言われてます。なぜなの？」

「説明しますよ。長門の部屋で」

そう言うと同時に俺は玄関のパネルに長門の部屋番号を入力してベルボタンを押した。すぐに反応がある。

『……』

「俺だ」

『入って』

　あっさりと解錠されたドアをくぐって、おっと、朝比奈さんを忘れてはいかんな。何だかまだ茫然としていらっしゃる。手招きすると、ハッとしたように付いてきた。どこかおっかなびっくりなのはここに来るたびに見せる彼女の習性みたいなものだ。エレベーターの中でも朝比奈さんの頭の周囲でクエスチョンマークがぐるぐる回っているようで、少し緊張した顔のまま、やっぱり茫然としている。

　その表情は長門が部屋の扉を開き、俺たちを招き入れてくれてもなお続いていた。長門にはヒマも余裕もあったようだ。自宅だというのに見慣れたセーラー服に着替えている。物凄く安心する格好だと反射的に思っちまったのは別に俺がセーラー服フェチだからではなく、こいつがちゃんと理解してくれているという安堵感があったからだ。あの時、俺は髪の短い制服姿の誰かがナイフを手づかみしている光景を見ながら意識を失った。ならばこれから行こうとする長門が他の衣装をまとっていてはあの時の俺が困るかもしれない。俺が長門を誰かと間違えたりはしないとは思うが、セーラー服はこいつのトレードマークみたいなものだった。

「……………」

　無言でリビングを指差し仕草だけで座るよう告げながら、長門はキッチンに消えてお茶の用意を開始した。

では、この間に朝比奈さんに前々回のあらすじをさらっとお伝えしておこう。

「信じられません……」

朝比奈さんはつぶらな瞳を見開いて呟いた。

「歴史がまるごと変えられていたなんて、そんな、あたし全然気づきもしませんでした……」

無理もない。何と言ってもあの三日間で正しい記憶を持っていたのは俺だけで、その俺にしたところで長門のヒントとあっちのハルヒの無遠慮な行動力がなければ何もできなかったんだ。

「世界規模の時空改変と未来からの直接介入……そんなことが同時におこなわれるなんて」

小声を震わせながら朝比奈さんは質素な部屋の空中に視線を泳がせていた。リビングルームのコタツテーブルには湯飲みが三つ載っている。長門が淹れてくれたお茶であるが、朝比奈さんは俺の説明と、ところどころに差し挟まれる、

「そう」

という長門の合いの手にずっと仰天するあまり、まったく手つかずのままですでに冷めていることだろう。

「………」

長門は俺の斜め向かいで無表情に朝比奈さんを見つめたのち、問いたげな眼差しを俺に向け、また朝比奈さんを見た。

長門が何が言いたいのか解るように思う。俺が朝比奈さんに説明したのは、長門がエラーパワーを爆発させたせいで十二月十八日に世界を一変させてしまい、ただし仕込んでくれていた脱出プログラムを首尾よく作動させることで俺だけが四年前の七夕に行って、そこでバグる以前の長門に協力を仰いで十二月十八日にとって返し、しかしこれまた異常をきたした朝倉涼子に刺殺未遂の目に遭って、けれども気絶する前に俺は俺と長門と朝比奈さんの姿を見かけ、その未来から来たであろう自分たちによって世界は元通りになった、らしい――という、これだけだと何のことやら解らないような解説に注釈を付け加えたものである。

しかも全部ってわけでもないんだ。四年前の七月七日、そこでもう一人の朝比奈さんが待っててくれたことは言わなかった。教えていいものかどうか自信がない。今の朝比奈さんは何も知っていない、ということはあの大人の朝比奈さんが意図的に隠しているとしか思えない。この時代の朝比奈さんは未来と定時連絡くらいは取ってるらしいから、それが重要なことなら朝比奈さん(大)じゃなくてもとにかく誰か上司なりエライ人なりが教えてやっていてもいいはずだ。未来人の情報交換システムがどうなっているのか俺に解るわけはないが、彼女の言葉の片鱗から少しはうかがえる。「詳細を問い合わせても極秘って返ってくるだけなんです」とは、さっき聞いたセリフだ。

朝比奈さんは知らないんじゃない。知ることがないようにされている。

理由は解らないさ。だがそう考えるとしっくりくる。未来人にしてはうっかりすぎる——とはこれまでに何度も抱いた感想だ。あやうく無限ループしかけた八月、吹雪の中に忽然と現れた館……最低この二つは事前に朝比奈さんが未来的な忠告をしてくれていたら防げただろう。そうしなかったのは何故か?

合点がいきかけてきた。

朝比奈さん(大)はすべて知ってないとおかしい。そのすべての事件はかつての彼女——今の朝比奈さん——が通っていった線路上にあるものだからだ。だからか、あの事件群を発生前に回避するようなことがあっては未来の彼女の歴史が変わってしまう。規定事項とは、たとえどんなことでも規定された項目はクリアして通らないといけないってことか。いずれ暴走するのが解っていながら、結局どうしようもなかった長門のように。

でも、それでは今の朝比奈さんに気の毒すぎやしないか？　何か起こるたびにいちいちビックリする回数はひょっとしたら現代人の俺より多いぞ。だいいち、朝比奈さんが何のためにこの時代にいるのかあやしくなっている感じすらしてくる。ハルヒの監視だけなら防犯カメラにでもさせときゃいい。

何かあるんだ、本当の目的が。朝比奈さん本人は知らない、でももっと未来の本人は知っているような目的が——。

考え込む俺に、フリーズドライされたような声が、

「あなたに頼みがある」

長門のものなら、たいがいの依頼を聞いてやるつもり充分だ。

「その時間のわたしに何も言わないで欲しい」

何もって、「よう」とか「やあ」でもダメか？

「できれば」

長門は表情のない目で滅多にない内面表現をおこなっていた。黒い瞳に浮いているのは強い願いに違いなく、俺は長門の願いを断るくらいなら水面に映った月をすくい上げる作業のほうを選択する。

「わかったよ。お前が言うならそうするさ」

無造作なショートカットがゆっくりとうなずいた。

細かい時空間座標は長門の指示によるもので、忠実に実行したのが朝比奈さんだ。悪いが宇宙人と未来人の連合部隊ともなると、古泉の組織がどれほど巨大だろうと勝ち目はなさそうだな。戦う気があるのかどうかは知らんけど。

俺と長門、朝比奈さんの三人は靴を履くために玄関先に行き、その狭い空間で互いの肩を寄せ合うようにひしめき合った。先月、朝比奈さん(大)と時間遡行したときに靴を忘れてしまった教訓がここで生かされたというわけだ。彼女のハイヒールが四年越しで置いてあるのは長門の性格からして確実だが、この朝比奈さんに返すわけにもいかないので黙っておこう。

「ええと、昨年の十二月十八日の……何時でしたっけ?」

その問いには長門が秒単位で答え、朝比奈さんはうなずいた。

「行きますね。キョンくん、目を閉じていて」

そして――。

時間移動。何度か経験したアレが来た。嘔吐寸前までいきそうなグルグル目眩。目を閉じているのに光が瞬いているような感覚だ。まるで上空に向かって落ちているような、得も言われぬ不快指数の急上昇、説明しがたい空間把握能力の喪失。制御を失ったジェットコースターに乗って何十周としているような、心身ともに平常を逸脱、俺の三半規管が限界に達する寸前——。

俺の足の裏は大地の感触を取り戻し、地球の重力が心地よく身体に作用していた。

「来た」

長門が囁くように言って、俺は目を開ける。

そして驚いた。

校門の真ん前にいる自分を発見したからである。

思い出して欲しい。四年前の七夕にタイムジャンプした俺が長門（待機モード）の采配通りに朝比奈さん（大）に付き添われて十二月十八日に時間移動したとき、俺は暗がりから長門が世界を変えちまう光景を見守り、それから街灯の下に出ていった。

そのまっただ中に今の俺たちは出現していた。

ちょうど、その『俺』は、世界の変容を終えて自分も変化させた眼鏡付き長門に相対して何か喋っている。俺のジャケットを肩に引っかけた朝比奈さん（大）の後ろ姿も見える。マズいんじゃないか、これは。いくらなんでも近すぎる。

「心配ない」

我が長門が抑揚のないセンテンスを刻んだ。

「彼らにはわたしたちが見えていない。不可視遮音フィールドを展開済み」

つまり俺から見えている『俺』と朝比奈さん（大）と長門（眼鏡）からは、こっちの姿はサイレント透明人間になっているということだろう。この件で長門に嚙まれる必要がなかったのは本人がついてきているからか。なぜか残念な気もするが。

朝比奈さんがパチパチと瞬きをして、

「あのう……あの女の人は誰なんですか？　大人の女性ですけど、どうしてここにいるの？」

なにぶん後ろ姿である。朝比奈さんが解らないのも当然で、まさかそこに自分の未来存在がいるなんて想像できるほうが発想の飛躍が過ぎるというものだ。教えていいものか俺が悩んでいるうちに、そんな思惑を吹っ飛ばすようなことが起こった。知ってはいたものの、こうして客観的に見ていてさえも鳥肌が立つ。

暗がりから湧いたとしか思えない唐突さで人影が疾った。俺たちの横をかすめた人影が朝倉涼子の形をしていると見て取った直後、朝倉は俺にぶつかるようにして、いや事実ぶつかっていた。腰だめにナイフを構えて勢いよく。

朝比奈さん（大）が何かを叫び、その甲斐なく『俺』は刺された。記憶のままに。

「うげ……」

いかにも痛そうだった。あの時は気づかなかったが、朝倉は刺したナイフをぐりぐりねじっていやがる。本気の殺意だ。一片の躊躇もなく『俺』を殺しにかかっていた。

異常バックアップ、朝倉涼子は完全な殺人未遂犯だ。

『俺』が崩れ落ちた。

「え……ひゃっ⁉　キョンくんが！」

朝比奈さんも叫んでくれた。駆け出そうして「あ……！」、すぐに透明な壁にぶつかり悲痛な顔で振り仰ぐ。どうやら瞬間的に俺がそばにもいるということを忘れたようだ。彼女は倒れた『俺』しか目に入っていない。ありがたいような、そうでないような。

「長門さん！」

朝比奈さんのセリフに、長門は緩やかにうなずいて、

「フィールドを消去する。……完了」

朝比奈さんが走り出し、同時に長門自身も動き出していた。夜風よりもすみやかに移動した長門は、一瞬後に朝倉の振り上げたナイフの刃をつかんでいる。朝倉が恐懼と憎悪のミックスボイスで叫ぶのを耳にしながら、俺も自分のもとへ向かった。やれやれ、ひどい有様だ。

朝比奈さん（小）が泣きながら『俺』に取りすがっている。心配してくれているのは嬉しいが、そんなに揺すると早死にさせちまいますよ……。

目頭が熱くなることに、必死に『俺』に呼びかける彼女はすぐそばにいる女性に注意を払うことを忘れている。本当にありがとうと叫びたい。

沈痛な顔で目を落としていた朝比奈さん（大）が面を上げ、俺を見つめた。

「来てくれたんですね」

少し遅れてしまいましたが。時間的にではなく、俺の気分的に。

「………な……」

そう声を漏らしたのは記憶通りの長門だった。心臓に微痛の走る姿だ。眼鏡をかけているそっちの長門は、尻餅をついて驚きにまみれた表情でいる。見開いた黒い瞳が倒れ伏す『俺』から朝倉へ、そして自分と同じ姿のセーラー服へ移動し、最後に俺に向けられた。

「どうし……て……」

長門との約束だ。なので、もう一人の長門、つまり世界を改変したばかりのこっちの長門にかける言葉を俺は持たない。俺がするべきこと、言うべきことは一つだった。

三年前の長門が作ってくれた短針銃を拾い上げ、俺は自分を見下ろした。例のセリフを言うために俺は口を開き、記憶にある通りの言葉を投げかけた。これで合っていると思うが、だいたい似たようなセリフなら多少の違いは許容範囲だろう。その『俺』はわずかに開いていた瞼を完全に閉じ、くたりと首を横向けた。死んだかもしれんと思えるくらいの見事な気絶シーンだが、そろそろ止血しないとマジで死にそうだぞ。

さて、ここからは完全に俺たちの出番だ。これ以降に何が起こったのかは俺にも未知なのである。

まず俺が目にしたのは、朝倉を止めてくれた長門の行動だ。

「…………」

長門のつかんだナイフが煌めきながら砂と化す。飛び退こうとした朝倉だが、足が地に接着したように動かない。長門が小さな早口を述べた。

「そんな、なぜ？　あなたは……」

朝倉の姿も煌めき始めていた。

「あなたが望んだんじゃないの……今も……どうして……」

凝然とした朝倉は最後まで疑問を口にしながら、やがてナイフにつられるようにサラサラと解け崩れる。ほぼ同時に、

「あ？……くう」

朝比奈さん（小）が『俺』の身体につっぷすように前のめりになっている。柔らかく閉じられた目と薄く開いた唇はどう見ても寝顔であり、力の抜けた愛らしい上級生の首筋に朝比奈さん（大）の手が軽く乗っていた。

「眠らせました」

大人の朝比奈さんが悲しそうに幼い自分の髪をなでつけた。

「ここにわたしがいることを悟られてはいけないの。そうしておかないとダメなんです」

俺の朝比奈さんはスヤスヤと寝息を立てて、気絶した『俺』の腕を枕にしている。

「この子にはわたしは内緒」

三年前の七夕の時、あの公園のベンチで見たのと同じ寝顔だった。理屈も同じ、やはり朝比奈さん（大）は過去の自分に自分の姿を見せたくないらしい。後ろ姿ならオッケーでも間近で見れば確かに朝比奈さんは朝比奈さんにしか見えないからな。

俺が朝比奈さん（小）と『俺』の意識不明状態を見下ろしていると、

「…………」

長門が片膝をついて屈み込み、ナイフでえぐられた『俺』の脇腹に手を添えた。そのおかげで間違いない。ともかく出血は収まり、『俺』の蒼白な顔が少しはまともに見えてくる。傷を治してくれたのはやはりこいつだったのか。

長門は停滞なく立ち上がると、血がついた指先をぬぐおうともせずに手を差し出して言った。

「かして」

俺は黙って短針銃を持ち上げた。どうにも手持ちぶさたで困ってたんだ。いざとなると抵抗が勝る。どの長門にだってこんなもんを向けて撃ちたくはない。

淡々と銃を手にした長門は、座り込んで怯えた顔を維持している眼鏡の長門へ銃口を突きつけ、あっさり引き金を引いた。

「…………」

何の音もせず、何かが発射された軌跡も見えなかったが、

「…………」

長門（眼鏡）はゆっくりと瞬きをした後、さらにゆっくりと立ち上がった。棒のような立ち姿は俺がよく知っている長門の姿勢だ。入部届けを手渡したり、困ったように俺の裾を引いたり、はにかんだ薄い微笑の主とは違う。

俺の思考を裏付けるように、その長門は自然な動作で眼鏡を外し、裸眼で俺を凝視してから無感情な目をもう一人の自分に据え付けて言った。

「同期を求める」

二人の長門がじっと互いを見つめ合っている光景。俺は今回を含めて何度か『俺』を見たことがある。朝比奈さんが大小二人いる場面も網膜に投影済みだ。だが、長門が二つになって相対するところは初めてであり、妙な感慨を持たされた。どことなく壮観だ。

「同期を求める」

撃たれたほうの長門が繰り返した。対して、撃ったほうの長門は即答した。

「断る」

俺だって不意をつかれたが、眼鏡を手に持つ長門はもっとだったらしい。眉をミリ単位で動かして、

「なぜ」

「したくないから」

唖然とした。長門の口からここまで明瞭な意志が出てきたことがあったか？　理屈じゃない。明確な拒絶の言葉は感情から出るものに違いない。

「……………」

言われたほうの長門は考え込むように沈黙して、

「……………」

やはり沈黙したまま夜風に髪をなぶられていた。

俺と未来から来たほうの長門がポツリと、

「あなたが実行した世界改変をリセットする」

「了解した」

と、そっちの長門はうなずいたが、俺にだけ解るようなやや躊躇した声で、

「情報統合思念体の存在を感知できない」

「ここにはいない」

長門は淡々と告げて、

「わたしはわたしが現存した時空間の彼らと接続している。再改変はわたし主導でおこなう」

「了解した」と過去の長門。

「再改変後、」

俺と未来から来た長門は言葉を続ける。

「あなたはあなたが思う行動を取れ」

元に戻ったばかりの長門は、ほんの少し頭を傾げて俺を見る。その表情と目に浮かぶ不可視の情報を俺は確かに読みとった。俺ほど長門の言いたいことを解っている人間は他にいない。

この長門はあの長門だ。あの日、夜の病院に現れた、あの長門が今のこいつなんだ。自分の処分が検討されていると言って俺を怒らせた、あいつだ。

俺と未来から来た長門が同期を拒否した理由も解る。長門は自分がその時すべきことを今の自分に教えたくないんだ。

なぜなら――なぜならだって？　言うまでもないじゃないか。

ありがとう――、あの時聞いた長門の言葉がすべての答えだからだ。

「キョンくん」

立ちつくしていた俺に、朝比奈さん（大）が控えめな声をかけた。

「この子……わたしをお願いできますか？」

彼女は重そうに、すうすうと安らかに眠る朝比奈さん（小）の上体を起こしてやっている。俺はすぐさま手を貸して、彼女が言うがままに小柄な朝比奈さんをいつかのように背負ってあげた。柔らかくて温かいのも覚えている通りである。

「もうすぐ大規模な時空震が発生します」

朝比奈さん（大）は両腕を抱くように、恐れの入り交じった生真面目な顔で、

「長門さんが先ほどやったやつより、もっと規模が大きくて複雑な時空修正なの。今度はまともに目を開けてもいられないと思うわ」

あなたがそう言うのなら信じますが、でも、どう違うんです？

「最初の改変は過去と現在を変化させただけ。それに加えて時間を正しい流れに戻す作業が必要なんです。思い出して。あなたがどこで目覚めたかを」

十二月二十一日の夕方、俺は病院のベッドで意識を回復した。

「ええ。ですから、そうなるようにしないといけないの」

俺のブレザーを肩に羽織った裸足の朝比奈さん（大）は、どこか物憂げに寄り添ってきた。朝比奈さん（小）をかついだ俺の肩に手を触れさせ、首を巡らして長門に視線を送る。俺とここまで来たほうの長門が静かに歩いて来た。もう一人はそこに立ったまま、そして倒れた『俺』もそのままだった。

朝比奈さん（大）はもう片方の手で長門の腕に触れて、

「お願いします、長門さん」

長門は小さくうなずき、最後の別れだと言わんばかりに自分を見つめる。もう一人の長門も何も言わない。寂しそうな印象を受けたのは俺の気のせいかもしれないが心配もいらない。俺はあの時俺が言ったセリフを覚えていた。そこでぶっ倒れている『俺』がこれからお前に言うべき言葉だ。そいつは間違いなくそう言う。だから安心して見舞いに来てくれ。お前の親玉にくそったれと伝えんのを忘れるなよ。

「目を閉じて、キョンくん」

朝比奈さん（大）が囁く。

「時間酔いするといけませんから」

忠告に従って俺は目を固くつむった。

次の瞬間、俺は世界が捩れる様を感じ取った。

「うわっ――」

無重力状態でぐるぐる回っているような感覚はもう何度も体験していたし、もう慣れたような気分でもあったのだが、今回のぐるぐるはちょっとケタが違っていた。それまでが遊園地のジェットコースターだとしたら、これは無秩序噴射する宇宙船の中でシートベルトを締め忘れた状態というか、しかし俺の身体に加重がかかっているわけでないから実際に振り回されているわけでもないが、これは酔う。外がどうなっているのか見たいものの、目を開けた途端に本格的に酩酊しそうで恐怖が募り、瞼の裏の暗闇でチカチカ瞬く光だけが俺の感知できるすべての映像だった。背中の朝比奈さん（小）の体温と、肩に置かれている朝比奈さん（大）の掌の感触が大いに頼もしい。

――と、閉じた瞼の上からでも感じる剣呑な光が目を刺激した。

見たいという欲求を抑えきれず、俺は目を開けて赤き光の正体を知った。回転する赤色灯は緊急車両に許された特権だ。

あれは……？

北高の校門に救急車が止まっている。野次馬の生徒たちが遠巻きにする中、救急隊員たちが誰かを乗せたタンカを持ってやってくる。タンカに付き従うように同じスピードで歩いている姿二つは、一生涯忘れんであろう名前を持つ女子生徒たちだった。ハルヒは青ざめた恐い顔で、朝比奈さんは泣きべそ顔でタンカの主を追い、少し遅れて笑みを消滅させた古泉が姿を見せる。

タンカはすぐさま救急車に運び込まれ、隊員と二言三言会話したハルヒも乗り込んだ。赤色回転灯にサイレンがプラスされ、救急車が走り出す。目元を覆う朝比奈さんの横で古泉が真剣な顔で携帯電話をかけていた。長門はいない。だが、いないのが当然のような気もする。

俺の浮遊感はまだ続いていた。正直、身体がどこにあるのかもよく解らん。

朝比奈さん（大）の吐息が身体のどこかに感じられた。

「キョンくん、このままあなたの元時間に跳びます」

見ている映像がフェードアウトしていく。サービスカットは終了ということかな？

俺は目を閉じる。いいものを見させてもらった。俺の記憶にはない三日間の断片、そうだよなハルヒ、団員の心配をするのは団長の使命だったっけ。

また、あのぐるぐるする感覚が始まった。酔い止め薬が欲しいね。次は絶対用意しておくからな。

「あなたが出発した時間に座標軸を合わせます。そのわたしをよろしくね。目を覚ますまでしばらくかかりますから……。ふふ、チュウまでなら許します」

悪戯っぽい声を残し、朝比奈さん（大）が遠ざかる気配がした。

そして——。

目を開けた時、俺は長門の部屋のリビングで朝比奈さんを背負って立っていた。

正面に長門が立っていて、

「出発した時間から六十二秒後」

俺を見上げながら言った。

「戻ってきた」

自分たちの時間と世界に。

ふうっと息を吐きつつ、朝比奈さんを肩から下ろす。確かにキスしたくなる寝顔の最有力候補だが、あの朝比奈さんの言葉を本気にするほど俺はピュアではなかった。もっともここが長門の部屋じゃなくて、また長門が監視するようにじいっと見ていなければ後ろ暗さを放り出していたかもしれない。いや、んなことはないが。しないって。

テーブルの湯飲みをとって残っていたお茶を一口含む。時間旅行に出かける前にはもう生温くなっていたが、やけにうまい。風呂上がりの麦茶並みだ。部室で飲む朝比奈さんのお茶にも匹敵するぜ。

「やれやれ」

ようやく去年の積み残しを片づけることができた気分だ。もうやり残してたことはないよな。世界再改変はこうして終了、年をまたいだ冬合宿からも帰ってきた。あとは初詣くらいしか思いつかない。まあ、どうせそのうちハルヒが何か思いつくんだろうが、それまで少しは落ち着いていられるだろう。

ちなみに天使のような未来人はなかなか目覚めなかった。どういう眠らせ方をされたのか不明だが、満腹で暖かい部屋にいるシャミセンなみに幸せそうな寝顔をされると起こすのも気の毒だ。長門に頼んで客間に布団を敷いてもらい、そこに朝比奈さんを寝かすと毛布と掛け布団を上からかぶせる。

「長門、朝比奈さんが目を覚ますまでよろしく頼む」

長門は深々とした目を眠る客人に注いでいたが、俺を一瞥してこっくりうなずく。

目覚める時に居合わせていたいのはやまやまだが、実は俺も疲労困憊の極地にある。合宿と時間旅行の疲れを自宅の風呂と自室のベッドで癒さないと明日の九時までには起きれそうになく、あくまで有限でしかない財布の中身が自然現象のように減っていくのも打ち止めにしたかった。五人分の正月料金はちょっとした痛打と言えるぜ。

いっそ三年寝太郎状態が始まった七夕のあの日のように朝比奈さんの隣に布団を出してもらってもよかったし、モノも言わずに身を投げ出してそのまま即座に就寝する自信もあったが、何とはなしにそんなこと誰も望んでいないような気がしてならなかった。

未来人が宇宙人宅で一眠りするのも、たまにならあっていいさ。

「また明日会おう」

「了解した」

長門は安定感のある無表情で見送ってくれた。静謐な二つの瞳が前髪の下で揺れることなく視線を俺に固定している。

「今日はご苦労さんだったな。いろいろ迷惑をかけてすまん」

朝比奈さんもだが、最大の功労者はこの長門と四年前の七夕にここにいた長門だ。

「いい」

いつもの長門は表情を変えないまま、

「わたしが原因」

俺は扉が閉まる瞬間まで宇宙人製端末の顔を見つめていた。微笑でも浮かべやしないかと思ったからだが、残念ながら――または安心したことに小柄な白い顔は普通に無表情だった。ただまあ、少しは何かある気配がしたのは俺の熟練の眼力のたまものだ。

マンションを出た俺はチャリをゆっくり走らせ、自宅に戻るなりベッドに倒れ込んで眠った。

疲れ切った末の睡眠状態の中で何故かむやみに楽しい夢を見たような気がした。目覚めて三十秒後に夢の記憶は消え去ったが、残存する雰囲気が教えてくれている。未来人と宇宙人が仲むつまじくお茶を点てている、そんな感じのヤツだったと思うのさ。

そういうわけで俺としては朝比奈さんの重みとともに肩の荷を下ろしたつもりでいて、そのぶん割と和やかに一月は過ぎていく予定だった。

ところが問題が一つばかり残っていたのである。

寝顔の愛らしさにすっかり忘れていたが、眠り続けていた朝比奈さんはまさに眠っていたがために、俺や長門や朝比奈さん（大）があの十二月十八日でしたことをほとんど見聞きしていなかった。彼女からすれば突然俺に言われて時空改変の事実を知り、半信半疑のまま過去に遡行したと思ったら、そこで『俺』の無惨なやられっぷりに動転し、そのまま強制的に眠らされて、目が覚めたら元の時間に戻っていた――ということになる。

俺からすれば充分に役目を果たしてくれたわけだし、彼女にしかできなかったことだと思っていたのだが、朝比奈さんはそう考えなかったらしい。今にして思えば確かに冬期休暇が明けてしばらく、朝比奈さんはどこか上の空で考え込みがちだったような。

そのことが朝比奈さんに誘われてデートモドキをした日曜日、眼鏡の少年をあわや交通事故から救い出したあの日の彼女の憂鬱に繋がったわけで、どちらかと言えばこれは朝比奈さん（大）の秘密主義が原因だ。朝比奈さんを泣かせるようなヤツは問答無用で殴り倒されるべきだが、考えてみれば俺が原因で泣いてくれたほうが多いのか？　今度ハルヒとボクシングジムに体験入学してスパーリングでもやってみるか。適度に殴り殴られが楽しめるだろう。

ともかく、茶葉の買い出しに二人で行った日曜日の一幕のおかげで俺はＳＯＳ団の未来について少しは考えるようになり、同時に朝比奈さんの憂鬱をなんとか取り払うことにも成功した。彼女がどこまで察したのかは正直言って解らない。だが、あの分かり合えた感じでは詳細説明は不要だろう。少なくとも今の朝比奈さんには。

俺がハルヒにジョン・スミスの名を封印しているのと、朝比奈さんに大人版朝比奈さんの存在を言わないのは同じような意味を持つんだ。そいつはいざという時のための切り札なのさ。

その時が来たら——。

ま、その時なんか来て欲しくはないけども。

……

……

……

そして二月に入り、話は冒頭に戻る。

三学期ともなれば学校の雰囲気も色々変わるもので、たとえば三年生の姿を見かけることはほとんどなくなった。今頃彼らの大半は受験の準備かまっただ中にいるはずで、そのせいか職員室の空気も妙にピリピリムードである。再来年の我が身を思えば他人事ではない。今年の三年生が奮起して市立のライバル校に合格率で勝ってくれないと、また校長が臨時補習だの創立記念日を潰した模擬試験だのとハリキリかねず、二年後の自分の姿などまだ遠い空の向こうに置いておきたい俺にとっては鬱陶しいだけだ。

受験といえばそろそろ中学生を相手にした特別クラスの推薦入試も始まる頃で、我が校にも二つくらいある。そういえば古泉のいる九組は理数クラスだった。あいつの後ろ盾組織のごり押しなのか元々の古泉が持つ学力のおかげなのかは知らんが、よくまあ転入できたものだと感心するね。俺なら数学と理科をメインディッシュにしたコースなど取る気にもならんからな。

とりあえず将来の自身に降りかかる大学受験なる煉獄から目をそらして、残りわずかとなった高一生活がもうちょっと間延びせんものかとカレンダーを意識的に見ないようにしている俺だったが、例の十二月十八日から戻ってきてからはノンビリとした心構えを構築している。

何しろ時空の修正以上に懸案となる事柄など俺には思いつかず、それも無事果たし終えたからには、少しは休ませてくれてもいいだろう。長門はすっかり元通り、朝比奈さんの笑顔も復活、ハルヒは何かおかしいが、どうせすぐに騒ぎ出す。

ここまで来たらもはや問題はないはずで、むしろ考えたくもない。なのに、どうでもよさそうな些事を掘り出して勝手に問題にしてしまう野郎が部室に行くと一人いて、それはハルヒとともに蚊帳の外に置き去りにしていた唯一の団員、時空改変には役立たずの超能力者、古泉一樹の姿をしてこう言った。

「あなたが何度か遡って赴いた十二月十八日未明は二種類存在したんですよ」

雪山謎館事件以降、俺のこうむった時間移動について聞きたがり屋となった古泉は、祖父母に昔話を求める良くできた孫のように何度も水を向けてきていた。どうやらこいつはタイムトラベラー志願の気があるようで、なにやら俺をうらやましがっているようでもある。鶴屋さんの別荘から帰る電車の途上でも「僕も連れて行ってもらうわけにはいきませんか」とか「僕の姿を過去のあなたが見なければそれでいいはずです」などとも言っていたが、耳を貸さなかったのは言うまでもない。

俺は長門のこともあって内心忸怩たるものを感じていたから、すべてが終わってもずっと口を濁し続けていたのだが、古泉の知的欲求からくるしつこさに辟易して部室で二人きりになった時にあたりさわりなく教えてやることにした。

すると案の定、嬉しそうに解説を始めやがった。

「いいですか、異常動作を起こした長門さんが世界を改変したのが十二月十八日未明でしたね。僕を始め涼宮さんと朝比奈さんまでもが一般人になってしまった世界です。あなたはその世界で三日間を過ごし、長門さんの脱出プログラムで三年……いや、もう四年前ですね……に移動する。そこでまだ正常な長門さんに出会って、それから再び十二月十八日未明に舞い戻った」

そうだとも。ついでに言っておくと、それからもう一度行ったぞ。

「解っています。ですが、よく考えてください。十二月十八日の早朝……長門さんが世界改変を実行したこの時間をX時点と言い換えましょう。あなたが四年前の七夕からX時点に時間遡行したとき、そのX時点は元のX時点ではなかったはずです」

どういうことだ？　そんなはずはないだろう。同じ時間がいくつもあるはずはない。

「いいえ、そうとしか思えないんです。簡単な理屈ですよ。X時点での世界改変がなくなってしまえば、そもそも涼宮さんの消失も僕たちの一般人化もなかったわけです。そうしたら、あなたが過去に戻る理由もなくなってしまう」

タイムパラドックスってやつだ。そのくらい身をもって知ってるさ。

「しかし世界を元に戻すにはあなたが過去に行くことが必須条件です。行かなければ世界は改変されたままになります。そしてあなたはちゃんと過去に行って世界を直して来ましたよね？　でないとこの時間軸は存在しません」

俺はちらちらと扉の内側に視線を送る。誰でもいいから早くこいつを邪魔してくれ。

「図に描いて説明しましょう。少しは理解の助けになるかもしれません」

遭難以来、図形好きにでもなったのか、古泉は水性フェルトペンを手に取るとホワイトボードに歩み寄った。ボードの下から上へと向かう縦線を引きながら、

「この上向きの線が過去から未来へ向かう時間の流れだとします。そして――」

と、ボード中央で線を止め、線の頭頂部に丸い点を付けてXと書き入れる。

「これが最初のX時点です。ここで長門さんは自分を含む世界を改変させ、あなたの記憶にある通りの時間が生まれます」

古泉はペンの動きを再開させた。直線の続きではない。右に向かう急カーブを描いて、出発地点のXへと戻ってくる円を完成させる。朝顔の双葉から一枚の葉をむしり取ったみたいな図ができあがった。

「この円があなたの記憶にある十八日以降の歴史です。脱出プログラムで四年前の七夕に遡行し、そこから十八日未明にジャンプする。そこで長門さんを正常化できればよかったのですが、そうではなかったんでしたよね」

朝倉涼子がいたからな。ただしそこにいたのは朝倉だけじゃない。未来から来た別の俺と長門と朝比奈さんもいて、ちゃんと世界をなんとかしてやった。今の俺からすれば一ヶ月ほど前のことだ。

「そうでしたね。あなたは自分自身を救ったわけです。それが――」

点Xから動き出した古泉ペンは、今度は左向きの円を描き出した。

「――こちらの時間となります。今この世界に続いてる時間ですよ。僕や涼宮さんの記憶通り、十八日にあなたが階段落ちして気を失い、二十一日になるまで目覚めなかったというほうのね。そして先月、自分を救いに行ったというあなたの時間の動きでもあります」

左に周回した円を描き終えても古泉は手を止めなかった。Xを通過する直線の続きをボードの上へと伸ばしていき、上限に達したところでペンを置いた。ボードから半歩下がって俺を眺め、俺はじっくりとその図形を見る。

横に寝かせた8の字、ようは∞マークのど真ん中を縦線が貫いている様子を思い浮かべると話は早い。すべての線が重なり合っている中央の交点がX時点である。

理数系科目に対して怯懦を公言してはばかりない俺の頭でも、じんわりと古泉の言いたいことが解ってきた。

一つ目、右回りの円が俺の記憶にある時間だ。いろいろ大騒ぎの末に、俺はX時点に行って眼鏡娘な長門が世界を変えるところに立ち会い、おまけに朝倉に刺された。

二つ目、左回りの円には俺の記憶にはない部分がある。刺されて意識を失い、病院のベッドで目覚めるまでの三日間がそっちの円に入っていた。

そしてどちらの円も同じ点Xをスタート地点にしている……。

「X時点は二つあることになります」

古泉が答えを言った。

「世界改変を発生させたX時点と、改変された世界を再改変した――そうですねX′地点とでも言いますか」

　ペンを置いた古泉は興味深げに自分の絵図を眺め、

「Xをなかったことにしたら X′が発生しません。だから元のXは消去されているわけではない。おそらく、二つのX時点は時間的に重なっているのだと思われます。重ね撮り……そう、上書きされたんですよ。古いデータの上に新しいデータを重ねて記録するように、一周目のXとそこから派生した改変世界は、X′と二周目の時間軸によって覆い隠されているんです。しかし完全に消えてはいない。それはそこにあるんです」

「理解の及びもつかねえよ」

　うそぶきながら俺は朝比奈さん（大）のセリフを思い出していた。

　もっと規模が大きくて複雑な時空修正――か。

「立体交差のあるサーキットを真上から見た様子に近いでしょうか。交差部分は二次元的には繋がっているように見えるでしょうが、もう一次元を足してやると段差が生じる。縦と横だけの世界では同じ位置にあるものの、奥行きという部分で異なるんですよ」

　俺はこめかみを押さえる。古泉はこう言っているが、未来人が聞いたらどう思うだろう。あるいは宇宙人ならば。

「もう一つ可能性があるんですが、言ってもいいでしょうか」

この際だ、何でも聞いてやろうじゃねえか。

「あなたにはなくて僕たちにある記憶……十八日にあなたが階段から落ちて昏睡し、二十一日に目覚めるまでの三日間ですが、本当はそんな時間などなかったのかもしれません」

あってもなくてもどうでもいいな。どうせ俺は寝ていたんだから。

「そうです。あなたのおっしゃるとおりなんですよ。以前僕が言ったことを覚えていますか？　世界が五分前にできあがったという可能性を消去することはできない、というやつです。もしかしたら、あなたが救急車で運ばれて三日間昏倒したという事実はなかったのかもしれません。十八日の再改変後、二十一日の夕方にあなたが目を覚ますその瞬間まで、時間は存在しなかったとも考えられます。だとしたら僕や涼宮さんにある三日間の記憶は模造記憶です。僕たちはその記憶を持たされて二十一日の夕方に再構築された……」

何でも聞くとは言ったが、いくらなんでもトンデモだな――とは言えない。不可能じゃないんだ。過去を一年分まるごと書き換えることさえできた。それを思えばたかだか三日だ。

「それとはまた別の話ですが、涼宮さんが見たという幻の女の正体も今なら解りますよ」

誰だ。俺を突き落としたのは。

「長門さんです」

おかしいことを言う。その時、長門はお前たちと階段を下りている最中だったんじゃなかったか？　俺が最後尾だったと聞いたが。

「ええ、僕たちの記憶ではそうなっています。長門さんがあなたの背を直接押したわけではありません。ですが、あなたが昏睡するという歴史を作り出したのは長門さんです。涼宮さんは無意識のうちに気づいたんでしょう。もちろん長門さんだと解ったはずはありませんし、事実として犯人はいなかった。それでも涼宮さんには解ったんです。こうなったのは誰かがそうしたからであり、どこかに犯人がいると」

古泉は明るい笑みを見せた。

「その直感が謎の女生徒の姿を生み出したんです。存在するはずのない幻の女をね」

そこまで行くともう勘ではすまされないな。長門主導の世界再改変、長門はいくらでも都合よく記憶を捏造できたはずだ。なのにハルヒは何かがおかしいことをその時点で気づいたわけだ。誰かが何かをしている、あるいは、した。

「仮説ですよ。あなたの疑問に答えようとする試みから生まれた思考実験です」

爽やか野郎はパイプ椅子に腰を下ろし、ひょいと両手を広げた。

「実際問題、時間の成り立ちと移動の仕組みなど僕に解るはずがありません。ですが、朝比奈さんは未来から来てこの時間で何かをしている。さて、ここで僕からの質問です。もしあなたが過去に行き、大惨事となるような事件を未然に防ぐことが可能な立場に置かれたら、あなたは手を出しますか？」

俺は夜の七夕と朝比奈さん（大）を想った。違う学校に行っていたハルヒと古泉、書道部員の朝比奈さん、眼鏡付き長門が揃った中で、俺はパソコンのエンターキーを押した途端に二度目の時間遡行をした。あの公園のベンチには以前の俺、中学生のハルヒを手伝って校庭に地上絵を描く『俺』がいた。

あの時、俺が飛び出していっていたらどうなっていただろう。これから起こることをすべて教えてやり、ハルヒに映画なんか撮らせんなとか、長門に迷惑ばっかかけてんじゃねえとか、熱意を込めて忠告していたとしたら。

肩をすくめるしか手の打ちようがないな。

「さあ、解んねえよ」

そんな機会があったら考える前に身体が動くさ。俺は自分の頭をあんまり信用していないが、やるべきことは身体が覚えている。今までそうやって何とかしてきたんだから、今度もやってくれるだろう。期待してるぜ、俺。

「まあ何だ。いくらなんでもそうそうタイムトラベルすることはないだろうよ。さすがに行き先に思い当たるふしがなくなった」

「残念です。今度は僕も連れて行って欲しいと思っているものですから」

そんな夜中に小腹の空いたシャミセンみたいな目をしても無駄だぜ。朝比奈さんに頼めよ。それも今いる朝比奈さんじゃなく、朝比奈さん（大）のほうにさ。どこに行ったら会えるのかは解らないが。俺に明言できるのは酔い止めを常備しておけということくらいだ。

古泉があきらめ顔で首を振って一人軍人将棋を再開させ、俺が読みかけていたマンガ雑誌に意識を戻してやっと部室に静寂が戻ってよいことだと思いかけたとき、

「お待たせ！」

どかん、とドアを蹴り飛ばす勢いで騒動の原材料が登場した。セーラー服の裾と黒髪を元気よくなびかせるこの部屋の最高権力者、ハルヒはコンビニ袋を抱えて無駄な熱量を誇る笑みで、

「近くの駄菓子屋になかったから坂の下まで降りちゃったわ。あー、寒かった」

部室の隅にある電気ストーブに手をかざした団長に続いて、長門と朝比奈さんの姿が現れた。二人ともハルヒと同じものを手に提げている。

「…………」

長門が黙然とドアを閉め、

「あの、これで何をするんですか？」

朝比奈さんが不思議そうに首を傾けるのに対し、ハルヒは直情径行に、

「決まってるじゃないの。みくるちゃん、今日が何日か知らないの？　っていうか、知らないで買い出しに行ってたの？」

「二月三日です。でも、それが何か……？」

「節分よ、節分」

ハルヒはコンビニ袋からさらなる袋と、パック詰めされた食料を取り出して、

「嘆かわしいわね、みくるちゃん。子供の頃はちゃんとやってたでしょ？　今日は節分、そいで節分と言えば豆まきと恵方巻じゃないの！」

恵方巻は確か地域限定の行事だが、とにかく細かい季節的イベントにこだわりのある団長なのである。今やSOS団は『世界を大いに盛り上げるための涼宮ハルヒの団』ではなく、『シーズン毎にオンタイムな行事をしめやかに実行する組織』として機能していると言ってもあながち間違いではない。

「何それ、ベルヌーイ曲線？」

ハルヒは目ざとくホワイトボード上の古泉画を見つけ、顔見知りの童子に声をかける不審者を見つめる目で俺の辿った時間の流れを見つめた。

「じゃないわね。どういう計算式がその図から成り立つの？」

「ただのイタズラ書きですよ」

古泉がさり気なく立ち上がってボードの軌跡を黒板消しでなぞった。

「暇つぶしの落書きです。考慮にも値しません」

よく言うぜ。

「あっそう」

簡単に納得したハルヒは、そんなんどうでもいいとばかりに俺に袋を放ってよこした。乾いた音を立ててそれは俺の手に収まる。炒り豆がたんまり入ったパッケージ。

今日は節分であり、であるからには豆を撒かねばならない――とハルヒが思い出したのは今日の昼休み中だった。その時、ハルヒは自責の念とともにこう叫んだ。

「なんか忘れてる気がしたのよ。そうだわ、節分よ！」

おおかた谷口の弁当箱に入っていた太巻きを見て気づいたのだろう。とうの谷口は蓋を開けるなり「おいおいこれだけかよ。他にオカズはねーのか」と毒づいて不満を漏らし、「作ってくれた食い物にイチャモンをつけるな」と反射的なツッコミを入れた俺ですら内心、製作者にまったく共感できないのは息子と同様だった。せめてハルヒの目を引かないように切ってから詰めておいて欲しかった。

「外来文化ばっかりもてはやしていてはダメよ。土着の風習を尊重してこそすべてのイベントを楽しむ権利が発生するの。だって廃れちゃったらもったいないじゃない。それだけ楽しみが減るんだから。古典に親しむことを忘れた人間はどんどん変な方向に走っていってしまうんだわ！」

お前が言うな。ひょっとして、こいつは自分ではまともな道を歩いているつもりなのか？　どう考えても全力で獣道をそれも逆走しているとしか思えないが。

「何言ってんの？　あたしはいつだって王道を目指しているのよ。そのためにはしないといけないことはすべてすんの。キョン、あんた今日が節分だって忘れてたでしょ？　許し難いわ」

自分だって忘れていたくせに、いや、だからこそと言うべきか、HRが終了するやハルヒはさっそく準備に挑みかかった。と言っても必要なのは豆と太巻きだけである。買い出しには自らをもって任じ、幸いにも俺は担任岡部に呼び出されて進路指導という名目の説教を受けており、古泉は運よく掃除当番、そのためハルヒは荷物持ちとして長門と朝比奈さんをただちに招集し、三人で放課後の学校を意気揚々と出て行って、そして今帰ってきたという筋書きだ。

太巻きは縁起のいい方角を向いて喰えばしまいだが、豆は別の目的を課せられている。

「で、どこに撒こうというんだ？」

俺は袋を開けて豆を口に放り込みながら尋ねた。お茶請けにはもってこいだな。

「部室に撒いたら掃除が大変だし、第一もったいないぜ」

「どこでもいいわ」

ハルヒは爛々と輝く目を動かして、

「そうね、校舎の渡り廊下のてっぺんから中庭に向かって撒くのがいいんじゃない？　地面に落ちたぶんも鳥のエサになるから片づけ無用だもんね」

それに、とハルヒは付け足した。

「ちょうど福娘にうってつけの人材は揃ってるんだし、景気よくやんないと」

ＳＯＳ団団長のIa型超新星爆発のような瞳が向けられた先には、豆袋の説明書きを熱心に読んでいる朝比奈さんと、早くも長テーブルに着いて物騒なタイトルのミステリ本を読みふける長門がいた。

なるほどね。

もし学内福娘コンテストを開催すればぶっちぎりの優勝と審査員特別賞が与えられるだろう二人であったが、それを差し置いてもこの手の追儺儀式にはぴったりなコンビと言える。朝比奈さんは演出的に、長門は実務的な意味で。

問答無用でハルヒに引きずられる朝比奈さんの後を追うようにして校舎最上階の渡り廊下までやってきた俺たちは、そこで下された命令に従って気前よく豆をばらまくことになったわけだが、これも命令により撒き手は女子団員三人組に限定されていた。俺と古泉は彼女たちが手にしている升に黙々と豆を補給する係で、ハルヒの指示にしては珍しくそのほうが誰にとっても幸せな効果を発揮したのは間違いない。

当初は何事が始まったのかと殺虫剤の噴霧を恐れるゴキブリのように隠れていた生徒たちだったが、一分としないうちに男子生徒どもが中庭にわらわらと群れ始め、朝比奈さんや長門の投げる豆を受け止めようと、おひねりを奪い合うように右往左往している。ハルヒの豪腕が生み出す散弾銃のような豆攻撃は主に回避する方向で彼らの行動も一致しているようだ。

「しまったわ」

ハルヒは心から残念そうに言いつつ、

「これ、みくるちゃんに巫女さんの格好させてたらお金を取れるイベントになったかも。参加料一人百円でもけっこう稼げそうよね？」

そんな衣装を着せられて校舎を練り歩くことになったら朝比奈さんがますます人気者になってしまうだろうが。俺の心配の種をこれ以上増やさないためにもコスプレは部室内限定でいい。

「ふ、福はうちーっ、ええと、それっ。福はうちー」

俺は懸命に豆を投擲する朝比奈さんと黙って掌から豆をこぼしている長門を眺め、当然の帰結として二人の巫女装束を脳内投影してから重々しくハルヒに答えた。

「一人五百円にしよう」

ちなみにかけ声は「福は内」の一言のみに限られている。そのわけは、

「あたしはね、『泣いた赤鬼』を読んで以来、鬼を見かけたら優しくしてあげようって心に決めてるのよ。もう、すっごい泣いたわ『泣いた赤鬼』。あたしなら立て札見た瞬間に大喜びで赤鬼さんちに行ってお茶とお菓子を遠慮なくもらったのに……」

すっかり鬼サイドに感情移入したハルヒは俺に厳然とした眼光を向け、

「いい？　あんたも青鬼に会ったら親切にしてあげるのよ。鬼を外に追いやろうなんて絶対不許可よ。SOS団は人以外の人にも広く門戸を開放しているんだからね」

中途半端な方除けを主張し、こうして福とやらをどんどん内側に取り込み続けるのはいいが外に放出するものが何もないとすると、いずれ目一杯に膨らんだ見えざる袋的なモノがパチンと音を立てて破裂するような予感があるものの、青鬼に関しては俺もハルヒに同感だ。

それは俺がまだ感受性豊かなガキの頃に涙した思い出のせいかもしれないし、長門が節分用豆パックのオマケについてきたチャチな鬼の面を頭の横につけているからかもしれない。部室でハルヒが語った昔話を読書しながら聞いていた長門は、なぜか紙製の鬼面に興味を持ったようにひっそりと手にして走査レーザーみたいな視線を注いでから自分の頭につけた。

ハルヒ言うところの人以外の人ってフレーズが心に触れたのかもな——これは俺の

妄想だが。

朝比奈さん長門コンビによる校内豆まきサービスが終了した後、俺たちは部室に戻って太巻きを一気食いすることになった。今年の恵方をネットで調べ、ハルヒは全員に食料を配布すると、

「食べ終わるまで喋っちゃダメだからね。ほら、みんな立って。あっちを向いて食べましょう」

五人が同じ方角を向いて一列に並び、黙って冷えた巻きずしをムシャムシャ頬張るという異様な風景が数分間続けられ、ハルヒと長門はほとんど数口で完食したが、小動物のように両手で恵方巻を持った朝比奈さんは目を白黒させながら過食をしいられ、俺は晩飯に同じものが出てこないことをひたすら祈っていた。

残った豆は深皿に空けられて、朝比奈さんの淹れてくれたお茶とともに主に俺とハルヒの腹の中に消えることになり、節分ってこんなに腹のふくれる行事だったのかと認識を新たにしたしだいである。

これでハルヒの気が晴れたかと思いきや、どうしたことか、翌日には再びおとなしくなってしまった。最初にも言ったが深刻な憂鬱ではなく節分を思い出しただけで快

晴になるようなシロモノなのはすでに証明されたとおりだが、それだけにこの微妙な静けさの意味がつかめず何やら不穏だ。どうやらハルヒのこのおとなしさは俺にだけ解る種類のようで、ザコキャラ谷口や国木田はともかくハルヒの精神的専門家と豪語する古泉ですら気づいていないらしい。

どうも変だ。

そう思って首をひねくっていたのだが、俺もおちおちハルヒの動向ばかりを気にするわけにはいかなくなった。

もっと直接的な変なことが起きたからである。こっちはハルヒのような雰囲気的なものに止まらず、目に見える形をもって発生した。

時間移動に関わるようなことはもう当分ないだろうと古泉には言ったばかりだし、俺もそのつもりでいたのはすでに述べたとおりだ。とりあえず過去に遡ってそこで何かするようなこととはしばらく無縁でいたかったわけである。何度もやるもんじゃない。ましてや理由が解らないまま行くもんではないことは確かだ。

哀れな俺のそんな願いを聞き届けてくれたのか、まあ、その通りにはなったとも。

今回、時間を跳んでしまったのは俺ではない。俺はこの現在時間を一歩も動いたりはしなかった。だが、それでも時間を巡る騒ぎに巻き込まれることになったのである。

その人は文芸部部室の掃除用具入れの中に現れた。

第一章

節分から数日を経たその日の夕方だ。

放課後、部室の扉を開いた俺を待っていたのは冷え切った空気と無人の室内だけだった。朝比奈さんの出迎えもなければ、テーブルの片隅に長門のこぢんまりした姿もなく、ハルヒも当分来そうにない。今日はあいつが進路指導を受ける番になっていて今頃職員室で担任岡部を困らせるような進路を希望していることだろう。お前は将来何になりたいのかと聞かれて「支配者」とか「宇宙大統領」とか不真面目なことを真顔で言っている気がする。まかり間違ってそんなもんになってもらっては困るので岡部教諭にはこんこんと諭すやり方でハルヒにまともな人生設計を促す努力を期待したい。頭ごなしに言い聞かせたりしたら意地でも曲がらなくなるクロム族元素のような性格をあいつは持っているからな。

俺は鞄をテーブルに置くと、誰もいないせいもあって寒々しい部室に温もりを与えるべく電気ストーブのスイッチを入れた。旧式電気ストーブは熱を発散させるまで相当のタイムラグを要する。

他に暖を取れそうなものは朝比奈さんが沸かすヤカンの湯気と、彼女の淹れてくれるホットティーくらいなものだ。早く飲みたいものだと待ちわびながら俺が近くのパイプ椅子を引き寄せたとき、
がたん――。

「何だ？」

部屋の隅からだ。俺が反射的にそちらを見ると、たいていどこのクラスにもあるスチール製の長方形、すなわち掃除用具入れが鎮座している。自分の耳を信じる限り、音源はその中だ。

何かの拍子にホウキだかモップがずれたんだろうと思っていると、
カタ――。

今度は控えめな音がして、俺は一人呟いた。

「よせよな」

こんなことを感じた記憶はないか？　家族が出かけて誰もいない自宅に帰ったとき、自分一人しかいないはずなのに、どうも人の気配がしてならない。何となくカーテンの後ろがゆらゆら揺れているような、誰かが潜んでいるような、確認したくても本当に誰かがいたら恐ろしいので放っておいたりして、たいていの場合はまさしく気のせ

いで終わる。

　今回もそうだろうと俺は踏んだ。これが部室ではなく留守役を仰せつかった自分の家ならビクッとしたままだったかもしれないが、ここは学校でまだ陽も落ちていない。何をビクビクすることがあろうか。

　俺は何の気なしに掃除用具入れに近寄り、大した期待もなく扉を開け、たちどころに絶句した。

「…………え？」

　掃除用具入れにホウキとモップとチリトリ以外のものが入っていたからである。あまりの意外性に、思いが口をついて疑問文となった。

「……何をやってんですか？　そんなところで」

　当然の疑問を口にした俺を見たその人は、

「あ……キョンくん」

　朝比奈さんだった。彼女はなぜか安堵の表情を浮かべ、

「待っていてくれたんですね。よかったぁ。どうしようと思ってたんですけど、これで安心しました。ええと、それで、その、……あたしはどうすればいいの？」

「へ？」

「え？」

彼女はパチクリと目を開いて俺を見上げ、

「あのぅ……。今日のこの時間でよかったんですよね？　確かにここで合ってたと……」

清掃道具と仲よくスチール箱に入っているそのお方、自信なさげに俺を見上げる小柄なセーラー服姿を見つめるうちに、俺のイヤな予感が高度成長期の工場地帯から出る煙突の煙のようにわき上がった。

「朝比奈さん……？」

どうしたことだ、掃除用具入れの中で隠れんぼか？　まさか。そんなはずはない。

胸中に立ち上る煙が煤煙になりかけた、その時、
こんこん――。

部室のドアがノックされ、俺と朝比奈さんは同時にビクリとしてそっちを向いた。

俺が返答しようと口を開きかけた時、

「あっ、えっ？……あ、だめ……！」

ネクタイが引っ張られた。思わず前のめりになった俺を、朝比奈さんはさらに抱き寄せるようにして掃除用具入れに引きずり込み、手を伸ばしてスチールの扉をパタンと閉じた。

うわ、何だこれは。どういうことなんだ。

「しーっ、キョンくん、黙って。何も言わないで」

朝比奈さんが口に人差し指を当てたのを、覗き窓からの細い明かりが辛うじて照らす。そう言われなくとも俺は何も言えなかっただろう。考えてもみて欲しい。

掃除用具入れは普通にいって人間が入るようにできていない。一人でも充分定員オーバーなのに二人も入っているわけで、誰かというと俺と朝比奈さんだ。そして朝比奈さんはハルヒが目をつけるだけのことはあるグラマーな曲線美の持ち主である。当然の流れとして俺と朝比奈さんは密着せざるをえず、事実、密着している。制服越しでも解るやたら温かくて柔らかいものが俺の胸の下あたりに押しつけられているのだ。

俺が忘我の心地でいると、部室のドアが開く音がして誰か入ってきた。が、なんとなくどうでもよかった。暖房器具のない冬の山小屋で暖め合っているがごとく、朝比奈さんが俺にくっついて息を殺しているのである。何だか解らないが抱きついてくれてもいる。こんな幸せなことがこの世のどこにあるだろう。

イヤな予感なんぞクソ食らえだ。煤煙はいまや澄み切ったオゾンとなって俺を爽やかな癒しの夢心地に誘い……、いやもう言葉はいらん。永久に続いて欲しい時間だった。

しかしそんな俺の陶酔も、部室に来たその人の声によって中座を余儀なくされた。

「あれ？　誰もいない……。ストーブはついてるのに。あ、これ、キョンくんの鞄だ。トイレかな」

俺はいまだネクタイを握っている朝比奈さんを見下ろした。朝比奈さんも俺を見上げた。

次に俺は首をねじって背後を見ようとした。掃除用具入れの細いスリットが唯一の光源であり窓でもあった。人間の首は半回転するようになっていないが、それでも目の端に外の風景がかすめて見える。

「…………！」と俺は声に出さずに驚きを表現した。

そこにも朝比奈さんがいた。

ストーブに向かって手をかざしていたその朝比奈さんは、うふふんと鼻歌を歌いながら移動して俺の視界から消え、ハンガーにかかったメイド服を持って再登場し、それからセーラー服のリボンをしゅるりと外してパイプ椅子の背もたれに引っかけ、さらにセーラーのファスナーを全開にすると、ごそごそと脱ぎ始めた。

「…………！」と俺は三点リーダーを連続させる。

その朝比奈さんは脱いだ制服の上も椅子に置いて、今度はスカートの腰に手を当てたあたりで、俺の顔にも手が当たった。

「…………！」

こっちの朝比奈さんが両手で俺の顔を挟んで、強引に前を向かせた。暗がりの中にあっても解るほど、この朝比奈さんは顔を紅潮させている。その唇が動いた。

み・な・い・で。

読唇術を発揮することもなくそう見えたので、おそまきながら俺は自分がかなりいただけない行為に走っていたことに気づき、謝罪を述べようとして慌てて口を押さえ、そして改めて現状を認識した。

朝比奈さんが二人いる。

ちょっと待ってくれ。どっちかが大人バージョンならまだ解る。そういうことは度々あったから、ここに彼女が現れてもそんなに驚くこともない。

しかし今はどうだ。そっくり同じ、見た目にまったくうり二つの朝比奈さんが薄っぺらいスチール扉を隔てて中と外にセットで存在し、一人は俺と息と肌の触れ合う距離で正面から抱きつき、一人は部室での正式衣装であるメイド服に着替える真っ最中ときやがった。

どちらも本物の朝比奈さんだ。俺は長門の表情と朝比奈さんの真贋を見分ける術なら誰よりも高度なスキルを持つと自負している。その判断を信じるなら二人は同じ人だとしか言いようがなく、同一人物が同じ空間に同時に存在し、ということは——。

時間移動だ。

どちらか一方、おそらく俺と狭い空間を共有しているほうの朝比奈さんが、こことは別の時間、それもごく最近から来たんだ。二人の朝比奈さんは全然違わなすぎる。一卵性双生児でももうちょっと何かあるだろう……。

だが、とっさにそう考えたのもつかの間のことだった。考えるよりも感じるほうが誰しも先立つものとしては自明の理であろう。

なんたって、内側の朝比奈さんは目をギュッと閉じて俺を離さないし、外側の朝比奈さんが立てる衣擦れの音が生々しく俺の想像力を刺激するしで、早くも俺の内堀と外堀は完全に埋め立て工事終了の合図を待つまでになっている。真田幸村がいなかった場合の大坂夏の陣なみにどうしようもない。こんなツープラトン精神攻撃を喰らっては何も反応するなというほうが無理だ。

脳のどこかがドバドバと麻薬的な物質を分泌してふらふらになりそうだった。どうにかしてください。

このままでは身近にいる朝比奈さんを力の限り抱きしめるか、ここから飛び出していって着替え中の朝比奈さんの腰を抜かせるかしただろうが、ギリギリのところで救い主が現れた。

ドアの開く音が俺を正気に戻す。

「…………」

そいつは無言で立っているようだ。ドアを閉める音がしない。

「あ、長門さん」

朝比奈さんの透き通った声が聞こえる。

「ちょっと待ってくださいね。お茶、すぐに淹れますから」

俺は再び首をねじった。

メイドスカートの裾が翻った瞬間を目の端が捉えたが、スリットからはそこまでが限界だ。なので着替えを終了させた朝比奈さんがパタパタとコンロに駆けよる姿を脳裏に再生する。

「…………」

長門が入ってくる物音がしない。たいてい音を立てずに歩くヤツだが、ドアが長門に付き合って無言で閉まるわけはなく、つまり長門は入り口付近でずっと立ち続けているらしかった。

「あの……どうしました？」

朝比奈さんの不安そうな声。またしても俺の想像である。長門は片手に鞄、片手をドアノブにかけたまま、掃除用具入れをじっと見つめているに違いない。

「…………」

「あの、」

「話がある」

長門の声だ。

「えっ？」と朝比奈さんが驚きの声。

「ついてきて」

「ええっ？」と朝比奈さんはさらに驚き、

「ど、どこに行くんですか？　そ……え……？」

「この部屋でなければどこでもいい」

「で、でも、何の話でしょうか……。ここではダメなんですか？」

「ここでは話せない」長門の声が淡々と言った。

「ええ……あたしに、ですか？　本当に？」

「そう」

「わっ？　あの、長門さん？　きゃっ、そんな引っ張らなくても……」

後は無言だった。朝比奈さんがたたらを踏む足音がして、すぐにドアが閉まった。

二つの気配が部室棟の奥へと遠ざかっていく。

長門、感謝するぜ。

バン、と音高く俺は掃除用具入れから脱出した。次いで朝比奈さんがまろび出てくる。

「ふわわぁ」

床に膝をついて朝比奈さんは安堵とも疲労の末ともつかぬ声を漏らした。

「びっくりしたぁ」

俺以上にびっくりしたとは思えないが、

「朝比奈さん」と俺は言う。「何です、これ？　どうなってんですか？　あなたはいつの朝比奈さんです？」

朝比奈さんは低い位置にある顔をもたげて俺を見つめ、瞬きを連続させてから、

「え？　キョンくん、知ってるんじゃないんですか？」

何を。俺の知るどんな術があると言うんでしょう。

「だって、」

朝比奈さんはせっかく乗り込んだ救命ボートに穴が空いているのに気づいた沈没船の客室乗務員のような表情で、

「この時間に行けって言ったの、キョンくんじゃないですか」

待ってくれ。

俺は頭を回転させる。かつて俺は似たようなことは言った。確かに言った。それは一月二日であり、俺は去年の十二月十八日に戻る必要があったからだ。戻って、帰ってきた。

そこまではいいだろう。その後だ。少なくとも俺は未来に跳んでいくよう朝比奈さんに指示した覚えはない。して欲しいとチラリとも思ったことがない。

てぇことは……。

未来だ。この朝比奈さんは未来から来たのだ。

「いつから来たんですか？」

「はぁ……」

朝比奈さんはキョトンとして、腕時計に目を落とした。

「えーと、一週間と一日……八日後の、午後四時十五分ですけど」

「何の理由で？」

「解りません」

そんな、あっさり言われても。

「本当に解らないんです。あたしはキョンくんに言われたとおりにしただけだもの。あたしが聞きたいです。どうしてキョンくんの申請はこんな簡単に通っちゃうの？」

朝比奈さんは、少しハルヒ気味に唇を尖らせた。その表情も可愛らしいのだが、しみじみ比べている場合ではない。俺は部室の扉に意識を向けながら、

「俺が指示したんですか？　八日後の俺がそんなことを？」

「はい。何か慌てていましたけど、行けば解るからって。あと、そっちで待ってる俺

によろしく、って言ってました」

何を言ってるんだ、八日後の俺は。

理解に苦しむ。朝比奈さんを過去に戻していったい何をさせるって？　よろしくなんて頼まれても困る。

いや、待て。またまたおかしいことになっている。この朝比奈さんは八日後から来たと言った。そいで、メイド衣装に着替えて長門に連れて行かれた朝比奈さんは現行時間の彼女でいい。

えー……？　じゃあどういうことになるんだ。朝比奈さんが二人。ここは部室。もう一人は長門に校舎の裏かどこかに連行されて、まさかヤキを入れられているわけではないだろうが……。

「非常階段に連れて行かれて、なんだか難しいお話を聞かされたの」

朝比奈さんは首を傾げながら、

「神様の存在を数論を用いて証明する方法と、その否定を観念論的におこなうにはどうしたらいいか……だったかなぁ。長門さんが一方的に喋ってて、ぜんぜん解りませんでしたが、あれって何だったのかと……あ」

そこまで言って言葉を切った。

「……そっか」

朝比奈さんがハッとするのと期を同じくして、俺の脳内にあるカラータイマーが点滅レッドに変わった。そうだ、このままではマズいことになる。

長門の電波話が長引くことを願いつつ、

「朝比奈さん、あなたはこの一週間で未来からやって来た自分に会ったことがないんですね？」

「ええ、うん……」

神妙にうなずきながら朝比奈さんも少しは慌てている。なら急がねばならないだろう。この朝比奈さんを、あの朝比奈さんに会わせるわけにはいかないのだから。

長門は気づいたんだ。掃除用具入れに俺と朝比奈さんがいることを感じ取り、だから時間稼ぎの手段に出てくれたのだ。ここからメイド版朝比奈さんを連れ出したのは、俺とこの朝比奈さんが脱出する時間稼ぎ以外にない。

おっつけハルヒと古泉もここに来る。たまには休めばいいのに鮭が故郷の川に戻ってくるように部室を目指すのがSOS団構成員の習性だった。俺もそうだからよく解る。そして朝比奈さんが分裂しているのをハルヒが見たとして、双子だというイイワケが通用する確率がいかばかりか俺には判断できない。朝比奈さんにアドリブを期待するほうが間違いだ。

一刻も早くここからこの朝比奈さんを引きはがさないと、のちのちエライ目に遭いそうな気配だった。

「出ましょう、朝比奈さん」

俺は自分の鞄をつかみ、部室のドアを薄く開けて廊下の様子をうかがった。誰もいない。手招きすると朝比奈さんはちょこまかと近寄って、おそるおそる廊下に視線を飛ばした。カウントダウンがすでに発動している。条件は二つ、現在時間の朝比奈さんにこの朝比奈さんを見せてはならないってことと、ハルヒに朝比奈さんが二人いるところを目撃されてはならないってことだ。いっそ変装させようかと俺はハンガーラックに目をやって、かえって目立ちそうな衣装しかないことを再認識してあきらめた。幸いこの朝比奈さんは制服姿だ。木の葉は森に隠すべきである。

朝比奈さんの腕を取って、俺は部室から急ぎ足で出た。せかせか歩きながら、

「八日後ってのは間違いないんですね？」

「うん、キョンくんが八日前の午後三時四十五分に行けって言いましたから」

朝比奈さんの歩幅もいつもより広い。部室棟の階段を一段飛ばしで下りる。担任岡部がハルヒの説教に手間取っていることを祈るぜ。

「じゃあ、あなたはこの一週間に起こることを知ってるんですね？」

一階に辿り着いた俺は、少し迷ってから中庭を横断するルートを選択した。渡り廊下から校舎に行く道はハルヒと正面衝突する可能性があるし、下駄箱に向かうにはこ

っちのほうが早い。

朝比奈さんは口で息をしながら、

「過去に行かないといけないような事件でもあったんですか」

「ええ、まあ」

「思い当たるフシがないんです。いきなりキョンくんに引っ張って行かれて、あの掃除用具入れに」

押し込んで、今日に行け、と命じたというわけか。我ながら意味不明な行動だ。何を考えていやがったんだ？　だったら俺も一緒にここまで来たらいいじゃないか。一人で考える手間が省けていい。

見知った誰にも会わないうちに下駄箱まで到着した俺は、そこでハタと立ち止まった。

「どこに行けばいいんだ？」

学校から出るべきなのは鉄板だが、朝比奈さんを匿ってくれそうなところとはいったいどこだ。

と言うかだな、何をすればいいんだ？　このまま何もしないで八日後に帰ってもらうってわけには――。

「いきません」

朝比奈さんは寂しげな上目遣い。

「あたしもそう思って連絡取ってみたんですけど、ダメだって。いつ戻っていいのかも極秘、あたしには不明なんです」

つまりこの八日後から来た朝比奈さんは、今日なり明日なりに何かをしなければならないのだ。それはまあ、いいとしよう。

で？

だから、その何って部分が一番知りたいんじゃないか。どうして八日後の俺は彼女にメモ書きの一切れでも持たせなかったんだ？

俺が未来の自分をなじっていると、朝比奈さんは二年生用の下駄箱に向かってテテという感じで駆けていき、俺も学校指定の上履きをスニーカーに履き替えようとして、

「朝比奈さん！」

急いで未来人の姿を捜し求める。朝比奈さんは高い位置にある自分の下駄箱を背伸びして開けているところだった。

「はい？」と朝比奈さんはその姿勢のまま振り返り、

「何ですか？」

何ですか、ではありませんよ。

「その靴は今ここにいるあなたのもんです」

「あっ……そう、か……」

下駄箱の蓋をパタンと閉めて、朝比奈さんは目と口を開かせた。

「あたしがこれ履いてっちゃったら、ここのあたしが帰るときに困りますね。そういや、靴がなくなって困った覚えはないです……」

それだけじゃない。この朝比奈さんのことだから、自然に脱いだ上履きを下駄箱にしまってしまうだろう。するとどうなる。あの朝比奈さんがいざ帰ろうと蓋を開けたら、まさに自分が履いているのと寸分違わない上履きが出てくるって計算だ。

「そ、そうですね」

朝比奈さんはうろたえつつ、

「でも、じゃあ、どうやって帰ったら……」

上履きのまま出るしかないな。ちょっと恥ずかしいが気にしても仕方がない。まさか誰かの靴を拝借するわけにもいかんし。それに今は「どうやって」よりも「どこに」のほうが肝心だ。

俺は胸の奥でタイコを鳴らしつつ自分の下駄箱にとって返し、蓋を開けた。

そして見つけた。

なんだか懐かしい気のする未来からのメッセージ。

「……さすが、手回しがいいな、朝比奈さん」

俺の薄汚い靴の上に、ファンシーな封筒が載っかっていた。

俺と朝比奈さんは刺すように冷たい山風を浴びながら坂道を下っている。

同じように下校する北高生がチラホラといて、手ぶらで上履きという学校帰りには似つかわしくないスタイリングの朝比奈さんをチラチラと見ているような気がするのは俺の気の回しすぎだろうか。

俺の右隣で朝比奈さんの栗色の髪がふわふわと揺れているが、表情は髪のように軽やかではなく、雪を降らせる直前の曇り空に近かった。

ついでに俺の顔色も冴えなくなっているに違いない。なんたって部室からトンズラせざるを得なかったわけで、いかなる理由があろうと無断で部活（部じゃないから団活か）を休むと団長の機嫌が急角度で傾き出すことになっており、笑えるイイワケかよっぽどの用事を考案しておかないとハルヒ特製バツゲームの餌食となるのは規定事項だ。

だからと言って朝比奈さんを放置することは様々な意味で危なっかしい。寒い夜空の下を行く当てもなくさまよう朝比奈さんを見かけたら誰だって保護したくなる。そんな保護者が人格者ばかりであるという保証はなく、だったら俺が保護しておく。

「ごめんなさい」

しょぼくれ気味でも可愛い声が、

「あたし、また迷惑ばかり……」

「いやぁ、全然」

皆まで聞かず潑剌と答える俺。

「あなたをここに遣わしたのは俺なんでしょう？　なら、悪いのはその俺だ」

それと朝比奈さん（大）だ。どっちも未来の俺たちにしては不親切すぎるぞ。そんなに過去が嫌いか、未来人は。

俺は手を突っ込んだポケットの中で封筒を握りしめた。

宛名も送り主の署名もない封筒に入っていた便せんには、

『どうか今あなたのそばにいる朝比奈みくるをお願いします』

と、だけしか書いてなかった。几帳面な字に覚えがある。去年の春、これと同じ書体の呼び出し文によって昼休みに部室に誘われた俺は、超絶グラマー美人となった朝比奈さん（大）に会ってホクロの位置ともっと重要なヒントをもらった。差出人は彼女で間違いない。

しかしお願いされてもなぁ。何しちゃってもいいのかい、朝比奈さん（大）。許可されているのはチュウまでじゃなかったっけ。

ちなみにこの手紙は今俺のそばにいる朝比奈さんにも開示ずみだ。彼女にも見せていいブツのはずである。朝比奈みくるをお願い――という一文で解るだろう。これが俺だけに宛てられた秘密指令なら、その部分は朝比奈みくるではなく『わたし』となっているだろうからだ。

便せんを持って食い入るように見ていた朝比奈さんは、「どういうことでしょう……？」と呟き、将来的に自分が書くことになるのだとはまるで気づいていない――らしい。

だが、うすうす感づいていてもおかしくはないんだ。二度目の十二月十八日、あの時、彼女はそこに俺でも長門でも朝倉でもない第四の人間がいるのを見た。すぐに眠らされたが、そうされたがゆえに朝比奈さんはその女性に何らかのいわくを感じたはずだ。

そして先月、ハルヒの近所に住んでる眼鏡少年をワンボックスカーから助けてやった時、しょぼんとした朝比奈さんを見てられなくて歯切れの悪い慰めを述べた俺から読みとった情報も彼女の中にきっとある。今の朝比奈さんがどこまで気づいたかは解らないが、古泉の言うとおり、SOS団の連中は全員が少しずつ変化しつつあるようだ。

古泉いわく、ハルヒが閉鎖空間を生み出す頻度が減っている。

また古泉いわく、長門の宇宙人的雰囲気が減少しているようでもある。

そう言う古泉、お前だって以前とはちょっと違うだろ。なあ、副団長殿。

俺の見た感じ、ハルヒは徐々にだが周囲に溶け込み始めているように思える。文化祭での臨時ボーカルもそうだし、コンピュータ研とのゲーム対戦、年末年始の冬合宿など、高校一年の初っぱなに取りつく島もなかった頃と比べるとほとんど別人のようによく笑うし、無関係な他人ともちゃんとした意思疎通ができてるもんな。

――宇宙人、未来人、異世界人、超能力者がいたら、あたしのところに来なさい。

――宇宙人や未来人や超能力者を探し出して一緒に遊ぶことよ！

まるで実現したと知っているかのようだ。

それもこれも全部まとめて成長なんだと思いたい。

もっとも、俺がどれだけ成長したかは自分では解らないが。


半時ほどの時を経て、俺が朝比奈さんを上がり込ませたのは俺の自宅だった。

「そっかー」

朝比奈さんは上がり口で上履きを脱ぎながら、

「キョンくんが部室に来なかったのは、こういうことだったんですね」

呑気に感心する声を出している。

そりゃあ朝比奈さんを彼女自身の部屋に戻すわけにはいかないから、そうなっては行くべきところが他に見あたらず、どこかに朝比奈さんみたいな時間駐在員がいて下宿しているのだとしたら身を寄せてもいいんじゃないかと思ったが、

「そんな人がいるのかもしれませんが、あたしには知らされてません」

ドッグレースを終えたばかりのウイペットのような顔で言われては引き下がるしかない。朝比奈さんの悲しみは深く、事態は五里霧中のど真ん中に遷移している。ようするにわけが解らないのだが積極的に解りたいとも今は思えず、そんな俺たちの困惑とは関係なしに朝比奈さんに飛びついたのは妹である。

「あ、みくるちゃんだ！」

ベッドの下に逃げ込んだシャミセンを引きずり出そうとしていた妹は、俺が自室のドアを開けるや否や脇目もふらずに朝比奈さんに体当たりして北高男子生徒垂涎の美少女をよろめかせた。

「お、おじゃまします」

「わぁ。あれ？　キョンくんとみくるちゃんだけ？　ハルにゃんは？」

妹はきらきらした目で朝比奈さんを見上げ、俺は小学五年生十一歳の襟首をつかんだ。

「ハルヒならまだ学校だ。それから俺の部屋に勝手に入るな」

何度言っても無駄なのは解っている。おかげで見つかって欲しくないブツの隠し場所に苦労するんだ、これが。

「だってシャミが出てこないんだもん」

妹は朝比奈さんのスカートの裾をつかんだまま、にへらと笑い、

「有希は？　古泉くんは？　鶴屋さんは？　来ないの？」

とにかく耳に届いた愛称をすぐさま採用してしまうのは俺がキョンくんなどと呼ばれていることからも明らかだろう。人生の先輩を尊崇しようとする概念を持たない小学生、それが我が妹である。誰か俺をお兄ちゃんと呼んでくれ。たまにでいいから。

「あ。デート？　ねえ」

俺は妹を叩き出し、これまでになくカッチリと扉を閉めた。

「さてと」

朝比奈さんと向き合って座り込み、

「この一週間の出来事をかいつまんで教えてください」

「うーん」

迷うような仕草をして朝比奈さんは、

「八日前の……今日ですけど、あたしが部室に行くと誰もいないのにストーブがついてて」

それはさっき見た。

「着替えをしていると長門さんが来て、非常階段の踊り場に……」

それも途中までは見た。

「戻ってきたらキョンくんの鞄がなくて、古泉くんがいました」

タッチの差だったわけだ。

「三十分くらいして涼宮さんも来ました」

けっこう長い進路相談だったな。だったら慌てることもなかったか。

「涼宮さん、ちょっと怒ってたみたい」

進路の件でもめてたんだろう。あいつの志望する将来を記したエントリーシートはどこにも用意されていない。あったら俺でも欲しくなる。

「恐い目をして窓を睨んでました。それからお茶を三杯おかわりして——あっ」

部屋の片隅にいる地縛霊でも見たように朝比奈さんは目を見開き、

「涼宮さん、キョンくんがいないのに気づいて……」

気づいて？

「電話を、」

そのセリフと俺の携帯電話が鳴り出すのが同時だった。

しまった。

よく考えたら今朝比奈さんが語っているのは彼女にとっては録画だが、俺には現時間での実況中継だ。悠長に聞いている場合ではなかったのだ。無断欠席のイイワケをまだ思いついていない。せめてマナーモードにしておけばよかった。出ないとかえって怪しまれる。が、その前に訊いておこう。

「朝比奈さん、俺はこのとき電話に出ました？」

「うん、出たみたいです」

じゃあ、出たほうがいいな。

「もしもし」

『どこにいんのよ』

ぶしつけなハルヒの声はどこかイラだっている様子である。俺は正直に答えた。

「自分の部屋」

『なんでよ。サボり？』

「急用ができたんだ」

この辺から嘘を交えないと。

『何よ、急用って』

「あー……」

ちょうどシャミセンがのそりとベッドの下から這い出てきたのが目に留まる。

「あれだよ、シャミセンが病気になったんで動物病院に連れてった」

『あんたが？』

「ああ、家には妹しかいなくてな。俺に連絡してきた」

『へぇ。何の病気？』

「えー……円形脱毛症」

　適当に放ったセリフを聞いて、なぜか朝比奈さんが口元を押さえた。

『シャミセンが脱毛症ですって？』

「ああ。医者の話ではストレスから来るものらしくてだな、現在自宅静養中だ」

『猫にストレス感じる精神なんかあんの？　だいたい自宅静養って、それ、シャミセンにはいつものことじゃん』

「まあそうなんだが、ほら、うちの妹が構い過ぎるのがよくないらしいんだ。だから俺の部屋を妹立ち入り禁止地区に指定してシャミセン保護区にすることにした」

『ふーん』

　納得したかどうか、ハルヒは鼻を鳴らして押し黙り、次にこう言った。

『あんた、今誰かと一緒にいる？』

「………………」

　俺は携帯電話を耳から離して通話時間をカウントする画面表示を見つめた。

　なんで解るんだ？　朝比奈さんは一言も喋ってないし、うっかり声を漏らさないように両手で自分の口を押さえているのに。

「誰もいやしねえよ」

『あら、そうなの？　あんたの口調がおかしいから、てっきりそう思ったんだけど』

無駄に勘の鋭いところは相変わらずだ。

「シャミセンだけだ。なんなら替わろうか？」

『いいわよ別に。お大事にって言っといて。じゃあね』

意外にあっさりと切れた。

俺はベッドに携帯を放り出し、朝比奈さんの膝にすり寄る三毛猫の模様を眺めながら、さてどこの毛を丸く刈ってやろうかと考えた。まかり間違ってハルヒが見舞いに来るようなことがあれば困るからな。

「この後、ハルヒはどうしてました？」

シャミセンの耳の後ろをこしこししていた朝比奈さんは、思い出し顔になって、

「うーんと、五時過ぎまで部室にいて、それからみんなで帰ったの。涼宮さんは……そうだなぁ、なんとなく物静かでした。部室でもずっと雑誌読んでただけだったし……」

ハルヒの気味の悪いおとなしさが、ついに朝比奈さんにも解るまでになっていたか。

他の連中はどうだったのだろう。長門が事態を解ってくれているのは確かだが。

朝比奈さんの指使いに引かれるように、シャミセンは喉を鳴らしながらセーラースカートの膝小僧に前足を乗せた。そのまま膝の上を占拠したシャミセンの背に手を置

いて、

「いつもと違うところはなかったような……。ごめんなさい、よく覚えてないんです」

　しょうがないでしょうね。俺だって一週間前の古泉の表情なんて細かく覚えていない。問われればいつもの調子だった、としか言いようがないな。

「他には？　明日とか明後日とか」

　ゴロゴロと鳴くシャミセンの尻尾を軽くつかんでいた朝比奈さんは伏し目で、

「どこまで言っていいのかな」

　俺の未来スケジュールを教えてくれたらそのまま実行するつもりだが。

「ええと、次の祝日に宝探しをみんなでします」

　宝探しだ？

「うん。涼宮さんが宝の地図を持ってきて、それでみんなで穴掘りに」

　穴掘りぃ？

「そう。鶴屋さんが涼宮さんにあげたんです。実家の蔵を整理してたらご先祖さまが書いた変な地図が出てきたって、こう」

　空中に白魚のような指を泳がせ、

「墨で絵が描いてある古い地図でした」

　鶴屋さん……、あなたまたやっかいなものをハルヒにくれてやったものですね。しかも穴掘りだと？　平安京の検非違使じゃあるまいし、いったいどこを掘ったんだ？

「やま」

朝比奈さんの返答は簡潔を極めていた。

「鶴屋さんの私有地にある山です。学校の帰り道に坂の途中から見える丸いやつ」

聞いているだけでくたびれる。恩讐の彼方にじゃあるまいし、山登りの後で掘削作業とは、このクソ寒い二月にするには耐寒遠足なみにたわけた行事だ。断っておくが鶴屋家の持ち山ってとこにサプライズポイントはないぜ。別荘に私設ゲレンデが付随していたくらいだから地元の山脈一つくらいは余裕で持っていなさるだろう。

俺は溜息を隠そうともせずに、

「んで、宝は見つかりました？」

「え……いいえ」

答える前に口ごもったような気もしたが、朝比奈さんはプルプルと首を振った。

「昔の宝物はどこにも埋まってなかったの」

聞かなきゃよかった。せっかくの祝日にもかかわらず、どうやら俺は見つかるはずのない宝を求めてトレジャーハンターの真似事をしなくてはならないらしい。無駄骨で終わることをあらかじめ知っている作業ほど虚しいことはない。

「その次の土曜日と日曜日にも……」

まだ掘るんですか？　いっそ鶴屋家の庭先をボーリングしたほうが何か出てくるんじゃないでしょうか。温泉とか。

「いえ、土日はあれをしました。ええと、市内のパトロール」

なるほど、あれか。この世の不思議を探すためにそこらをウロウロするというSOS団のメイン活動であるところの、あれだ。そう言えば久しくやってないが、それにしたって、

「二日連チャンでやることもないだろうに」

「ええ……でも、いえっ。そうです」

朝比奈さんは何故か目を逸らし、

「月曜日も学校がお休みでしたから……」

言われてみて思い出した。来週の月曜は特別クラスの推薦入試が実施されるってんで生徒どもは登校しなくていいんだった。

「不思議なことが見つかったんですか？」

そのせいで朝比奈さんが一週間前に来たのかと思ったが、

「いいえ」

逡巡なく栗色の髪が横に振られた。

「いつもと同じ。お茶飲んで、お昼ご飯食べて……」

ますます首をひねっちまう事態だ。聞く限り朝比奈さんが時間遡行する理由も俺がそんなことを命じる動機もどこにもない。これが一年後とか、せめて月単位のスパンならまだ解らんでもないが、来週から今週に来て何か違いがあるか？

俺は転げ回るシャミセンの腹の柔毛をわしわししている朝比奈さんをそれとなく観察した。

今回、たったの八日間でいいなら長門の力を借りずして長門方式が使える。去年の七夕から四年前の七夕に移動した俺と朝比奈さんは、三年間の時間凍結を経て元の時間帯に復帰した。その教訓をいかせばいいのだ。この朝比奈さんを誰の目にも留まらないところに八日間おいておくだけで、そのうち彼女は元いた時間に追いつくこととなる。コールドスリープの必要もなく、弊害と言えば八日分年長になるだけだが、そのくらいなら大して違わん。

しかしなぁ、それじゃ本当に意味がなくなるんだよな。何かあるはずなんだ。朝比奈さんがここにいるのは八日後の俺の仕業で、そして手書きされた朝比奈さん（大）のメッセージ……。

「俺の様子はどうでした？　それらしいことをしたり言ったりしてなかったですか」

「うーん……」

朝比奈さんはうっとりと目を閉じたシャミセンの肉球をぷにぷにと押すばかりである。

切り口を変えよう。

「八日後の俺、そいつがあなたに時間旅行するよう言った状況を教えてください」

「それならよく覚えてます。あたしには今日のことでしたから」

猫から手を離し、朝比奈さんは空中に縦線を何本か描いた。

「中庭で有料イベントをしてたんです。SOS団主催のクジ引き大会」

なんじゃそら。

「アタリを引いた人に……その、豪華賞品っていう一人五百円のアミダクジです。涼宮さんが拡声器で人寄せをして……」

おおかた部費の足しにしようとしたのだろう。

朝比奈さんは喋りにくそうに説明する。

「あたしが商品を渡す役だったの。参加者がいっぱいいてちょっと恐かった……」

節分イベントの意趣返しを企てたのだろうか。

「朝比奈さん、その時どんな格好をしてました？　もしかして巫女さん？」

「え。どうして解ったの？」

ハルヒのやりそうなことだったからな。目立つためにはまず衣装から始めるのがハルヒの流儀である。とにかく目立ったもの勝ちだと思っている。朝比奈さんは普通の状態でもかなり人目を引く目鼻立ちを持っているが、装飾を加えることによって説明不能な不思議パワーが飛躍的に増大するのだ。パラメータ的には魅力度ってやつだ。

「あたしがアタリの人に賞品を渡して、握手して記念写真を撮ってたら」

朝比奈さんは恥ずかしそうに、シャミセンの頬の毛を摘んでいる。

「キョンくんがいきなりあたしの手を引いて部室に連れていきました。大急ぎで制服に着替えるようにって、よく解らなかったけどその通りにして、そしたら掃除用具入れに入るように言われて、八日前の三時四十五分に跳べって。そこに俺が待っているから、後はそいつの言うとおりにすればいいからって」

模様をなぞるように三毛猫の背中を人差し指で擦りつつ、朝比奈さんはうつむいた。

「TPDDの使用許可はすぐに下りました。あり得ないくらいにすぐだったわ。まるであたしが申請するのを待っていたみたい」

どうやらそうらしい。朝比奈さん（大）にはあらかじめ解っていたことで違わないだろう。解らんのは、どうして八日後の俺が未来人の計画に一枚嚙んでいるのかってことだ。あのグラマラス美女の朝比奈さんが、この俺の朝比奈さんと時間を隔てた同一人物だってのは解る。しかし理屈と感情は別物だ。小さい朝比奈さんに理由の知れない時間移動を何回させれば気がすむんだ？　そろそろ教えてやってくれよ、朝比奈さん（大）。

でないと俺がすっきり爽やかにすべてをゲロしちまうぜ。

俺の目の前にいる朝比奈さんは、またもや鬱気味な表情になっていた。先月の一時期と同じ、非力さを恥じるような影が額に浮いているが、非力であることなら俺だって負けてはいない。今だって、これから誰を頼ろうかと考えているくらいだからな。

「ふう」

俺と朝比奈さんが同時に息を吐き、シャミセンが退屈そうに欠伸をした。その時、

「キョンくんー、あけてー」

ドアの向こうから妹が声を張り上げた。その声の通りにしてやると、ジュースとカステラの載ったトレイを危なっかしく持ってひょこひょこ入って来る。お袋が気を利かせたのだと言うのだが、三人ぶんあるところを見るとこいつはこのまま居座るつもりらしい。遅まきながら気づいた。朝比奈さんと自室で二人という絶好の状況に置かれていたのに、まったくそれらしい雰囲気を味わっていないじゃないか。今からでも出て行かないかと眼力を利かせてみたものの、妹は俺を一顧だにせず朝比奈さんの隣にちゃっかりと座り込み、

「シャミ、カステラ食べる？」

ちぎったケーキの生地を猫の鼻面に持っていく妹を見て、朝比奈さんはやっと柔らかい笑顔を作った。

妹もたまには役に立つ。この無邪気さを成長とともに失わないよう、兄として祈る

ばかりだ。

猫を間に挟んだ妹がひとしきり朝比奈さんとじゃれるという時間が過ぎ、俺と朝比奈さんはようやく我が家から脱出した。

腕時計は午後六時十五分を差している。空はすっかり暗く、春分はまだ来月だ。

「どうしましょう、キョンくん」

隣を歩いている朝比奈さんが白い息を吐きながら呟く。歩き方がおぼつかないのは、余ってた俺の靴を貸しているからだ。上履きよりはマシだろうと思ったからだが、シンデレラにあつらえるには大きすぎたかな。

「そうですねえ」と俺も息を吐いた。

このまま朝比奈さんを自宅に留め置きたい気分でもあったし、そのほうが妹も喜ぶだろうが、何をどう考えたって不自然極まりない。特に俺の両親は彼女が自宅に帰れない事情を聞きたがるだろう。これも万が一、噂がヒレを満載させてハルヒの耳に届くようなことになれば、現実的な危機が俺の身に訪れることは確実だ。シャミセンの毛は刈ったとしてもまた生えてくるが、朝比奈さんの存在を消し去るわけにはいかない。朝比奈さん俺ん家宿泊計画は妄想に止めておいたほうがよさそうだ。

小柄な上級生の歩みは斜行しがちである。腕が触れるまで接近してはビクッとして離れるという仕草がこの期に及んですら愛らしい。合わない靴のせいだけではなさそうだ。無意識に頼られているのだとしたら俺もちょっと嬉しいのだが、これまた嬉しがってばかりはいられない。朝比奈さんに寄りかかられてすべてを受け止めることができるほど強靭な自信は俺の内部に発生していない。倒れたドミノは次のドミノを倒し、最後の一枚に行き着くのだ。

では、こんな時に頼るべき最後のドミノは誰かと考えたら、思いつく候補者はそれほど多くなかった。

まずハルヒは完全に除外だ。どうしてかなどと訊くヤツがいたら俺はそいつの頭をイレイザーヘッドにしてやって何ら恥じることはないだろう。

現時点にいるもう一人の朝比奈さんは論外だ。ダブルでおろおろするツインズが一組増えるだけで解決にはほど遠くなる。何よりタイムパラドックスについてこれ以上考えるつもりはない。

古泉にはまだしも多少の信頼感を持ってやってもいいが、あいつの所属する『機関』とやらが未来人をどう扱うかは未知数であり、そんな得体の知れない組織に朝比奈さんを預けたら何をしやがるか解らない。新川さんや森さんと多丸兄弟は善人にしか見えなかったが、彼らが古泉の自称するような下っ端でしかないとしたら、その上で采配している野郎どもに全幅の信頼を寄せるには信用度がちと足りないね。すでに俺たちのことを解って、単純な消去法により一人の名前が浮かび上がる。SOS団の影の実力者。正体不明な親玉をトップに戴いているにしても古泉のところほど即物的ではない存在……。

残ったのはあいつだけだ。

そういうわけで、どこに向かうべきかと考えたら、やっぱそこしかないわけだ。

つまり、長門有希の出番である。こうなりゃ飽きたとかまたかとか言う以前の問題だ。未来人と宇宙人はワンセットとして考えたほうがいいのかもしれん。未来から過去に来るプロセスには必ず長門の部屋に向かうようルート設定されてるんじゃないかね。

それに——、と俺は思った。

この朝比奈さんが現時間での自分の目に留まらないよう、そっちの朝比奈さん(現)を部室から誘い出してくれたあいつのことだ。ひょっとしたら事情まで説明してくれるかもしれない。

「長門さんのところにですか？」

しかし朝比奈さんは俺を見上げ、途端に足取りを緩くした。俺は元気づけるように、

「あいつなら大丈夫ですよ。部屋は余ってたし、一週間くらいなら泊めてくれるでしょう」

何なら俺も寝間着を持ち込みたいくらいだ。イイワケさえ思いつけたらな。

「でも……」

視線を落とし気味に、

「長門さんと二人でいるのは、ちょっと……その。一週間も……ですか？」

ビビる必要はないでしょう。長門が朝比奈さんに危害を加えるなんざありえません。今までだってさんざん世話になったたし、この前は連れだって時間旅行した仲じゃないですか。

「それは解ってますけど……」

不思議なことに、このとき朝比奈さんは俺を咎めるような目でチラリと見て、

「あたしが一緒にいたら長門さんはあんまり面白くないいんじゃないかな……」

「へ？　何でです？」

長門がどんなものを面白いと思うかどうか、なぜ朝比奈さんに解るんだ？　あいつなら自分の十センチ横でラリッたヤツが裸踊りしてようがピクリともしないと思うのだが。

俺が答えを期待して見つめていると、朝比奈さんはぷくりと頰を膨らませ、すぐに前を向いて拗ねるように言った。

「……いいです。もう」

最小限の言葉で言いたいことが伝わるというのが長門のいいところであり、この時もそうだった。マンションのエントランスですっかり指紋が慣れ親しんだナンバーキーとベルボタンを押した俺の耳に届いたのは、

『……………』

いつものような無言のリアクションだ。

「俺だ。朝比奈さんもいる。ちょっとワケがあって、」

『入って』

何回やったかな、この会話。俺が朝比奈さんを大小かまわず連れ込んだのは、えーと、これで四回目か。一回目は四年前の七夕で、二回目もその日、三回目は先月の二日だった。

朝比奈さんがちょっぴり不安そうなのも毎度おなじみの光景で、それはエレベーターから七階の通路を歩いている最中も変わらない。俺の裾をギュッと握りしめているところが喩えようもなく小動物チックで、この人を守らないと言うならほかに守るべきものなど地球を粉末にして調べたとしても出てこないだろう。

「……………」

長門は部屋の扉を半分開けて身を乗り出すように待っていた。制服姿なのもすっかり見慣れている。こいつの私服でいるのを見たのは夏合宿が最初で冬合宿が最後だ。俺たちを見つめる目には特に言いたげな意見は浮かんでいないようだったが、朝比奈さんは早くも弱腰になっている。

「あの……すみません、長門さん……。なんだか困るところに来ているみたいで……」

実際その通りなのだが。

「いい」

長門は冷然とうなずいた。

「どうぞ」

朝比奈さんのおっかなびっくり感は、長門の対応に慣れ親しむ指針として、太陽系からバーナード星系までへの距離が横たわっているようだ。俺が背に手を当ててうながし、ようやく足を踏み入れる。先月、この部屋の客間で眠ったとは思えないほどの遠慮がちな雰囲気だった。

「おじゃまします……」

かつての長門宅の殺風景さ加減は、ひとえに必要最小限のものしかないという事実に裏打ちされていた。今では最初に昨春の俺が呼ばれたときはなかったカーテン、ペイズリー柄の冬用のものがリビングの大窓にかかっていた。それだけでもけっこう印象が変わるものだ。壁の横にはクリスマス以来放置されたツイスターゲームが丸めて立てかけられていたりもして、とは言うもののテレビもなければ絨毯もないのは見たままだ。通されたリビングにあるのはコタツになるが掛け布団のない据え置きテーブルだけである。ぜひ寝室を眺めてその有り様を確かめたいものだと思うが、見ないほうがいいような予感もする俺だった。もし、その部屋がファンシーな壁紙やレースに縁取られた壁掛けに彩られ、天蓋付きのベッドの枕元に羊のぬいぐるみでもあった日には俺は長門に関するあらゆる一切の前提条件をゼロにして一から情報構築を再開しなければならない。そこに至って俺がコメントすべき言葉はメソポタミア文明黎明期に遡っても存在しないだろうと思われる。明日になったら朝比奈さんからの伝聞情報として聞き出しゃいい。

今は別のことを訊かなきゃならん。

「なあ長門、お前はこの朝比奈さんが未来……」ってのはどっちにしろ当たり前か。「じゃなくて、八日後の未来から来たもう一人の朝比奈さんだってことを知ってるな？」

俺は居間のコタツテーブル脇に座りながら言った。

「知っている」

長門は俺の正面に正座しつつ、まだ立ったままの朝比奈さんへ目を向けた。ぴくっとした朝比奈さんは、慌てて俺の横にちょこんと座り、うつむいた。

「朝比奈さんは自分がこの時間に跳んできた理由が解らないそうだ」と俺が説明した。

「話によるとその時間の俺が行くように言ったようなんだが……。ひょっとして長門、お前には事情が解っているのか？」

たとえ解っていないのだとしても、こいつなら未来の情報を教えてくれる可能性は高い。だから、

「解らない」

と、あっさり言われても俺は動揺しなかった。なに、これから解ってくれたらいい。あの同期というやつとかでさ。

しかし長門は俺の期待をあっさりと裏切ってくれた。

「できない。現在のわたしは、過去未来を問わずいかなる時空連続体に存在する自分の異時間同位体と同期することも不可能」

なぜ、と俺が言う前に、

「禁止処理コードを申請したから」

まだ解らん。なぜだ。

「わたしの自律活動に齟齬をきたす可能性があると判断した」

それが封印だとすると、お前の親玉がやったのか。

「情報統合思念体は同意しただけ」

長門の無表情はどこか冴え冴えとしていた。

「わたしの意志」

長門は電報を復唱するような声で言った。

「解除コードは暗号化され、わたしではないインターフェイスの管理下に置かれている。わたしの意志では解除できない。そのつもりもない」

えーと、ようは長門は未来の自分とは情報交換できず、もう未来の出来事を知る術はないと。当然、八日後から朝比奈さんが来た理由も不明だと。じゃあ俺はどうしたらいいんだ？

「あなたの判断で行動すればいい」

真摯な黒い瞳に俺の姿が小さく映っている。

「わたしがそうしているように」

俺は顎を垂らすしかない。長門が自意識を語っている。ひょっとして俺は今、長門に説教を受けているのか？

「同期機能を失うことで自律機動をより自由化する権利を得た。わたしは現時点におけるわたしの意志のみによって行動する。未来に束縛されることはない」

長門にしてはおしゃべりだった。何がそうさせているんだ。

「未来における自分の責任は現在の自分が負うべきと判断した」

長門は俺を見つめている。

「あなたもそう。それが」

長門はゆっくりと言葉を継いだ。

「あなたの未来」

俺は目を閉じて考えた。

仮に予知能力があったとして八日後までの自分の行動を全部知ることができたとしよう。ついでの仮定として、その結果をどうやっても変えられないということも知ったとしよう。どうやっても未来を変えられず、何をやっても結局はそこに行き着くとして、だからと言って仕方がないとあきらめるのは正しいことだろうか。

あれこれと足掻いた結果、どうしようもなくてそうなってしまうのと、だったらしょーがねーやと初めから何もしないのと、行き着くところは同じだとして、それで何もかも同じだと言えるか？

長門は足掻いたはずだ。こいつは自分がエラーを起こすことを知っていた。そうならないように努力したであろうことは疑問形にする労力も惜しいぜ。もしや知っていたことが原因だったのかもしれないが、どうあれ結果的にああなっちまった。誰が悪いとかいう次元の話じゃねえ。悪いのは俺だ。長門が変化しているのを感じながらそれ以上何も考えなかった俺が原因なんだ。少しはハルヒにも肩代わりさせてやりたいが、こればっかりは誰にも背負わせたくない精神的荷物だ。

先月、未来の長門は過去の長門に向かって言った。

——したくないから。

自分がやるべきことをあらかじめ知らせたくはなく、知りたくもなかったからだ。

長門は自分が取るべき行動を取ることを知っていた。自分を信頼していたのだ。

あらためて決意するまでもない、俺だってそうしたじゃないか。

俺は未来から来た自分の声を聞き、過去に行ってそこにいた自分に同じことを言った。今後どうするかなんて聞いていないし、どうすべきかなんて言っていない。

——どうにかなることはもう解ってるんだ。

そして俺はどうにかしてやった。だから俺は今ここにいる。

「だいじょうぶ」

長門の声で我に返った。黒い無感情な瞳がいつもより輝いて見える。

「わたしの最優先任務はあなたと涼宮ハルヒの保全」

朝比奈さんも入れてやって欲しいね。オマケで古泉もな。雪山の館ではけっこうお前に肩入れするようなことを言ってたぞ。

長門はうなずいた。

「敵性存在が意図を持って干渉してきた場合には」

たとえば、どんなヤツだ？

「情報統合思念体と起源を異にする広域帯宇宙存在。かつて、わたしたちを異空間に監禁した」

雪山山荘事件の野郎だな。

「それらは情報統合思念体と遠く離れた――」

長門は言葉を探すように口を閉じてから、

「――位置、に存在していた。互いの存在を確認してはいたが、接触はなかった。相互理解は不可能と結論されていたから。しかし、彼らも気づいた」

何に。

「涼宮ハルヒに」

久々に味わうこの気分を何と表現しようか。誰も彼もがハルヒを特別視して、あいつの振る舞いを見守り、時にはちょっかいまで出す。

「雪山の遭難はそいつらの手引きによるものか……」

「そう。わたしに負荷をかけ、独力での危機回避を困難なものとした」

その頃、お前の親玉は何をしていたんだ。昼寝か？

「有機端末の機能では情報統合思念体の総意を完全に読みとることはできない」

しかし、と長門は二ミリほど首を傾け、

「それらが発信したコミュニケーション手段の一種だと認識したように感じる」

どういう話し合いだよ。俺たちをまるごと閉じこめやがって。そんなアプローチは現代社会では通用せんぞ。

「それらは我々とは完全に異質であり、思考プロセスの理解は不能とされる。それらも我々の思考を理解することはできないと推測されている」

どうやってもかよ。そいつらがハルヒをどう思ってんのか俺は訊きたいけどな。

「完全な情報伝達は無理」

だろうな。ハローの代わりに吹雪を持ってくるような能なしどもらしいし。

「少しならば可能かもしれない」

長門は縦方向に首を動かし、

「それらがわたしと類似機能を持つヒューマノイドインターフェイスを創出すれば、不完全であるが言語を介したコンタクトを取ることが可能となる。確率は高い」

まさか、もうどっかその辺にいるんじゃなかろうな。

「ありえる」

ありえて欲しくないが、出てこないほうが不思議になっているこの感じも何としたもんだろうね。

「あ……」

呼気のような声を漏らしたのは朝比奈さんだ。

「まさか……」

朝比奈さんは何かに気づいたような、しかも驚くべきことに思い当たったような顔で長門を見た。長門も朝比奈さんを見た。俺は二人を見て、未来人と宇宙人が見つめ合っている様子に少し驚いた。

「どうしました？」

「いえ、なんでもないです。ほんと、何でも……」

慌ただしく表情を動かしている朝比奈さんにあっけにとられていると、すっくと長門が立ち上がった。

俺たちを見下ろすように、

「お茶を用意する」

そう宣言してキッチンに向かいかけ、途中で立ち止まって振り向いた。

「それとも」

何を言うのかと俺が口を開けて待っていたら、疑問形の短い単語が降ってきた。

「晩ご飯？」

長門の今日の晩飯メニューは缶入りのレトルトカレーだった。五人分はありそうなデカい缶をそのまま鍋で温めるだけという調理には、何とも言えない長門らしさが感じられる。ここにハルヒがいたら、せっかくのカレーに余計なものをドバドバと放り込むだろうと想像して、俺はこれまた何とも言えない気分になった。うまさと楽しさのどっちを優先すべきかと。

そういやすっかり晩飯時だったんだな。

朝比奈さんが居間に座ったままもじもじとしているのは、長門がじっとしているように命じたせいだった。手伝いを申し出た朝比奈さんに、

「お客さん」

と告げた長門は、黙々と夕食の用意を開始した。戸棚からカレー缶を取り出し、キャベツを一玉千切りにしただけだったが。

やがて深皿に炊きたてご飯を山盛りにし、レトルトカレーをぶっかけるというシンプルな中にも豪快さのあるメインディッシュと、これまた大盛りのキャベツオンリーサラダが俺と朝比奈さんの前に配膳されてきた。恐縮しきりの朝比奈さんはぺこぺこ

と頭を下げつつ皿を見下ろし、山脈のようになっている大量のカレーライスに胃痛を飲み下すような表情で固まって一粒の汗をタラリと流した。

長門は自分の席に着くと、

「食べて」

「い、いただきます」

もちろん俺も手を合わせる。カレーの匂いを嗅いだ途端に鳴り始めていた胃袋が待ちわびていたからな。手料理でないのは少々残念だったが、レトルトもたまにはいいもんだし、無音でカレーの山を切り崩す長門の喰いっぷりと行儀良く食べる朝比奈さんの姿を眺めながらの食事もおつなものだ。話が弾むわけではまったくないものの（ハルヒがいれば一人で喋くってくれるのだが）、食卓の風景としてはこれ以上を望むべくもない。

その後、目を白黒させる朝比奈さんが残した半分以上のカレーを長門と共同で山分けし、食後にこれも長門が淹れてくれたお茶を飲んだところで、

「ごちそうさん。じゃ、まあ俺はこのへんで」

「えっ。キョンくんも泊まるんじゃないんですかぁ？」

お茶を上品に飲みながらみぞおちを押さえていた朝比奈さんがドングリ目を見開き、長門までが湯飲みに口を付けたままじっとした目線を送り込んできた。

「いや、俺は……」

ここで「それもいいですね」とか言ってしまった場合の妄想がバサードラムジェットエンジン暴走中の宇宙船ばりの速度で頭を駆けめぐった。長門から借りたパジャマを着た朝比奈さんが湯上がりの髪をバスタオルで撫でつけながらはにかんでて、その横で長門が頭から湯気を立てて牛乳をこくこくと飲んでいたりするシーンがフラッシュしては消えていき、和室に敷いた二組の布団の思い出へと記憶が遡行し、関係ないのに何故か脳内スクリーンにアップでハルヒのアカンベーが出てきたあたりで我に返った。

「今夜は帰りますよ。明日、学校終わりに寄ります」

それから部屋の持ち主にも、

「いいか？　長門」

こくりとする長門。俺はなおも不安そうな朝比奈さんにうなずきかけ、

「それまでここでじっとしておいてください。ま、何とかなりますって」

気休めじゃないぜ。いざとなったら長門に時間凍結してもらえばいいのだ。一度目の七夕のときにはそうして三年後まで戻ってきたのだから一週間なら楽勝だろう。加えて俺には別の予感もある。朝比奈さんが意味もなく時間遡行してきたはずはなく、八日後の俺がそうしろと言ったのには何か理由があったはずだ。未来のことなのに

「あった」と表現するのも変だが、その確信は揺るがない。まだポケットに入っている例の手紙が教えてくれている。

だろう？　朝比奈さん大人バージョンさん。

この件にあなたが絡んでいるのは間違いのないことですよね。

いじましいまでに庇護欲をそそる朝比奈さんのおどおど顔に別れを告げ、俺は真冬の夜空を見上げながら帰途についた。

その途上で考えることと言えば、長門の能力制限告白のことである。古泉、お前の予感は正しいのかもしれないぞ。長門が普通の女子高生になり、情報統合思念体とは無縁の存在として文芸部室の一員になる日も遠くないのかもしれない。そしたら、俺も困ったことが起こるたびに長門の力を借りに行かなくてもすむ。余計な負担を与えずにすむ。一緒に困ることのできる普通の仲間になれる。

長門の力がなければ、当然今よりもっと困り果ててることだってあるだろう。

だが、それがどうしたというんだ？

去年の十二月、ハルヒや古泉がいなくなったり朝比奈さんが俺を知らなかったりした、あのおかしくなった世界を元に戻したことに後悔はない。だが、少しは未練も残ってるんだ。朝倉がおでんを持ってきたあの日の帰り際――。
あの控えめな微笑をもう一度見たかった。
それがこの世界でもありえることなら、ぜひそのほうがいいのさ。

第二章

次の日、登校した俺を待っていた最初の物体は、下駄箱(げたばこ)の中の封筒(ふうとう)だった。

「やっぱりか」

誰(だれ)にも目撃(もくげき)されないように素早(すばや)くブレザーのポケットにねじ込み、俺は急いで靴(くつ)を履(は)き替(か)えるとトイレに急いだ。秘密の手紙を開けるのはトイレの個室というのがお約束だ。

封を開け、折りたたまれた紙片(しへん)を取り出す。二枚あった。

一枚目は紛(まぎ)れもなく彼女の字で、そこにはこう書いてある。

『○○町××番―△△号にある交差点を南に進むと、近くに舗装(ほそう)されていない裏道がありいます。今日、午後六時十二分から十五分までの間、その裏道と市道が交差する地点に図の通りのものを置いてください。
P.S. 必ず、朝比奈みくるとともに』

俺に読めたのはそこまでだ。文章の最後に見たこともない記号の羅列が署名みたいに書いてあったのだが、これが何を意味するものかは解らない。ひょっとしてサインだろうかと思いつつ、しかし文面も意味不明なものには違いなく、俺は首をひねった。

「何の指令だ？　これは」

そして俺の首は二枚目を見た途端にもっと捩れることになった。

「何だこりゃ？」

恐ろしく不可解なものが図解されていた。簡略化されたお世辞にも上手とは言えない手書き地図と、どうやら地点を表す×印までは理解できる。ただし、その×印に置けと言っている物体の絵と説明は、冗談でなければ完全なイタズラだとしか思えないものだった。

「意味が解らないぞ、朝比奈さん」

今日の午後六時十二分から三分以内にそれをそこに仕掛けろって？

こんなことをして何になるんだ？

文面を暗記するまで読み返し、俺は手紙を封筒に戻して鞄の奥底へとしまった。万が一にもハルヒに見つかってはならん。これぱっかりは俺にもイイワケのタネが見つからないからな。

俺はトイレから出ると、考え込みながら階段を上った。

だが、これで少しは見えてきた。朝比奈さんが八日後から送り込まれてきたのはこのためなんだろう。この時間帯で何かをやる必要があったためで、それは今、学校にいるほうの朝比奈さんではダメだったということなのだ。でもどうしてダメなんだ？

果てしなき疑問と格闘しつつ教室に辿り着いた俺を出迎えたのは、例によって変におとなしいハルヒの顔だった。

ハルヒはちらっと俺を見上げ、

「シャミセンの具合はどう？」

「あー」

そう言えばそうだったな。

「まあまあだ」

「あっそう」

冷えた椅子に座った俺は、さり気なくハルヒの横顔をうかがった。

何も気づいてはなさそうだ。つまらなそうに頬杖をついて、どことなく心ここにあらずっぽく唇を結んではいるものの、最近はしばらくこんな調子である。何を考えているのかは知らないが、俺は俺で深く考えているヒマはなかった。

「なあ、ハルヒ」

「なによ」

「実はそのシャミセンなんだが、今日も医者に連れて行く必要があるんだ。しばらく通院させなきゃならんとかでさ。だから、今日も部室のほうには行けそうにない。すまないんだが……」

てっきり目を剝いて睨まれるかと思いきや、

「いいわよ、別に」

何と、あっさり許可してくれるとは。そんなにシャミセンのことが心配なのか。

「なんて顔すんのよ」

ハルヒはたまげた様子の俺を見て目蓋を緩めた。

「無断でサボるのはダメだけど、ちゃんとした理由があるんなら、あたしだって物の解っている団長だからうるさいことは言わないわ」

物が解っていてうるさいことの言わないハルヒなんぞ今まで見たことがあったかなと記憶をひっくり返し、ひょっとしてこれが初の体験ではないかと考えていると、

「そのうちお見舞いに行ってあげるから、シャミセンには元気出すように言っておいてよね。でもシャミセンがねえ、あんたの妹、猫でも嫌がるような猫っかわいがり方をしてんのね」

どうでもよさそうに言って手首の上に載せた顎をちょっと揺らした。物憂げに黙り

込むハルヒがあまり自然ではないのは確かだが、今回はありがたい。俺には朝比奈問題という宿題ができちまっているからな。

まあ、だが何だろうこの気分。後ろの席のヤツが黙って窓の外を見ているだけで変な懐かしさと新鮮さを同時に感じてしまうってのもどうなんだろう。起きている時間の半分でいいから、こんなハルヒでいてくれたらねえ。

「おはよう！」

予鈴がなり終えないうちに担任岡部が颯爽と入ってきた。

解ってるさ。

ハルヒの憂鬱は長くは続かない。気づいてみれば未来人から聞いた初めての具体的予言だな。朝比奈さんの話によれば、これからこいつは宝探しに俺たちを巻き込み、またぞろあちらこちらと連れ歩くことになっている。起きている時間のもう半分はそんなハルヒでいい。

良くも悪くも、それで安心するようになってる俺がいた。

昼休み、俺は大急ぎで弁当をかき込むと部室に向かった。

教室にいないってことはここにいるだろうと思った通り、長門は長テーブルの指定席で読書に励んでいた。

「長門、朝比奈さんはどうだった？」

俺が連れて行った手前、気にしておいたほうがいいと思ったのである。

「…………」

長門は落としていた視線の先を俺へと固定し、質問の意味を推し測るように沈黙してから、

「どう、とは？」

「迷惑じゃないよな」

「ない」

そいつはよかった。俺は長門と朝比奈さんがパジャマパーティをしている姿を想像する。心が豊かになる思いだ。

「でも」

長門は平坦な声で、

「わたしといると落ち着かないらしい」

磨きたての硬貨のような目が、またハードカバーに落とされた。

俺は黙り込んだ長門を見つめ、白い顔に何か表情が浮いていないかと探し求めた。

残念そうにしてないかとか、寂しげであったりしていたら——、と思ったのだが、無

表情な長門からはどんな感情もすくい取ることができなかった。

朝比奈さんの落ち着かなさは解る。というか、たいていの人間は長門と二人きりで密室に閉じこめられたら落ち着きをなくすだろう。俺やハルヒや古泉以外の人間ならだいたいそうだろうし、まあ鶴屋さんはだいじょうぶだろうが、いやいや問題はそんなことではない。

朝比奈さんのビクつきを長門が理解して、その態度をこうして述べたというところに何かの違いがあるんじゃないか。

「俺も朝比奈さんも、お前には世話になりっぱなしだからな。気を遣うんだよ」

「お互い様」

長門は目を上げずに、

「わたしも力を借りた」

だが、一番何かしてくれているのは長門だろ。俺は何度もお前に命を救われたし、たいていの事件で頼りになってくれたのもそうなんだ。朝比奈さんや古泉が役立たずとは言わないが、お前がいなけりゃどうにもならなかったことのほうが多いぜ。

「わたしが原因のこともあった」

ありゃ仕方のなかったことだ。誰が悪いってんなら俺と情報統合思念体とやらに責任を押しつければいい。お前一人が背負い込むことじゃないんだ。あの事件のおかげで俺はようやくこの現実をまるごとひっくるめて飲み込むことができたんだからな。ポニーテールのハルヒも見れた。俺が何か変わることができたとしたら、あの経験が大きくものを言っている。

「そう」

呟くように言って長門はページをめくった。木枯らしがひゅうと吹いて部室の窓ガラスを振動させる。俺は電気ストーブのスイッチを入れながら、

「お前の親玉はどうしてるんだ？　ちゃんと急進派を押さえ込めているんだろうな」

「情報統合思念体の意思統一は不完全。でも今は主流派がメイン」

なるほど、意識生命宇宙人にも派閥闘争があるんだな。

「お前は主流派に属してんのか」

「そう」

朝倉は急進派の尖兵だった。待てよ、二つだけか？　他にもあるのか、ナントカ派ってのが。

「わたしの知り得る限り、穏健派、革新派、折衷派、思索派が存在する」

それぞれ違うわけだ。朝倉は俺を殺してハルヒを刺激するなんてハタ迷惑なことを思いつき、長門はそんな朝倉を消滅させた。上の方ではまだガチャガチャやってそうだな。

俺が天空での神々のどつき合いを視覚化していると、

「他派の思惑はわたしには伝えられない」

長門はゆっくり首をもたげて本から視線を離した。

「でも、わたしはここにいる」

起伏のない声が、この上なく頼もしく響いた。

「誰の好きにもさせない」


部室から戻る途中、おなじみの二人組とすれ違った。

「やっ、キョンくん！」

鶴屋さんがバタバタと手を振っている。その横にいるお方が、

「あの、猫さんはだいじょうぶですか？」

心配そうに声をかけてきた。

「病院に行ったって聞きましたけど」

朝比奈さんだ。この時間にいる、普通の朝比奈さん。まだ自分があらためて時間遡行するとはまるで知っていない。

「お薬は飲んでます？」

ああ、そうか。ハルヒは部室から電話してきて、そこには朝比奈さんもいただろうからやりとりは知っているわけだ。

「そんなにヒドくはないんですが、養生の必要はありそうですね」

俺は混乱しそうな頭を軽く振った。二人の朝比奈さんは外見上の違いが当然ながらまったくない。気を抜いたら長門の部屋にいるはずの彼女が学校までやってきた、なんて錯覚に陥りそうになるし、そうなっていたとしても俺には気づけないだろう。朝比奈さんが言わない限り。

「シャミがストレス性脱毛症なんて信じらんないよっ」

鶴屋さんが笑顔で、

「でも変な病気になるよりそっちのほうがまだいいかなっ。きっと運動不足だよっ。キョンくんの家にはネズミもいないよね！　うっとこの庭にはたまに出るのさ野ネズミが！　いっぺん連れてきたらどうだいっ？　いい気晴らしになると思うよっ」

「様子見て治らなければそうしますよ」

寒い季節だ、あまり出歩こうとはしないだろうが、春になればシャミセンも喜ぶだろう。桜でも咲いていれば、どうせハルヒが花見だなんだと言ってガーデンパーティを催す気もする。

「キョンくん、今日は部室には来るんですか？」

朝比奈さんが心細げに訊いてきて、俺は今日の自分の予定をあっちの朝比奈さんに尋ねておけばよかったと思いながら、

「ちょっと今日もシャミセン連れて動物病院ですね。ハルヒにはもう言いましたが」

「そうなの？」

心からシャミセンを案じているように、

「早くよくなるといいなぁ」

やや心苦しいが、俺は深刻そうな顔を作ってうなずいた。

「そのうち撫でにきてやってください。そうすりゃ治るんじゃないかな。あいつもオスですからね」

購買部のジュースを買いに行くという二人と別れ、俺は一年五組に戻った。暖房器具のない教室は、さっきまでいた文芸部室より寒々しい。生徒の吐く息と体温で暖めるしかないが、もっとも純度の高い熱源となりそうなハルヒの姿は例によってない。談笑の輪に加わるべく、俺は谷口と国木田が固まっているあたりに歩き出した。

さて、放課後だ。

俺はさっさと学校を後にした。手紙にあった時間には余裕だが、朝比奈さんを一人

にしておくのはどうにも心配で、朝比奈さん（大）の指示に従うのだとしたら用意しなければならない道具もある。

いったん、自宅にとって返すと物置にあったカナヅチと五寸釘を鞄に放り込み、ママチャリにまたがって長門のマンションにダッシュする。耳が痛くなるくらい寒い真冬日だが、一人で俺を待ってくれている朝比奈さんを思えば気にもならん。それにさ、ちょっとしたお楽しみが待っているのは俺にとってほぼ規定事項だ。夏休み以来、俺が念願していたワンシーンの訪れさ。

こうして妙にハイな気分になっているのも部室での長門との会話が尾を引いているからだった。

何があろうと長門は俺や朝比奈さんを守ってくれるだろうし、俺も長門や朝比奈さんを守ってやりたいと思う。ハルヒは俺たち団員を自分の所有物みたいに思っているようだから、誰かがちょっかいを出してきたら暴れ回ってその手を捻り上げるだろうし、古泉は自分の身くらいは自力でなんとかしそうだ。へたり込む古泉なんか想像できないが、もしあいつがうずくまっているようなら手を貸してやらんでもない。きっとハルヒはそう命令する。俺の都合なんか考えずにね。かまやしないさ。ＳＯＳ団の一員になって一年弱、今さらへっぴり腰になるほど俺の学習機能はイカれていない。

「よっと」

俺は後輪を意味なくドリフトさせて自転車を止め、マンション玄関のコンソールパネルに向かった。長門の部屋ナンバーをプッシュする。

『……はぁい』

流れ出てきた朝比奈さんの声に安堵しながら、

「俺です。何もありませんでした？　なかったらいいんですが」

『ええ……はい、何も……。あ、すぐ下りますね。ちょっと待っててください』

俺としては長門の部屋まで上がってしばらくまったりとしたかったのだが、朝比奈さんはインターホンをすぐに切ってしまった。

その場で足踏みして待っていると、五分ほどして制服姿の朝比奈さんがエントランスホールに姿を現した。片手に上履きを提げて。

朝比奈さんは俺を見てホッとしたような顔をして、しかしなぜか真面目な表情に戻り、寒さに身を震わせながら俺のもとに小走りで駆けよってくる。

「靴は長門さんに借りました。あと、これ部屋の合い鍵なんですけど」

朝比奈さんの指が小さな鍵を摘んでいる。

「これ、長門さんに返しておいてもらえませんか？」

ん？　どういうことです？　しばらく泊めてもらうんですから靴と同じように借りておけばいいと思いますが。

「そのことなんですけど……」

朝比奈さんは顎を引くようにうつむき加減に俺を上目で見て、

「あたし、長門さんとこを出たほうがいいような気がするんです」

どうして。

「なんて言ったらいいんでしょう……」

冷たい風が舞わせようとする栗色の髪を手で押さえ、

「長門さん、あたしと二人で部屋にいると、ちょっと落ち着かないようなんです」

思わず朝比奈さんを凝視してしまった。

似たようなセリフを長門からも聞いた。いや、それ以前に朝比奈さんにも解る長門の落ち着かない素振りってものに想像が及ばないぜ。

「ええと」

朝比奈さんは子供が大人に何かを説明するように、

「ほんと、なんとなくなんです。夜、寝ているときに……あ、部屋は別で、あたしはあの和室で寝てたんですけど、その枕元に長門さんが立っててじっと見下ろしている……」

そんな、化けて出た幽霊みたいな。

「……気がするだけですが、でも、長門さんがあたしを意識しているような」

白い息を吐きつつ、朝比奈さんは俺の胸あたりを見ている。

「部室で、みんなといるときは感じませんでしたが、長門さんの家で二人だと強く感じるんです。先月もあったでしょう？　過去に行って戻ってきたとき、あたしが目を覚ましたらキョンくんはいなくて、その時も寝てたあたしをずっと黙って見ていたような気がするんです」

それはどういう意味が込められているんでしょうか。間違っても長門が朝比奈さんに危害を加えるようなことはないと思いますが。

「うん、わかっています。長門さんにそんな意識はないの。あたしが勝手に感じているだけなんですけど……。でも、わかるんです。長門さんはあたしが気になるみたい」

どうも滅裂だな。俺には解りませんが。

朝比奈さんは咎めるような目つきをした。寂寥感を交えた口調で、

「長門さんは、あたしみたいなことをしてみたいんです」

「？」と俺。

「キョンくんとあたふたしたりするようなこと。あたしはいつもそうでしょう？　長門さんはずっとあたしたちを見ていたんです。あの七夕の日も、未来がなくなった夏休みも……」

去年の思い出には常にSOS団の刻印がどこかにある。中でも一番の働き者だった

のが長門だった。

「長門さんが過去を変えてしまったのも、どこかそんな思いがあったからなんじゃないかな。長門さんはいつも見守る側だったから、あたしみたいに助けられるばかりじゃなかったから」

　朝比奈さんはふーっと掌に息を吐きかけ、うん、とうなずいた。

「そう考えると納得できるんです。あたしが長門さんから感じること。ひょっとしたら長門さんはあたしに成りかわりたいと思っているのかも……」

　またしても妄想が走り抜けた。いつものように俺が部室に行くと、そこにはメイド服を着て待機していた長門がいて、いそいそとお茶を淹れてくれるという度し難い妄想だ。そしてニコニコと俺の前に湯飲みを置き、盆を抱えて味を訊いてくる……。

　そういうポジションに長門がいたら、それはそれで悪くない。しかしテーブルの隅っこで本を読んでいる長門はどこに行くんだ？

「長門さんは自分でも解ってないんだと思うの。だからあたしはここにいないほうがいいんです。長門さんを混乱させそうだから」

　朝比奈さんの瞳は真摯だった。長門の部屋にいるのがイヤだっていうことじゃなく、彼女は長門に配慮しているのだ。バグが溜まった長門がどうなるかはすでに知っている。それがどうして積もったのかもだ。その結果、あいつは自分に制限を課した。同期の拒否。自分なりにそれを防ごうとしている。長門の理想は朝比奈さんなのか？　自分と違ってほとんど何も知らずに行動しなければならない立場。真逆のポジションにいる未来人。

　何て皮肉だ。朝比奈さんは無知で苦しみ、長門は知りすぎる自分に苦しんでいた。

　俺は長門の部屋があるあたりを見上げた。

「そうですね……」

　朝比奈さんの考えは正しいのかもしれない。何と言っても今までの知り合いを思い起こしてみると圧倒的に勘の鋭いのは女性陣のほうだった。ハルヒと鶴屋さんは少々鋭すぎるが。

　長門には長門のよさがあって、それで充分なのだが、本人の自覚がない場合は難しい。こんこんと言い聞かせるのも白々しいしな。

　可能性として朝比奈さんが気を回しすぎているってこともある。長門はどうでもいいのかもしれん。たまたま読む本がなくて朝比奈さんを漫然と見ているだけのほうがありそうだ。しかし朝比奈さんがそんなに気になるのなら、無理にとは俺も言わない。

「わっかりました。長門には俺から言っておきますよ。今晩の宿については後で考えましょう」

　最終的には俺んちでもいいが、他にあてがないわけでもなかった。

「それより見て欲しいもんがあるんですよ。新しい手紙が下駄箱に入ってましてね」

俺が差し出した手紙を、朝比奈さんはテスト直前にアンチョコを見るように読んでいたが、

「あ、これ……」

指令文章の最後を指差した。

「命令コードです。最優先の」

あの記号ともサインともつかぬ一行だ。てことはこれは未来の言語か。

「いいえ、言葉じゃなくて……その、コードです。あたしたちの使っている特殊な強制効果のあるやつ。この指令は何があっても遂行されねばならないっていう」

「こんなことをですか？」

俺は文面を思い出して言った。

「このイタズラに何の意味があるんです」

「それは……」

朝比奈さんも困惑顔で首を傾げた。

「あたしには、ぜんぜん……」

「もし、これを無視して何もしなければどうなります？」

「無視することはできません」

きっぱり、朝比奈さんは言い切った。

「そのコードを見た以上、あたしはそうなるように行動しないといけません」

そして俺に不安そうな目を向けて、

「それに、キョンくんならちゃんとしてくれるでしょう？」

俺たちは手紙の指示の通りの場所にやって来た。移動手段は自転車であり、朝比奈さんを荷台に乗せての二人乗りだったのは言うまでもない。ともかく、その場所は市内でも自転車で行ける距離にあった。

適当にブラブラして時間を潰し、腕時計が記す時刻は午後六時十分を過ぎたところだ。予定では十二分から十五分の三分間に今俺が手に持っているものを設置することになっている。

うら寂しいのはとうに陽が落ちているからだけではない。そこは住宅地からはやや離れたところにある、人通りもまばらな道だった。その道からさらに脇道が派生して、そっちは舗装されていない。私道ではなさそうだが、どこかへの早道にでもなっていなければわざわざ足を踏み入れそうにない風情である。手書き地図の×印はその道が市道と交わるギリギリ、アスファルトから数センチのあたりにつけてあった。

通行人がほとんどないのは幸いだ。これから俺がすることはタチのよくない行為も同然というか、ハッキリ言ってイタズラなので。

用意するものはカナヅチ、釘、空き缶の三つだけ。何をするのか、だいたいの予想はつくだろ？

「そろそろやりますか」と俺は言った。

「そうですね」うなずく朝比奈さん。

電信柱の陰に隠れていた俺は、ささっと目標地点に駆けよると、カナヅチで釘を地面に打ち付け始めた。けっこう硬い。釘を半ばまでめり込ませるには力強くひっぱたく必要があったが、さりとて大きな音を立てるのもマズく、歩行者に目撃されたりすんのはもっとマズい。

急ぎの作業は三十秒もかからなかったと思う。

俺は地面に突き立った釘に空き缶をかぶせて、朝比奈さんの待つ電柱へと帰還した。それからもう少し離れた暗がりに身を潜める。

さて、何がどうなるのか。この仕掛けがどんな作用をもたらすのか、じっくり観察させてもらおうと思ったわけだ。

さほど待つこともなかった。時刻は午後六時十四分。

俺の隠れている道の反対側から、男性とおぼしき影が緩い歩調で歩いてくる。ロンいる姿が見て取れた。俺たちに気づいている様子はない。

男性は下を向いて歩いている感じで、あまり元気のあるようには思えない。その歩調がピタリと止まった。顔の向きは地面に落ちている空き缶の方角と一致している。

「はぁ……」

溜息が聞こえた。ポイ捨てに心を痛める善良な人間かと思ってたら、つかつかとジュース缶に近寄った男性は、思いきりのいいフォームで足を振りかぶり、止める間もなくトゥーキックを放った。

むろん、空き缶はどこのゴールネットにも突き刺さることはなく、それどころかその場を一歩も動いたりはせず――。

「げっ⁉　ぐあああっ！」

男の影が足を押さえて倒れ込んだだけである。

「何だこりゃあっ、痛えってててっ！」

まさに七転八倒、断末魔のごとき痛がりようだった。

「くそっ、誰だ、こんなもんを……いっ、たたたた」

俺と朝比奈さんは顔を見合わせた。

仕掛けの目的はこれですか？

さあ……？

目線で語り合ってから、俺たちは同時にうなずき、暗がりから出た。さも通りがかっただけだという線で行こう。

「だいじょうぶですか？」

爪先を両手で抱えて仰向けになっている男に、朝比奈さんが声をかけた。俺はさりげなく朝比奈さんの横に並び、呻き続ける男を見下ろす。

「ああ？」

歪めた顔は全然見知らぬ、二十代半ばの細身の男である。ロングコートの下はスーツにネクタイ姿で、普通のサラリーマンふうだ。

「手を貸しましょうか」

と俺は言った。良心を高速連打されながら。

「うう……頼む。ありがとう」

男性は俺の手をつかんでようやく立ち上がり、顔をしかめて片足を上げた。

「くそぉ、誰だ、こんな幼稚なイタズラをしたのは……」

「ヒドイっすね」

俺は地面にしゃがみ込むと空き缶を持ち上げた。見事にへこんでいる。固定していた釘も斜めに傾いでいた。よほど強烈なシュートを決めたかったものと見える。

「危ないな」

もっともらしいことをコメントしながら釘を引き抜く。男性の蹴りのおかげで割合簡単に抜くことができた。証拠隠滅のためにもポケットに収めておこう。

男性は片足を上げたり下ろしたりしていたが、その度に顔を歪めて諦めたように舌を打った。

「まいったな。折れてはなさそうだが……。足首をひねったか？」

「あの、」と朝比奈さん。「病院に行ったほうが……」

「そうしたほうがよさそうだ」

男性はケンケンで飛び跳ねながら、車の行き交う市道へと向かいかけて危なっかしくよろめいた。

「肩を貸しますよ」

俺は男性が転けないように寄り添いながら、

「救急車を呼びます？」

「ああ、それはいい。タクシーで行くことにするさ。大げさにするのも何だしな。すまないがキミ、通りまでこうしていていい？」

「ええ、かまいませんが」

何と言っても俺のせいなのだ。本当は謝りたいくらいだよ。

俺の肩に捉まってひょこひょこ歩くその男性は、街灯の明かりの下で見るとなかなかの男前だった。

「仕事がちょっと行き詰まってて」

道の途中で彼はイイワケじみたことを言った。

「クサクサした気分を晴らそうと缶を蹴ったのが悪かった。自業自得さ」

「いやぁ、あんなもんを置いておいたヤツが一番悪いと思いますよ」

「それもそうだ。一体どんな悪ガキだ。今時あんなことをするなんて」

その彼は俺と、ちょこちょことついてくる朝比奈さんを比べるように見て、ふっと微笑みを漏らした。

「あの娘、キミの彼女か？」

返答に詰まること約二秒、

「ええ、まあ」

ここは嘘でもそう言っておこう。

「そうか」

男性は簡単に納得したようで、痛みをこらえる顔に戻った。

交差点に出た俺たちはタイミングよく通りがかった空席タクシーを手を振って止め、この寒いのに脂汗を垂らす男性を後席に押し込むところまで手伝った。

「ありがとう、キミたち。悪かった」

いえいえ、どちらかと言えば俺のほうが悪い。ちなみにこの朝比奈さんは無実なので、もし真相をどっかで知ったとしてもお礼参りは何年後かの彼女のほうへ頼みますよ……と胸中で頭を下げているうちにタクシーは走り去り、残された俺は朝比奈さんに尋ねてみた。

「これでよかったんでしょうか」

「うーん……」

朝比奈さんは心許なく吐息を漏らし、自分の身体を抱いた。

午後六時半になっていた。


俺たちに課せられた重大な制約がある。

それは、俺とこの朝比奈さんが一緒にいるところをもう一人の朝比奈さんとハルヒに見られてはいけない、ということだ。ハルヒならまだイイワケのしがいもあるが、朝比奈さん（現在の彼女だ）がもう一人の自分を見て単なるそっくりさんだと納得するほど頭の回らない人だとは思いがたい。集団下校している現在のSOS団メンツと鉢合わせしてしまったりしたら、これはもう最悪の事態と言える。

ただ朝比奈さん（八日後のほう）によれば、彼女はこの期間に自分のドッペルゲンガーを見たことはないのだから、俺たちがそこらをほっつき歩いていても平気という理屈だが、どこで何が狂うか解らないし、ここで努力した結果が未来に反映されているとすると、俺はこの時間でがんばるべきで、タカをくってはいられない……というこことなのか？

解らんな。どうしてこんなややこしいことになるんだ。せめて時間を移動してきたのが朝比奈さん（八日後）ではなく（大）のほうならスムーズにいくのだが。

俺はかたわらの小さい上級生を眺めた。

北高のセーラー服姿が寒そうに身体を強張らせている。風の強い二月の夜に上着も羽織らずにじっとしているのはツライだろうな。同じく制服でこうしている俺も凍えそうだ。

「行きますか」

俺は止めていたママチャリのほうへ手を振りながら言った。朝比奈さんはこっくりとうなずいて、

「……でも、どこにですか？　キョンくんのところ？」

そうしたいのは山々だが、口止めを頼む人間は少ないほうがよく、妹の口が孫を前にした婆さんの財布の紐よりもユルユルなのは兄としてようく解っている。

「長門以外にあなたを受け入れてくれそうな人んとこです。おそらくあの人なら何も訊かずに泊めてくれるでしょう」

不思議そうに見てくる朝比奈さんをうながして俺はチャリンコにまたがり、荷台にちょこんと横座りした軽い二年生を乗せて目的地へと走り出した。


俺が自転車を止めた場所はＳＯＳ団の人間なら誰もが見覚えのあるところだ。むろん、朝比奈さんにも。

「ここ……あの、まさか」

荷台から下りた朝比奈さんは、目を丸くしてその家の門を見上げていた。

俺はチャリのスタンドを立て、ついでに鍵をかけてから、

「この人なら何とでもしてくれますよ。朝比奈さんの助けになってくれないなんてことはないっす」

「で、でも、秘密をばらすわけには――」

「その辺は俺にまかしといてください」

巨大で古風な門の横に、そこだけ近代的なインターホンがオブジェのように張り付いていた。これを押す前に最低限のことだけは示し合わせておくか。

「朝比奈さん、ちょっと耳を」

「はい」

素直に顔を傾け、髪を払って形のいい耳を露にする。ハルヒがガジガジ噛んでいたシーンを思い出し、俺もそうしたくなったが場をわきまえることを俺は知っていた。

「で、ですね。こういうふうにしようと思うんですが……」

こそこそと囁く俺のセリフに朝比奈さんは目をパチパチさせ、

「えっ、でも、あたしそんな演技できそうにありませんよう」

泣きそうな声で訴えかける。

「難しいです、それ……」

でしょうね。本気で演じようとするならば。

しかしその必要はないと俺は踏んでいる。朝比奈さんはいつもの朝比奈さんをやってくれていればいいのである。きっと誰も気にしないでいてくれるだろうからな。

「とりあえず、そういうことにしておいてください。うまくいくと思いますよ」

俺は楽観的に微笑みかけ、インターホンのボタンを押した。

「…………」「…………」

俺と朝比奈さんは黙って応答を待つ。目当ての人が返答してくれる確率は低いだろうから、取り次ぎの言葉を頭で練る。口の中でリハーサルをやること三回、一分近く

経ってもリアクションがなく、まさか家中で留守にしてんのかと不穏な空気が漂いだしたところで、

「ちょい、待つっさ！」

威勢のいい声が門の内側から直接響き、続いてゴトンと音がした。さらにギコギコと軋み声を上げながら木造の門が開き始め、

「やあ！　こんな時間にどしたい？　みくるにキョンくんっ。んーっ？　ホントに二人だけなのかなっ。あれあれ、お安くないなあ！　あやかりたいっ」

と、鶴屋さんが満面の笑みで言った。

鶴屋さんの衣装は普段学校で見ているものとは一風変わっていた。カジュアルな普段着ふう和服を身にまとい、その上から厚い半纏を羽織っていて、長い髪は首の後ろで無造作にひっつめてある。古い日本家屋庭園にぴったりとはまり込む格好だった。

鶴屋家の敷地内に俺たちを入れてくれた鶴屋さんは、持っていた角材みたいな閂を閉めた門の内側に掛け、

「んでも、ほんっと珍しいねっ。キョンくんとみくるが寒中散歩大会かい？　ハルヒに

やんは一緒じゃないのっ？」

「これには色々とワケがありましてね……。ところで鶴屋さん、俺たちが来たことがどうして解ったんですか？」

インターホンは沈黙するばかりだったのだが。

「うん、門の上の方に防犯カメラがついてんだよ。お客さんが誰かなんて一発さ！で、見たらお二人さんだし、あたしが出たほうがいいと思ってさ。マズかったかい？」

鶴屋さんは下駄をカラコロと鳴らし、母屋の玄関まで長く続く神社の境内みたいな道を歩きながら、ひたすらな笑顔を向けてきた。

「うん？　みくる？　なにかな、元気がないみたいだけど」

「実はそのことなんですが」

俺は咳払いをして、準備していたセリフを言うことにした。

「お願いがあるんです。この朝比奈さんを、しばらく鶴屋さんの家に置いてあげてくれませんか」

「ふえっ？　そりゃいいけどさ」

ふふーん、と鼻から通り抜ける笑い声を漏らし、鶴屋さんは朝比奈さんの顔を覗き込んだ。

「うん、みくる……だよねえ」

びくりとする朝比奈さん。鶴屋さんの輝かしい瞳がキュッと細まった。気づかれたか？

「ま、いっや。何か事情があるんだね？　みくるが自分ちに帰れないようなさっ」

話が早くて助かりますよ。

「いつまで置いときゃいいのかなぁ？」

「最長で七日ほど」と俺。

今日から数えて七日が経過したら元通り、朝比奈さんは一人に戻る計算である。

「いいですか？」

「うん、かまわないよ。あっ、そだ。どうせだし離れを使っていいよ。あの別荘にあったのと似たようなのがここにもあんのさ。今は誰も住んでなくて、あたしがたまーに瞑想すんのに使ってる庵だけどさっ。静かでいいところだっ」

俺はほとんど森と言ってもいいくらいの茂みに囲まれる鶴屋邸を見回した。やたら色々なものがありそうな広さである。そういや昔ながらの蔵があるとも聞いたな。

俺が感心と呆れと羨望の感覚を味わっていると、鶴屋さんが唇に綺麗な半円を形作らせて朝比奈さんを見つめていた。

「にしても、みくる、どした？　変だなーっ。そんなビクってすることないのになぁっ。うん」

鶴屋さんはうつむく朝比奈さんの顎を指でつっついて、

「みくるっぽくないなぁ」

凝然とした朝比奈さんが何か言う前に、俺は素早く割り込んだ。

「その人は、朝比奈さんの双子の妹で朝比奈みちるさんです」

「双子？　妹？　みちるちゃん？」

「そう……なんですよ。生まれたとき以来、生き別れになってまして……」

「へえーっ？」

「何かこう、ややこしい事情があってですね、朝比奈さん……つまりみくるさんのほうは妹がいることを知らないんですよ、これが」

「はぁーっ。でも何でこのみちるちゃん、北高の制服着てんのさ」

「ああ、」

しまった。それ考えてなかった。

「何と言ったらいいのか……。ああ、そうです、そのみちるさんはですね、姉を一目見たさに北高に潜り込もうとしたんですよ。それで制服をあるところから調達しまして、しかし結局果たせずに引き返し、たまたま俺と出くわし、たまたま俺が話を聞いて、えーと、そっからは……」

肩を叩かれた。

「いいよっ」

鶴屋さんは底抜けに楽しげな笑顔で、

「説明は言うのも聞くのもめんどいからねっ。その子がみくるの妹ってんならみくるも同然さっ。泊めるだけでいいのかいっ？」

「それから朝比奈さんには彼女のことを内緒にしておいて欲しいんですが」

「モチのロンさっ。解ってるよ」

「あのう……」

朝比奈さんが会話に取り残されることを恐れるように、

「本当にいいんですか？　つ、鶴屋さん」

「うん。めがっさいいよ。さ、みちる、こっちこっち、離れに案内するよっ」

鶴屋さんは朝比奈さんの手を取り、引きずらんばかりの勢いで日本庭園に足を運び、その直前、俺に向かって思わず心を射止められそうなウインクを放った。

離れは招待された雪山別荘にあったものとほとんど同じ造りをしていた。鶴屋さんの説明によると、この離れを元にして別荘のほうが建てられたそうで、ようはこちらがコピー元、本家のようだ。実に住み心地のよさそうな和室のワンフロアである。

畳にちょんと正座した朝比奈さんは、まるで質素な庵に置かれたフランス人形のようだった。

鶴屋さんがヒーターをつけてくれたおかげで部屋の空気も暖まりだし、妙に動きたくない気分になってきた。

鶴屋さんは床の間にディスプレイされている掛け軸の説明をしたり、布団の入っている押し入れの場所を教えてくれたりしていたが、やがて「あったかいお茶持ってくるねっ」と言って母屋に姿を消した。

「何とかなりそうですね」と俺は言った。

「うん、助かります。鶴屋さんにはいつかちゃんとお礼しなきゃ」

ここでは朝比奈みちるということになっている朝比奈さんは神妙に首肯して、

「みちるかあ。それも、いい名前ですね」

やっと微笑みを見せてくれる。

俺は畳の上に足を伸ばし、古めかしい電灯を眺めた。そして朝比奈さんの名前について考えた。

湯飲みとポットと衣類を詰めたカゴを抱えた鶴屋さんが戻ってくるまで。

鶴屋さんは俺をも晩餐に誘ってくれたが、二日連続の外食はお袋の機嫌を損なう可能性があり、そんなわけで俺は帰宅する旨を告げた。朝比奈さんの居場所が落ち着いたせいで気が抜けている。このままダラダラとしてたら今夜こそ外泊を決意してしまいそうでもあった。

朝比奈さんを離れに残し、外に出た俺を鶴屋さんがお見送りと称して追ってきて、こう言った。

「あれ、みくるのようでみくるじゃないね。っていうか、みくるじゃないようでみくるって感じかな？　そうだね、今日学校で会ったみくるそのままじゃあないんだね？」

双子だと説明したはずっすよ、先輩。

「あっはは。そうだね。そうしとこうか」

俺から一歩半ほど前に出て、鶴屋さんはデカい門へと歩いていく。

揺れるひっつめ髪の後ろ姿を見ているうちに、どうしても訊きたく思った。

「鶴屋さん」

「なんだい？」

「あなたはどこまで知ってるんです？　朝比奈さんや長門——SOS団の連中がどこか普通じゃないって、あなたは言ってましたよね」

「まーねー」

ぴょんと小さく跳ねて、髪の長い上級生はくるっと振り返った。口全体で笑う笑顔は星明かりだけでも充分に明るい。

「キョンくん、よくは知らないよっ。まぁなーんか違うよねーってことくらいさっ。すっくなくともあたしとかキョンくんとか、普通に普通の人たちじゃあないないばーだよね」

そんだけ解ってりゃ充分だ。なのに、鶴屋さんは余計なことを訊いてきたことはないし、朝比奈さんが何者かなんてことを調べようともしていない。

「どうしてです？」

鶴屋さんは半纏の袖に手首を引っ込めて、かはは、と笑った。

「あたしはねっ、楽しそうにしてる人を見ているだけで楽しいのさっ。自分の作ったご飯を美味しそうにぱくぱく食べてくれてる人とかさ、幸せそうにしている全然知らない人とかを眺めるのがあたしは好きなんだっ。うん、だからあたしはハルにゃんを見てるととっても幸せな気分になるよっ。だって、なんだか解んないけど、ものごっつい楽しそうじゃん！」

そこに交ざろうとは思わないんですか。見てるだけじゃ寂しくなんないですか？

「うーん、あたしはさ、映画とか観てすっげー面白いっとかよく思うけど、だからって映画作ろうとは思わないんだよね。観てるだけで充分なのさっ。ワールドシリーズやスーパーボウルだって観戦するのはとても気分よく応援できっけど、うわーっあたしもアレやりたいっ！　とか言って交じってプレイしようとは思わないんだよ。あの人たちはものげっついがんばってあっこにいるんだなぁって、そんだけで気持ちいいんだ。だいたいあたしには向いてないっさ！　だったらあたしは自分にできる別のことをするよ！」

　ある意味でハルヒとは対極の思想だな。あいつは面白そうなものには例外なく首を突っ込み、何が何でも自分でやっちまおうとするヤツだから。

　鶴屋さんは大きな目をくるくると動かしながら、

「それと同じっ。あたしはみくるもハルにゃんも有希っこも古泉くんもキョンくんも見てて面白いのさ！　みんながなんかやってるのを眺めてるのが好き！　そいでから、そんなみんなを横で見ている自分も好きなのさ！」

　何のてらいもない笑顔と声だった。この人は本心から出る言葉を発している。そばにいるだけで何だか俺まで楽しくなってくるような空気がにじみ出ていた。

「だからあたしは自分の立場が気に入ってるのだっ。きっとハルにゃんも解ってんだと思うよ。あたしを強引に引っ張り込もうとしないもんね。全部で五人、その数がいっちゃんまとまってるっさ」

　またぴょんと跳ねて、鶴屋さんは門へ向き直った。長い髪が揺れる。

「この世のすべてのことを考えて答えを出すのはムリムリっ。あたしは自分で手一杯だからさっ？」

首をねじって俺に流し目を送り、

「キョンくん、がんばるにょろよ。人類の未来はキミの肩にかかってんだからねっ！」

そう言って鶴屋さんは口元をぴくぴくさせつつ、しばらく俺の顔を見つめていたが、やがて耐えきれなくなったようにケラケラと笑い出した。邪気の欠片もない子供のような笑い声に、俺はこの愉快な先輩の言葉を冗談のように感じていた。

ひーひーとお腹を押さえて目尻をぬぐった鶴屋さんは、

「ま、みくるだけはちゃんとフォローしてやってよね！　でも、おいたをしちゃダメにょろよ。そんだけは禁止さ！　おいたならハルにゃんにやっちゃえばいいっさ！　勘だけど、うん、許してくれると思うよ！」

きっとこのセリフだけは本気だったのだろう。なぜだか解らないが、そんな気分になった。別に本当に何かをしたいわけではなかったけどな。

鶴屋さんにグッドナイトと告げて自転車を走らせ始めた俺だったが、しばらくもしないうちにブレーキをかける仕儀とあいなった。

「今晩は」

道の暗がりに一人の野郎が出てきて俺の行く手を遮ったからである。

「あなたもご苦労なことです。僕としましては、鶴屋さんを巻き込むことはあまり賛成できませんね。安全と言えばこれほど安全な場所がないのも確かですが」

二日ぶりに見る無難な笑み、それは古泉一樹の爽やかハンサムスマイルだ。

「よ、奇遇だな」

「そうとも言えます。思えば僕とあなたの最初の接触から奇遇は始まっていると言えるでしょう。いや、あなたと涼宮さんのほうがスタート地点としてもっと早いですね」

古泉は挨拶するように手を挙げながら近寄ってきた。お前、ずっと夜道の隙間に隠れて待っていたのか。変質者と間違われて通報されても文句言えんぞ。

ふっ、と古泉は軽く微笑を飛ばし、

「面白いことをしているようですが、僕はまたハズレクジですか？」

俺は溜息を選択し、息を白くするに任せた。

「これは俺と朝比奈さんの問題だ。お前の出番はない。おとなしく《神人》とやらを狩っていればいいだろ」

「それも最近はご無沙汰ですからね。こうして散歩などをしたくもなるというものです」

真冬の夜に犬も連れずに散歩しているのは、アイデアに詰まったクリエイターくらいのもんだろうよ。それにしたって偶然じゃねえよな、お前がここにいるのはよ。

「これが偶然ならば、あまりにできすぎていると言わざるを得ませんね」

「何の用だ」

と訊いてから、質問内容を変更する。

「いや、用ならなんとなく解る。お前はどこまで知ってんだ？」

「朝比奈さんが二人いるというところくらいですか」

古泉はしれっと重要な事実をコメントし、

「それで、鶴屋さんにはどう説明したのですか？　双子でしょうか。まさか本当のことを言ったわけではありませんよね」

「どっちでもよさそうだったぜ」

「でしょうね。あの鶴屋さんのことですから」

当たり前のように言ってくれるじゃないか。いったい鶴屋さんとはどういう人なんだ。全部解っているようで、俺たちから微妙な距離を保っている、あの明るい先輩女子は。

「上の方からのお達しで、鶴屋さんには手を出すな、と言われています」

古泉は若干真面目な形に唇を修正して、

「彼女はギリギリ無関係です。本来僕たちと交差することもなかったはずですが、何かの手違いで少し触れあってしまったのですよ。さすがは涼宮さん、といったところでしょうか」

どこからが手違いだ。朝比奈さんのクラスに鶴屋さんがいたことか。それとも草野球の助っ人としてやってきたあたりか。

「僕たちは彼女に干渉しない。その代わり、彼女も僕たちに必要以上の関わりを持たない。それが『機関』と鶴屋家の間で取り交わされたルールです」

途方もない裏話をそんなあっさりと言うなよな。

くく、と古泉は喉の奥で笑い、

「もっと言えば、鶴屋家は『機関』の間接的なスポンサー筋の一つに数えられます。ただし我々のことなどどうでもいいのか、やることなすことすべてに無関心を貫き通していますけどね。かえって助かりますからいいんですが、鶴屋さんはその鶴屋家の次代当主になる方ですよ」

鶴屋さん、あなた……。今まで俺たちはとんでもない人と親しげに口をきいていたようだ。心の底から知りたい。何者なんだ？

「ただの女子高生ですよ。僕たちと同じ県立校に通う、大きな家に住む高校二年生です。もしかしたら、僕たちの知らないところで邪悪な存在と戦っているとか、難解な事件を解決しているといったことがあるのかもしれませんが、我々には関係のないことです」

ついさっき鶴屋さんから聞いたばかりの話はまだ記憶が鮮明だった。彼女は俺たちと深く交わらないことで愉快な気分を感じていると言った。俺たちもそうなのだろう。鶴屋さんは今まで通りの鶴屋さんとして接しているほうがいいに違いない。彼女が何者で、何をしているのかなんてたいしたことじゃなかった。ハルヒがハルヒであるように、鶴屋さんは鶴屋さんだ。いつも元気でにこやかで鋭い洞察力を持つ朝比奈さんの友達。SOS団の名誉顧問。そのあたりが一番おさまりがいいんだろうな。

しかし朝比奈さんとの出会いはどこまで偶然だったんだ。未来人にも読めない過去があったのか？　ハルヒが何だか解らないものだったように……。

と、それで思い出したぜ。

「古泉、お前はこの前、朝比奈さんなどどうにでもできると言ったな。ありゃ、どういうことだ」

「未来は変えることができるからです」

まるで俺の質問を予期していたように、

「あなたは未来人が過去を自在に干渉できると考えて、過去に対する未来の優位性を確信しているのかもしれませんが、未来など実にあやふやなものなんですよ」

過去の歴史を学んだ上で時間遡行したら、都合よく改変することだってできるだろう。実際に俺はそうしたんだ。おかしくなった世界と長門を元に戻しに行ったんだから。

古泉は微笑む。

「それを過去からしてもよかったのです。もし未来をあらかじめ知ることができたなら、その時点で未来を変えることだってできるでしょう」

「未来をどうやって知るんだよ。できっこないだろうが」

「本当にそう思いますか？」

古泉の笑みが少しばかり偽悪的に見えるようになってきた。本人がわざとそうしているんだろう。時々こいつは無意味に悪趣味になる。

「僕は超能力者ということになっています。いささか地域と能力を限定されていますけどね。でも、他にもいないと言い切れますか？　僕みたいな対《神人》専用ではなく、もっと解りやすい超能力者がいないと、たとえば予知能力を持つような人間はどこにもいないと、そしてそんな人間が我々『機関』の一員にいないと、あなたはどうして断言できるのでしょう？」

軽やかな笑みに戻り、

「僕はそんなものがいない、と一言も言った覚えはありませんよ」

てめえ。

「もちろん、あるとも言ったことはありませんね」

どっちなんだよ。こればかりはどっちでもいいとは言えんぞ。

「正直言って僕にも解りません。言ったでしょう、僕は末端の人間なんです。すべてを知っているわけではありません。それは朝比奈さんもそうでしょう」

そこは納得だ。朝比奈さんほど気の毒な立場のエージェントはいない。

「彼女が知らされていないのはゆえあってのことですよ。なぜなら、未来人が明確な意図を持って動いていることが解ったとしたら、後はその動きを分析すればいいんです。彼女が自分の未来にとって不都合な行動を意図的にするわけはありませんからね。朝比奈さんが未来人の割にうかつに見えるのは、ほとんど何も知らないからです。あえて知らされていないとしか思えません。それは過去人である我々が分析できないようにする、未来からの対抗措置ですよ。彼女の存在は今のこの時空に必要ですが、彼女の存在から未来を推測されるのは困るというわけです。その意味で彼女は完璧な時間駐在員と言えます。現に僕は彼女に脅威を感じないし、いざというときにはこちらの手駒として動かせるようにも思っています」

古泉は肩をすくめる得意のポージング。

「おそらくそれが未来側の狙いです。過去の人間にはそう思わせておけ、という思惑なんでしょう。だから『機関』もうかうかと手を出せない。手を出した結果、まさに未来の狙い通り、となってしまえばシャクに障りますからね。未来の操り人形になるのはごめんですよ」

じゃあ何か、お前らは朝比奈さんたちと対立してるのか。

「敵対とまではいきませんが。一言でまとめると、小康状態でしょうね」

身体が冷えてきた。物理的に。

「たとえ話をしましょう。ここにAという国とBという国があります。どちらかと言えば互いを目障りに感じていますが、直接矛を交えたことはありません。そこにAに敵対する勢力Cと、Bに敵対する勢力Dが登場します。AにとってCは共存不可能な相手であり、直接的な敵です。BにとってのDも同じです。そのCとDが同盟を結び、協力関係になってしまいました。一つだけならまだしも、二つを相手するとなると自軍の勢力では心許ない限りです。そこで敵の敵は使いようによっては味方、という古くからの言い伝えが登場し、AとBはしぶしぶながら砂上の楼閣のような共闘を図ることになったと、そういったことでしょうか」

古泉は俺の顔を不審そうに見ながら、

「聞いてますか?」

「ああ、すまん」

と、俺はサドルに足をかけて、

「Dとやらが出てきたあたりで耳に入らなくなってた。俺が覚えられるのは三つまでで、あとは、たくさんで充分だ」

「耳には届いているはずですよ。聞く聞かないは脳が選択し、処理する仕事の範疇です」

真面目に返すな。俺はボケてんだよ。たまには漫才でもしてみたらどうだ。笑いのセンスを磨かねえといくら顔が良くてもモテねえぞ。

古泉はニヤリと笑った。お前は何種類の笑顔を持ってんだ。

「僕だって時と状況と相手に応じてセリフや表情を変化させますよ。ただ、あなた相手だとね、どうしてもこのような会話になってしまうと言いますか」

難儀なヤツだな。

「自分でもそう思いますが、しばらくはこんな調子ですね」

なぜか遠い目をした古泉は、

「いつかそのうち、完全に対等な友人となったあなたと昔話を笑い話として語る日が来て欲しいものです。任務や役割など関係のない、ただの一人間としてね」

そう言って満足したか、

「では、また部室で」

敬礼じみた挙手をして俺に背を向けると、さも散歩の続きというような歩き方でのんびりと闇の中に消えた。

家に戻った俺は大急ぎで晩飯を喰って自分の部屋に引っ込んだ。

まずしたことは長門への電話連絡である。朝比奈さんを鶴屋さんの家に移動させたことを告げなくてはならない。長門のことだからひょっとしたらもう知ってるかもしれん。古泉に気づかれているくらいだからな。

スリーコールで長門は電話に出た。かけてきたのが誰かを知っている証拠に、もしもし一つ言わない。

『……………』

「長門、俺だ。手短に話す。朝比奈さんのことなんだが」

朝比奈さんが語ったことを要所を押さえて話してやる。長門はひたすら『……………』と俺の説明を聞いていたが、

『わかった』

未練もなさそうに淡々と言い、さらにこう付け加えた。

『それでいいと思う』

「そうか。安心したよ」

『なぜ？』

なぜってお前。俺は長門が残念がりやしないかと危惧していたんだよ。一方的に頼っていったのはこっちなのに、また一方的に出て行くってのは身勝手すぎるしさ。

『杞憂』

長門は落ち着いた声で言った。

『彼女の意見は理解できる』

やや間があって、

『わたしは彼女のようになりたいとは思わない。でも、彼女がそう思う心情は妥当』

どう妥当なんだ？

『わたしが彼女の立場ならば、同じことを想起したと思うから』

ええと、朝比奈さんが長門に対して心配するようなことを、長門は朝比奈さんの立場になって想像できるということか？

しばらく沈黙が続いた。やがて、

『だと、思う』

細い声が耳に届いた。録音機能を作動させておきゃよかったと思うくらいの、心地よさを与える響きだ。

その後、二言三言の会話があって俺は電話を置いた。どうやら俺が心配するまでもなく宇宙人と未来人は互いをくみ取れるようになっているらしい。おそらく二人が自分で思っている以上にだ。

なぜかニヤつきながら横に視線をやる。シャミセンがベッドの上で眠っている。まるで人間みたいに俺の枕に頭を載せ、スピスピと寝息を立てていた。万一ハルヒがやって来たときに備えてところどころ毛を刈ってやろうかと考えていると、別のことに思い当たった。

「シャミセンの療養を口実にできるのはいつまでだ？」

訊くのを忘れていた。あの朝比奈さんは俺がいつ部活を欠席して、いつ出てくるようになったのかを知っているはずだ。それが解れば今週の俺のスケジュールをある程度つかむ指針になる。しかし一週間後からやってきた彼女は手ぶらで携帯を持っていない。電話するなら鶴屋さんのところだが、古泉のあんな話を聞いたせいか、今連絡するのは何となく気が引ける。どこまで本音を語っているのかは知らん。あいつのことだからまた適当なことをもっともらしく言って俺の顔色をうかがっているだけかもしれない。まあ、そっちのほうがいいとも言える。

俺はリモコンでエアコンを狙いながらベッドにもたれ掛かった。

明日、下駄箱の中身を見てから、その日の行動予定を決めるとしよう。

目をつむったままむにゃむにゃと口を動かす三毛猫を眺め、そうしているうちにうっかり寝入ってしまい、風呂から上がってきたばかりの妹に叩き起こされることになった。

第三章

次の日。

『山へ行ってください。そこに目立つ形をした石があります。その石を西に向かって約三メートル移動させてください。場所は、その朝比奈みくるが知っています。夜は真っ暗で危険ですから、明るいうちがいいと思います』

トイレの中で封を切った手紙の一枚目に書かれていたのはそんな文章だった。二枚目には昨日と同様、全然うまくない筆致でひょうたんみたいな絵が描いてあり、矢印でわざわざ〝石〟と注釈してある。

決定、今日も帰宅部だ。

「それはいいけどな……」

しかし何だろう、この漠然とした指令は。山に石だと？　何山のどこ石だ？　朝比奈さんが知っている山ってのは……。

かつん、と頭の中で小石が転がる。

「ああそうか、宝探しとか言ってたな」

朝比奈さん（みちる）によると、次の祝日に俺たちは宝探しに行くらしい。明後日だ。鶴屋家の持ち山という話だったな。それにしても、またもや鶴屋さんの登場か。あの人は二人の朝比奈さんのことなんかおくびにも出さず、ハルヒと俺を前にしてもただ笑っているだけだろうが、このままでは俺が情緒不安定になりそうだ。古泉にとっても困りもんだろうが、待てよ。

「てことは、そろそろハルヒも元気になるってわけか」

俺は教室へ向かいながら予測する。宝の地図は鶴屋さんが持ってくることになっていて、実行に移すのが明後日ってことは、ハルヒがそれを手にするのは今日か明日に違いない。たぶん明日だ。昨夜、鶴屋さんはそれらしいことを匂わそうともしなかった。まだ蔵とやらからその地図を見つけてないと思われる。見つけてたらハルヒに渡すよう俺に押しつけただろうし。

「よっ、ハルヒ」

案の定だった。先に教室にいたハルヒは、長門の爪のアカを分けてもらったかのような低エネルギーモードで、物憂げな女子高生を演じていたが、

「シャミセンは？」

俺のほうを見ずに窓を息で曇らせた。

「ああ、まあまあな具合になってきた」

「そう。よかったわね」

息で白くなったガラスにへのへのもへじを描いている。

妙すぎる。俺とハルヒの間でこんなまともな会話がかわされるとは、長門が部室で本を読んでいない姿より珍しい。さすがに心配……いや不安になってくるぜ。どこかで《神人》とやらを暴れさせているんじゃないだろうな。

「どうした？　ここんとこ元気ねえじゃねえか」

ハルヒはフンと鼻を鳴らして、

「何言ってんのよ。あたしはいつも通りにしてるわよ。ちょっと考え事をしてるだけで、あし……」

そこからさらに言いかけたのだが、ハルヒは不自然に言葉を切り俺に横目を使った。

「あんたこそ、今日は部室に来るの？」

来ても来なくてもどうでもいいような顔をしている。俺にしてみりゃ好都合なことだったが。

「シャミセンがまだ寂しがるんだ。妹には任せておけないし、今日も看病だな」

「うん、それがいいと思うわ」

おかしなことにハルヒの表情もまた好都合だと言っているような気がする。

「病気の時は人恋しくなるものだもん。ちゃんと全快するまでついてあげるのよ。あたしも元気なシャミセンと早く遊びたいもの」

ハルヒ的にはシャミセンも団員の一人みたいなもんだろうからな。ただし世話は俺に任して気が向いたときだけ遊びに来るというあたりがこいつらしい。一週間くらい貸してやってもいいぜ。

「考えとくわ」

上の空でうなずいたハルヒは、また窓に息を吐きかけた。

早く放課後になれと念じるばかりの授業中ほど時間がのろくさく感じられることはない。

だもので、俺はジリジリしながら教師から解答を指名されることのないよう無言の祈りを続けたり、漫然と板書を書き写したりしているうちに、ほとんど何一つ授業の内容を覚えないままの時を過ごし、よく考えたらいつものことで、ああこんなんだから成績がちっとも上昇しないんだなと認識を新たにしたものの、それもこれも放課後にすべきことが色々ありすぎるのが悪いのだ。そうに違いない。帰宅部の谷口が俺同様の成績であるのは、この際目をつぶっといてくれ。

役立たずな教科書どもを机の中に押し込み、おかげで軽々とした鞄を提げて教室を出ようとしたとき、掃除当番の谷口がホウキを肩にして声をかけてきた。

「キョンよぉ」

どこか虚ろな目をしている理由が解らないが、こいつにかまっているヒマはない。朝比奈さんが俺を待っているのだ。その心情を察するに、メロスの帰還を待ちわびるセリヌンティウスのごときものだろう。いますぐ駆けつけたい。

しかし谷口は、俺の行く手を遮るようにホウキを差し向け、

「いいよなぁ、お前はよー」

恨めしい声で何やら絡む気配である。何がいいものか。お前に羨ましがられることなど、一ダースくらいしか思いつかないぞ。

「そんなにあるか。せいぜい三つくらいだ」と谷口は不機嫌そうに答え、はぁと溜息をつく。

ハルヒの憂鬱が谷口にも伝染したのか、さては空気感染するようなヤバい病気なのかと半分疑っていると、

「ああ、谷口ね」

国木田がひょいと顔を覗かせ、手にしたチリトリを振りながら解答を寄せた。

「最近、彼女と別れちゃったみたいだよ。それで落ち込んでいるのさ。無理もないけど」

「それはそれは」

と俺は半笑いで谷口の肩を叩いてやる。彼女というと、クリスマス前にできたという女子校のアレか。俺のイブの予定がハルヒ鍋だというとしみじみ気の毒がってくれたよなぁ、谷口。

「ははぁ、その様子ではお前、振られたな？　そうかそうか」

「うっせえ」

同情すべき友人はホウキを構える素振りだけして、力無く下ろした。

「早く帰りやがれ。掃除の邪魔だ」

国木田は苦笑を浮かべながら、

「言っちゃ悪いけど僕は時間の問題だったと思うよ、谷口。僕はキミの彼女さんに会ったことも見たこともないけど、キミの話を聞く限り、どうも相手は真剣じゃなかったみたいだね」

「おめーに解ってたまるか。いいや解るな。解ってもらいたくねー」

「だいたいさぁ、付き合うきっかけからしておかしいよ。だって、」

「あーあー！　もう喋るな。マジで、忘れたいからよ」

もうしばらく友人二人によるいかにも高校生らしい会話の一幕を眺めていたい気がしたが、何しろ俺は先を急ぐのだ。

「まあそう思い詰めるな。お前ほどの男だ、いつか素晴らしい女に出くわすこともある。そうだな、干支が一回りする間くらいにはどっかから降ってくるだろうよ」

俺はそう言うと、反撃の言葉を聞く前に廊下へ飛び出て、後ろを見ずに歩き出した。せめてもの情けというやつさ。谷口の失恋を笑いのネタもとにするほど俺は出来ていない人間ではないつもりだ。正直、多少はザマミロという気分でもあるが。何と言っても先に進んでいた友人が同じ序列に戻ってきたのは単純に喜ばしい。ともに頑張ろうじゃないか。

「ん？　しかし何でまたあいつは俺を羨ましそうにしてたんだ？」

下駄箱の蓋を開けているときに気づき、ついでに変な連想までしてしまった。もしや、谷口がネガになっているのと同様のプロセスで、ハルヒのダウナー現象も恋愛関係がベースにあるんじゃないだろうかという恐るべき思いつきである。俺はそんな自分の思いつきに戦慄し、次に笑けてきた。

「んなわけないか」

ハルヒが恋煩いで懊悩するという本質的ミステイクシーンなど、俺が来年のドラフトでメジャーリーグから一位指名されることよりも想像できない。されても嬉しくないから別にかまわないのだが、ハルヒが何を考えているのかは知りたくあるな。エアコン無しの教室でホッカイロを握りしめるので鬱になっているとは思いがたいが……。

「まあいい」

俺は俺で今はそれどころではない。それにハルヒならすぐに元気化する。明後日には俺たちを宝探しに駆り出すくらいになると解っているのだから、解っている俺としては余計な気を回すこともないだろう。つつき方を間違えたあげく、SOS団全員の方向性までもが間違ってしまう事態はつくづく避けたい。無害な細菌に放射能を当てて致死性の病原体を生み出してしまうような事態は、いかに人類が科学の徒であろうとやっぱり起こさないほうがいいもんさ。分をわきまえないとな。

「さて、まずは小さな未来を何とかするか」

人類の未来を不安がっていても始まらない。俺にとって、今はもう一人の朝比奈さんが一大懸案事項だった。

一度、自宅に帰った俺はすぐさまチャリに乗って一路、鶴屋邸を目指した。

その間にしたことは、鶴屋さんの家に電話して朝比奈さんを呼び出してもらったくらいである。しかして鶴屋さんはまだ帰宅していなかった。だから鶴屋家の居候となっている朝比奈さん（みちる）に取り次いでもらうには少しは時間がかかるかと思っていたのだが、電話に出た使用人みたいな人は鶴屋さんから言い含められていたらしく、自己紹介などを省略して俺の名前を告げるだけで朝比奈さんへ取り次いでくれた。まったくこういうところも便利な鶴屋さんだ。打ち合わせを忘れていたのにこっちの思惑をすっきりと見通してくれている。将来は秘書にでもなればとてつもない有能さを存分に発揮するんじゃないか。

その鶴屋さんと同様に愛すべきもう一人の先輩、朝比奈さんには「今から迎えに行きますから待っててください」と伝えて電話を置いた。言葉で説明するよりは実物を見せたほうが早い。俺のポケットの中には例の指令書と、万一のための懐中電灯が入っている。

何度も通ったことがあるせいで鶴屋さんの家まで自転車をこぐ両脚もスムーズだ。二月の寒さはこたえるが、雪が降っていないだけまだマシだろう。耳と鼻がカチカチに凍りそうな逆風の中、鶴屋さん家に到着した俺は呼び鈴を鳴らしてしばらく待った。

通用門からひょこっと顔を出した朝比奈さんは、

「キョンくん」

俺を見るとホッとしたような笑顔を作り、ぴょこっと門から出てきた。さすがにセーラー服ではなく、パンツルックの上にもこもこしたコートを着込んでいる。

「鶴屋さんの服を借りてるの」

朝比奈さんは俺の目を気にするようにコートの襟をひっぱりながら、

「自分の部屋から衣服を持ち出すわけにはいきませんから」

「部屋から自分の服がなくなった思い出がないからですか？」

自転車のスタンドを戻しつつそう訊くと、朝比奈さんはバツが悪そうな顔をした。

「それは、その、覚えてないいんだけど……。いつも着る服はあったと思うんです。でも、なくなってても気づかなかったような気も……。いえ、そんなにたくさん服があるわけでもないんです。ええと、その」

いえいえ気にしませんよ。俺だって箪笥の奥からパンツの一枚がなくなってても永遠に盗難届を出しに行くことはないでしょう。仮に紛失に気づいたとしても何かの拍子にどっかいっちまったんだろうと気にも留めないに違いない。

俺は優しい目をして朝比奈さんを眺めた。借り物だろうが何だろうが激似合っているからコーションオールグリーンだ。

「そんなことないですよー」

朝比奈さんは照れたように手を振った。

「裾と袖があたしには長すぎますし、それから……」

胸元を押さえようとした朝比奈さんは、少し赤くなって手の動きを止めた。

「いえ、何でもありません」

俺はますます安らかな気分になる。手足が長くてスラリとしたスタイルを持つ鶴屋さんの服だ、朝比奈さんにあてがうには布地のゆとりが少ない部分があるということだろう。朝比奈さんがどことなく窮屈そうにしているのはそのあたりに原因があると推察される。コートで上半身が隠されているのが残念だが、まあそのへんは後回しでいい。

俺は下駄箱に投げ込まれていた未来便を見せて、

「今日はこういうことをしないといけないみたいですが、心当たりはありますか」

山に行って石を動かせ、というまるでRPGのお使いプレイみたいな指令である。しかもこの指令には理由が明記されておらず、達成したら何か役立ちアイテムがもらえるのかどうかも不明だから、ゲームなんだとしても出来のいい部類ではない。

「えっ……。あの山ですか？　あたしが場所を知っているってことは、そうなんですよね。変な形の石……。あっ、あれのこと……？」

朝比奈さんは風ではためく手紙をしげしげと読み込みながら呟きを漏らしていたが、やがて巣の場所を見失ったシマリスのように首を傾げ、

「心当たりはあります。ここ、宝探しに行ったところだと思いますから。と言うか、あたしが知っている場所っていうんだったら、そこしかないわ。ううんと、でも、ど

うして？」

むろん俺には解らない。だが見当はつきそうだ。

「朝比奈さん、宝探しでは本当に何も出てこなかったんですよね？」

「え、ええ」

早くも指先がかじかみ始めたか、朝比奈さんは手紙をおぼつかなく畳んでいる。俺はどことなく不自然な様子を感じつつ、

「おかしくないですか？　この指令はどう考えても宝探しがらみだと思うんですが」

「そ、それは」

朝比奈さんはうつむいて、

「どうなんでしょう。ううん……」

考え込むような、すぐ喉元までこみ上げたセリフを出そうかどうか悩んでいるような表情で、ちらっと上目遣いを送ってきた。その目つきに腰砕けになりそうな俺に、朝比奈さんはプルプルと首を振った。

「やっぱり解りません。そ、そうだわ、その場に行けば何か思い出すかも……」

「そうっすね」

とりあえず行ってみるか。ハルヒには悪いが、先に宝探しのロケハンに行かせてもらうぜ。明後日、俺が新鮮味にかける態度でいても許せよな。

俺は自転車にまたがり、朝比奈さんに後ろに乗るよう促した。控えめに横座りする朝比奈さんと腰に回されるおずおずとした腕に卒倒しそうになっている俺を、昨夜の記憶が冷静に戻した。

「どうかしたの？」

走り出す前に左右を確認しまくる俺に、朝比奈さんが不思議そうな声で訊く。

「いえ、何でも」

俺はそう答えただけで、力強くペダルを踏みしめた。

ちょっとね、そこらで古泉か、あるいは古泉っぽい誰かが姿を隠しているんじゃないかと思っただけです。鶴屋さんの家を張っているのか、俺たちをつけ回しているのかは知らないけどな。

鶴屋家の私有山は我が北高から東に水平移動した場所に位置している。山と言うよりは大型の丘という感じで、そんなに標高はない。思いっきりヒネった視点で観察すれば、忘れられた古墳に見えなくもないが、天然林に占められた山の表面を見上げてみれば、これが円墳であろうと休火山であろうと登る手間に違いはなく、ちなみに登山道みたいなものもない。あるのはクマでも上り下りに苦労しそうな急勾配の獣道だ。

「こっちです。うん、ここから登ったわ」

朝比奈ナビゲーションによって自転車を走らせて坂を上ったり田んぼのあぜ道を踏破したりしているうちに、すでに日が傾き始めていた。山の麓は水のかれた田んぼか菜っぱを生やした畑が広がるのみで、人の姿は皆無だった。

「人の家の山に勝手に登っちゃっていいんですかね」

俺がげんなりと山を見上げていると、朝比奈さんがクスっと小さな笑い声を上げて、

「鶴屋さんはいいって言ってましたよ。あ、あたしがそう聞いたのは何日も前……いえ、時間的には明日のことで……、ええ、キョンくんも明日、言われると思います」

ようやく状況に慣れてきたのか、朝比奈さんは自分の過去を振り返る余裕が出てきたようだ。それって俺には未来のことだが、どうせならもっと教えて欲しい。

「教えられることは、そのう、あまりないんです。やったことって宝探しと市内パトロール……ぐらいです」

ハルヒ主催のクジ引き大会は？

「あ、うん、それも」

朝比奈さんは慌てた素振り。他に忘れてることがあるんじゃないですか？

「えと、えーと」

妙にそわそわしているが、俺には言えないことでもあるのかな。いわゆる禁則事項

ってやつで。

「そ、そうです。禁則なの。うーん、多分、禁則事項だと」

　表情をうかがう限り、朝比奈さんからシリアスな雰囲気はしない。未来人の秘密主義には今さらツッコミを入れようとは思わないが、どうやらこの朝比奈さんも何かを知りつつ隠しているように思える。まったく何も知っていないのは現時刻にいる朝比奈さんだけか。ややこしいな。不等号で表すと、朝比奈さん（大）＞……中略……＞朝比奈さん（みちる）＞朝比奈さん（小）くらいのポジションになるか。

　よほど俺が今にも溜息をつきそうな顔をしていたのだろう、朝比奈さんはまた不安そうに、

「あの、キョンくん……？」

　ここで背を向けたら泣き出しそうな瞳であり、こんな目を向けられて平気でいられるほど俺は加虐趣味にあふれておらず、むしろ突発的な博愛主義に精神を支配されるばかりであって、たちどころに俺の顔面筋肉はシャミセンの腹の肉みたいに柔らかくなる。

「いえいえ。だいじょうぶです、すぐに俺にも理解できると思うんでね」

　この朝比奈さんの話では、八日前にタイムジャンプするように仕向けたのは八日後の俺である。その俺は全部解っていて朝比奈さんを過去に跳ばした。それは今の俺の

未来の姿なのだから、そいつに訊けば全部のカラクリが解る手はずで、つまり誰かに訊くまでもなくそのうち俺にも解るのだ。でないとおかしいだろ。

「日が暮れる前にこの命令のほうをやっつけちまいましょう」

俺は朝比奈さんの背に手を添えて言った。見上げてくる朝比奈さんは子犬の瞳でうなずき返し、

「あ、はい。あたしが案内するんですね。そんなに上まで登らなかったので、すぐです」

鬱蒼たる緑の山へ入っていく。本来なら俺が先導して危険な枝や根っこを残らず山刀でぶった切っておくところなのだが、真冬では蛇や虫も冬眠中だろうし、そう危なくはないと判断する。登っている途中で朝比奈さんが滑り落ちないように、後ろから見守る役を自任しよう。

「はっ、ふうっ、あう」

果たして朝比奈さんの山登り姿はかなり危なっかしい。ましてや道ならぬ道である。通常の登山道なら蛇行しながら進むものだが、見渡す限りそんな便利なものはない。緑を踏みしめ、ゴロゴロしている岩肌に手をかけてのクライミングだ。

「あひゃっ！」

何度かずり落ちそうになる朝比奈さんを支えてあげるという役得に思わず笑みを浮かべつつ、俺たちはほぼ一直線に小型の山の中腹を目指した。よくよく観察してみる

と、今俺たちが辿っているルートは人の出入りがあることを示すように、ところどころが踏み固められていた。かといってまともな道でもなく、少し上等な獣道程度だが、それでもまったくの自然のままならこうして朝比奈さんが俺の前を行くことは不可能だったろう。

登ること十数分、俺の目の前に平坦な場所が現れた。

「ここ、ふう、ここです。色んなとこを掘ったけど、石があったのはここ」

朝比奈さんが大きく息を吐きながら膝に手を当てていた。

俺はその横に並んで立ち止まった。

「へえ」

険しい斜面が続いていた山の中ほど、それほど大きなスペースでもないが平地になっている部分がある。にょきにょき生えていた樹木もそこだけはなく、ぽっかりとした半円形の場所である。横幅は十メートルもないだろう。そうだな、山を一部削って造ったような、登山の休憩にはうってつけの空間だ。人工的なものかどうかは解らない。大昔の崖崩れの後みたいなものかな。雑草の生い茂り方から見ても、最近できたものとは思いにくい。自然の作品と見るのが妥当か。

呼吸を整え終えた朝比奈さんが指を差した。

「石っていうのは、それのことだと思います。絵にあったのとそっくりの……」

ひょうたん形の石。……石？

「石にしてはデカいな」

それに朝比奈さんのセリフには一部誇張がある。絵とそっくりだとは到底言えないな。朝比奈さん（みちる）がガイドしてくれなかったら、俺は夜明けまで山中をウロウロ探し求めることになったろうぜ。

「そう言われたらひょうたんに見えなくもないですが……」

石が転がっていたのは平地の手前部分だった。俺の目にはひょうたんよりも水面から突き出た海竜の背中あたりに見える。地面にめり込んでいるせいで、白っぽくはあっても周囲の落ち葉や草にまじっていたから素で発見するのは困難だった。

俺は手紙の内容を再確認した。

「この石を西に三メートル移動すること、か」

すでに暗くなり始めている。長居するのは危険だった。下りるときに足を踏み外して二人して転がり落ちるのは、たとえ規定事項でも拒否するぜ。

俺は朝比奈さんに懐中電灯を渡すと、手元を照らすように頼んだ。さっそく石を持ち上げようとする。

「重いな、この野郎」

しかも手をかけて判明したのだが、この石は三分の一くらいが地面に埋もれていた。

こりゃもう石とは言えない。この漬け物石にしてはデカすぎる図体を表現するなら、岩だ。

やっとの思いで引き出して見る。なるほど。確かにひょうたんと言われればひょうたんに見えんこともない。横倒しになっていた石を縦にしてみると、まあそんな具合だ。

俺は石を抱え、たぶんこっちが西だろうと思える方角へ、えっちらおっちら歩き出した。三メートルか、だいたい通常歩幅で四歩くらいか？

「もうちょっと先でした」

朝比奈さんが指示する。そうか、この朝比奈さんは移動先にある石の状態を知っているんだ。

「そう、そこ。そこくらいです」

石を地面に下ろす。ドスンと地鳴りがして石が土にめり込んだ。さらに元通りに寝かしてやろうとしていると、

「その石、立ててありました」

朝比奈さんが制止して、ハッとしたように目を大きく開いた。

「まるで……目印みたいに……」

俺は下ろしたばかりの石を見た。

目印。

こうして見ると不自然に目立つところにこの石はある。種類は何なのかは調べないと解らないが、この白っぽさは暗がりでも奇妙に目立つし、形も風変わりだ。白ひょうたん石、とか言って遺跡物だと紹介したら信じるヤツが何人かはいそうだ。

「朝比奈さん、ひょっとしてハルヒはこの石の下とかを掘らせたんですか？」

「ええ。掘ったのはキョンくんと古泉くんでしたけど」

で、何も出なかったと。本当にか？

「ほんとうです」

朝比奈さんは目を伏せて、

「宝物が見つかることはありませんでした……」

ふう、と大きく口で息をして、俺は汚れた両手を払い合わせた。

では今、俺がやってることは何なんだ——とは今は問うまい。昨日のイタズラの仕掛けと、それに引っかかった男性もそうだが、それらの行為の意味などこの朝比奈さんにも解っていない。確実に知っているのは朝比奈さん（大）なのだ。ならば彼女に訊いてやる。このまま文章による一方通行だけなんて、今度ばかりは認めないぜ。

俺は自分が細工したばかりの石を眺め、もっと不自然なことに気づいた。長年横倒しになっていた石は、当然ながら半分ほどが土で汚れている。俺が掘り起こすまで裏面となっていたひょうたん石の、今は背中部分だ。一見して誰かがどこかから持ってでいる。

石が元いた場所である。掘り返された地肌の、そこだけが黒い土で、しかもへこんでいる。

「そっちの地面もだな」

きたと解るだろう。

「あなたが来たときはどうなってました？」

朝比奈さんは思い出す顔となって、

「うーん、誰も何も言わなかったし、あたしは全然解りませんでした。涼宮さんも穴を掘ることしか考えてないみたいです……」

ならば放っておいてもいいかもしれないが、一応、やるべきことはやっておこう。

俺と朝比奈さんは手分けして朽ちた枯れ葉やら蔦やらをかき集めると、むき出しになった地肌にばらまいて踏みしめた。ついでにひょうたん石にこびり付いた土をこそげ落とす。充分とは言えない。なにしろ年季を感じさせる石の風化した部分と、地中で眠っていた箇所ではやっぱり違いがありすぎる。

頑張ってみたものの、いよいよ空が暗くなってきたため、作業もキリのいいところで終了せざるを得ない。それに苦労の意味が解らない苦労もなかなか辛いものがあるね。

「帰りましょう、朝比奈さん」

今度は俺が先を行く。懐中電灯を持ってきてよかった。街灯のない山の暗さは太古の人々が恐れて神聖視しただけのことはある威容を演出する。それに登るより下るほうが身体にも応えるというものだ。

つまずいて背中に抱きついてくる朝比奈さんを受け止めること数度、麓まで下りたときにはすっかり夜空になっていた。と、ほぼ同時に、

「あ」

朝比奈さんが顎を反らして天を仰いだ。

「雨だわ」

ぽつぽつとした水滴がしとしとになるまで、五分と経たなかった。

朝比奈さんを乗せた自転車は全力疾走で復路を行く。帰りはほぼ下りなので漕いでる俺も楽である。行きの半分もかからなかっただろう、体力的には三分の一以下だ。

小雨に祟られながら鶴屋邸に辿り着いた俺たちを、出迎えてくれた人がいた。

「やぁ！　お帰りっ」

昨日と同じ和装の鶴屋さんがカサを片手に、元気に笑いながら門を開けてくれた。

「どこにお出かけだったんだい？　いやっ、いいよっ。ワケありみたいだしさっ、あたしは言わざる聞かざる鶴にゃんだからねっ！　見るけどっ。あれあれ、みく――じ

やない、みちる！　な一んか汚れてるけどっ。すぐさまお風呂入るかい？」

機関銃のように喋る鶴屋さんは、

「寒かっただろう！　ささ、お風呂お風呂！　一緒に入ろうっ。キョンくんもどうだっ。背中ぐらい流してあげるよっ。檜風呂！」

感涙してもいい申し出だが、本気でないのは彼女の顔を見れば解る。ハルヒは冗談のようで本気なことを言い、鶴屋さんは本気のような顔で冗談を言うのだ。

「俺は自宅で入りますよ。それより朝比奈――みちるさんを頼みます」

そのままきびすを返しかけた俺を、鶴屋さんが止めた。

「ちょい待ち」

カサを俺の上に差し掛けてから、半纏の懐から丸めて紐で結んだ紙を出してきた。

「これさ、ハルにゃんに頼まれてたものっ。キョンくんから渡しといてくんない？」

どうしてもマジマジと見てしまう。古ぼけた厚手の和紙、所々虫の食った様子が、まさに古文書か埋蔵金の在処を記した地図かという感じである。

「何ですか、これ」

「うん、宝の地図」

鶴屋さんはあっさり答え、ニカカと笑った。

「この前、蔵を漁ってたら昔の葛籠みたいな箱ん中から出てきたんだよねっ。せっかくだからハルにゃんにあげようと思って、そのまま忘れてたのさっ」

そんなものをもらってもいいんでしょうか。宝ですよ、宝。

「いいよっ。わざわざ掘りに行くのもめんどいっ。なんか出てきたら一割ちょうだい！　まー、埋めたのが何代も前のご先祖様ってことでね！　家に伝わる伝記によるとイタズラ好きなお爺ちゃんだったみたいでさっ、きっと孫引っかけだと思うのさ。掘っても何も出てこないか、しょうもないもんが出てくるに違いない！」

どうやら前者みたいですよ。

俺は出来るだけうやうやしく地図を押し頂いた。と言っても与えるほうの鶴屋さんがぞんざいに丸めた紙をむき出しで渡してくれるものだから、ありがたみはそれほどでもない。

「ちゃーんとハルにゃんに渡すんだよっ。いいねっ！」

鶴屋さんは片目を閉じて喜々とした笑顔を俺に向け、朝比奈さんはどこか強張った顔で俺と宝の地図とやらを順繰りに見ていたが、俺の視線に気づくと下を向いた。なんだろう。宝探しに本当に禁則事項なことがあったのか？　理解不能な過去移動でブルーになるのは解るが、どうも宝探しにこの朝比奈さんのウィークポイントがありそうだな。

「はい、キョンくん、カサ貸したげるっ。気をつけて帰るんだよっ。じゃ、またねっ！」

バイバーイと手を振る鶴屋さん、小さく片手をニギニギする朝比奈さんの姿が閉じた門の向こうに消えた。

カサと円筒形の和紙を手に、雨の中を立ちつくす俺だった。

今からでも押し入って風呂をよばれようかとも思うくらい、何やらうら寂しい感覚に覆われる。これも鶴屋さん効果だろうか。賑やかな人の側から離れて一人になると途端に祭りが終わった気分になるというような……。一人人間カーニバルだな。

「寒いし、冷てえ」

俺はもらったカサを肩にかけて自転車を押して歩き始めた。

ハルヒといい、朝比奈さんといい、それから長門はいいほうにだが、どうにも俺の調子を狂わせるなぁ。

「あー、腹減った」

その帰り道、古泉は現れなかった。今なら話を聞いてやってもいい気分だったのに。

その翌日、もう一人の朝比奈さんが掃除用具入れの中から登場して四日目の朝、昨日の雨雲は早々に東へ移動し、今日は一際冷え込む放射冷却の快晴空模様だ。

ハイキングコースみたいな山道を登校しているおかげで校門につく頃には身体も暖

まるが、暖房ナッシングな教室に着いて一時間目の半ば頃には汗をかいたぶん余計に寒く感じるから身体に悪い。

校門を通って玄関に入り、下駄箱を開ける前に俺は一度深呼吸をした。俺宛の未来指令があれで終わりとは思えないことから、今朝も入っているだろうと予想はしているのだが、いったい今度は何をせよと言ってくるのかと多少の躊躇があるわけで、しかし躊躇したところで逡巡以上の意味はなく、なぜならこれを開けないと俺は上履きを履けないからだ。

果たして今日も封筒は入っていた。

それも三通も。

「マジか、朝比奈さん……」

しかもナンバリングされている。それぞれ封筒の表面に＃3、＃4、＃6と手書き文字が小さく躍っているが、三、四、……六？

「ひょっとして前の二通が＃1と＃2だったのか？　てことは最初のが＃0か」

だが、どうして四からいきなり六に飛んでいるんだ。五はどこに行った？　書き間違いかな。

まとめてポケットにねじ込みトイレに直行するのは、もはや日課と言っていい。

数字の小さい順番に封を切る。

予鈴まで間がないので次々に目を通し、トイレを出るついでに鏡をのぞいた俺は、そこに変な顔をしている自分を見いだした。

朝比奈さん（大）は俺たちに何をさせたいんだ？　いや、この際だから見知らぬ男を病院送りにしたり、石を移動させたりする行為が何だとは言わない。だが、そのことによって何がどうなるのかは知りたいものだ。

半端な疑念を抱きながら教室に入った俺を、今度は妙に落ち着きのない人物が待ち受けていた。

「キョン！」

俺の奇態なニックネームを大声で口にしながら駆けよってきたのは、昨日までメランコリーだったはずのハルヒだった。

「聞いたわよ、早く出しなさい」

はち切れんばかりの笑顔で差し出された掌に載せるべきものとは何だろうと俺が思い出しにかかっていると、

「あんた、忘れてきたんじゃないでしょうね？　鶴屋さんから預かったものがあるでしょ？　ほら、とってもいい感じのものよ」

切り替えが早いにもほどというものがある。シックな雰囲気を撒き散らしていた昨日までのお前はどこへ消えた？　もしかして、別人がなりすましてたんじゃねえだろうな。

「なにバカなこと言ってんの？　あたしはいつだってあたしで、あたし以外のあたしなんてどこにもいないわよ」

ハルヒは得意の眉を吊り上げる形の笑みで、

「それより！　早くよこしなさいよ。もし忘れ物してきたっていうんなら、今からダッシュで取りに帰らせるからね！」

そう、がなるな。見ろ、クラスのヒマ人どもの注目の的になってるだろうが。俺はあまり目立たない人生を目標にしているんだからな。

「そんなつまんない目標、屋上から紙飛行機にでも乗せて飛ばすといいわ。目立つとか目立たないとかなんて目標とは無関係じゃないの。人生を語るのは大往生を遂げる三秒前になってからにしなさい」

三秒で語れる人生も嫌だが、仕方がなく……というわけでもないな、俺は鞄を開けて鶴屋さんから渡された粗く漉かれた和紙の円筒を取り出した――瞬間にそれは俺の手の内から消えた。かっさらっていった手の主が紙を丸めた紐を解きながら、俺にやや小声で、

「あんた、これもう見た？」

「いや、まだだ」

「ああ、取り立てて見たいとも思わなかったんでな」

「宝の地図なのに？　あんた、そう聞いてワクワクしなかったわけ？」

するもしないも、俺は宝なんざなかったとすでに聞いて知っているわけで、そうなると骨折り損のくたびれもうけという常套句がこれ以上当てはまる状況もなく、これでどうやってワクワクせよと言うのかこっちが聞きたい。てなもんで、俺は鶴屋さんに持たされた忌まわしいお土産を鞄に放り込んだまま見向きもしなかった。それより考えることは他にあったし、今もある。いっそのこと言われる前に宝探しの中止を進言しようかと思ったのだが、ハルヒは丸まった和紙を乱雑に広げながら、

「まったく、鶴屋さんにも困ったものだわ。あたしに直接くれたらよかったのに、キョンなんかに預けるなんてさ。朝一番にもらえるのはいいことだけど、放課後に驚かせてやろうと思ってたのに……」

ぶつくさ漏らしつつも嬉しそうに、くるりと背を向けて自分の席に戻った。筆箱と教科書を文鎮代わりにして紙の端を押さえつつ、じいっと地図とやらに見入っている。

俺もあきらめて席に着き、そうしてようやく新たな疑問に抱かれた。

「おい、ハルヒ」

「何よ」

「ほんと？」

目を上げずにハルヒは適当な返事。

「鶴屋さんがそれを俺に預けたって、それ、お前いつ知ったんだ？」

「昨夜。鶴屋さんから電話があったのよ」

やはり目を上げないハルヒは、

「あんた、シャミセンを連れて散歩してたんだって？　鶴屋さんの家の前を通りがかったときにみっけて、それで押しつけといたからっ！　って言ってたわよ。シャミセン、だいぶよくなってんのね。よかったわ」

鶴屋さんのデマカセには舌を巻くしかねえな。このクソ寒い冬の夜、しかも雨の中を、さらに猫を連れて散歩するヤツなんて聞いたこともないぞ。それで信じるハルヒもどうなのかと思うが。

俺が呆れの通過を表現する沈黙に包まれていることなど知ったことではないらしい、ハルヒは節分時のような煌めかしい目の色をして、

「見てみなさい、キョン。これは紛れもなく宝の地図だわ。ちゃんとそう書いてあるもん」

俺はハルヒの机に視線を落とした。

即座に博物館行きを宣告したい一枚の和紙、そこには一筆書きのような絵と数行の文字、それから署名が入っていた。絵のほうはさすがに解る。あの山だ。昨日俺が登

り、明日また登ることになるらしい鶴屋山である。墨で描いた簡単な筆致だが、山の稜線をうまいこと捉えてある。だが文字の方は読めなかった。にょろにょろした仮名書きらしいとは解るのだが、古文の教科書すら時々宇宙人語に見えるのに、俺に重要文化財みたいな書類が読めるはずがない。

ハルヒが翻訳してくれた。

「この山に珍しいものを埋めた。わたしの子孫で気の向いたものは掘ってみるといい」

そして末尾の署名を指でなぞり、

「元禄十五年、鶴屋房右衛門」

まったく、鶴屋さんの何代前の先祖か知らないが、余計なものを残してくれたよな。だいたい何で埋める必要があるんだ？　これは鶴屋さんが言っていたとおり、世代を超えた遠大なイタズラで合ってるんじゃないだろうか。そうでなけりゃ元禄時代から今までの何百年かの間に鶴屋家の誰かがとっくに掘り出している。

「山のどこに埋めてあるんだ？」

気乗りのしない声色できいた俺に、ハルヒは水墨画みたいな山の絵をつつきながら、

「それは書いてないわ。印もついてないしね、解るのはこの山のどっかってことだけよ。まあいいじゃないの」

勢いのある視線が圧力となって俺の顔を襲った。

「適当に掘ってたらそのうち掘る場所がなくなって最後には行き着くわ。ローラー作戦よ、ローラー作戦」

だからそれを誰がやるんだっていう話だよ。地元の人たちに呼びかけてボランティアでも組織するか。

「しないわよ、バカね」

ハルヒは地図をくるくると丸めて紐で結わえ、机の中に仕舞った。

「あたしたちだけでやるに決まってるじゃん！　分け前が減るのはあんただってイヤでしょ？」

分けて減るのであれば大いに嫌がるところだが、ないものをどうやって減らすのかと俺が内心で嘆息したとき、チャイムが鳴って担任岡部が入室してきた。

「放課後、部室でミーティングだからね」

俺の背中をシャーペンの先でつつき、ハルヒは俺のうなじに向かって言った。

「それまでみんなには内緒にしときなさいよ。驚かせたいから。ついでにあんたも驚きなさい。今まさに初めて聞いたって感じで頼むわよ。ホントに、鶴屋さんたら、もう……」

以降のハルヒのブツブツ声は担任の張り上げた大声と、クラスメイトたちが一斉に起立する騒音が掻き消してくれた。

さて、授業の内容を確実に脳細胞に留めるコツを俺から一つ伝授しよう。実は特別な集中力なんかいらないのである。ぼんやりとでもいいから教師の話が耳に入るようにして、後は黒板なり教科書なりをひたすら眺めるだけでいい。ノートをとっておいたほうがいいのは当たり前のことだが、そんなもんを毎時間几帳面にやる気にもならないからコツも必要になるわけだ。

解りやすく言うと、「特別授業に集中する必要はない。しかし授業以外のことも何一つ考えないようにする」これだけでいい。なんせ他になんにも考えていなければ、やることを失って退屈した脳ミソは目や耳から流れ込んでくる情報を頼んでもないのに勝手に覚え込んでくれるっていう寸法だ。

まあ、一度試してみるといい。ただし俺にこのコツとやらを教えてくれたのはハルヒであり、これが涼宮ハルヒ流学習術であることは忘れないでいただきたい。ようは勉強しなくてもいいが勉強以外に頭を使うこともなーんもするなってわけだ。だが、そんな生活が楽しいわけがなく、実際にハルヒが何も考えていないことなんかあり得ないように思うので、ますます眉唾であって、つまり全然当てにならないってもんだが、言ってるハルヒが好成績を維持してのけている現実を突きつけられると一言もない。

とは言え、現在の俺には無理な話でもあった。ここ最近のハルヒが微妙に鬱々としていたのがやや気がかりでもあったのだが、このたび古い和紙一枚でマジックポイントを全回復させてしまったのは歓迎すべき事態だ。おかげで気になることが一つ減った。

その代わり、朝比奈さん（大）からの未来指令は一気に三つ増え、こっちのほうは俺と八日後から来た朝比奈さんが実施しないと減ることがない。とっとと終わらせたくとも日時指定がされているので、たとえば今すぐ教室を飛び出して行っても作業短縮には繋がらず、かと言って決してノンビリできるような話でもなく……だが、ま、こんなことを考えているせいで授業の中身をまるで吸収できやしないのだが、誰に言えるってわけでもないイイワケさ。

放課後、俺はハルヒにせき立てられるように部室へ追いやられ、ほとんどカワウの追い込み漁にハメられた小魚のごとき心境だ。鶴屋さんのデマカセのおかげでシャミセンの病気療養にこじつけた俺の早退理由的デマカセは使用不可となり、そのうえ本日の俺は本当に何の用もない。

そう、下駄箱に入っていた秘密の未来指令は今日と明日がフリーであると明瞭に書いてあった。しないといけないことは明後日、及び明々後日との仰せである。三通まとめて今日に届けられた理由は簡単、今日を境にしばらく学校は連休に入るからだ。祝日に土日、中学生受験のための代休という四連休。

それにしても未来人はよほど下駄箱をポスト代わりにするのが好きらしい。直で手渡しに来てくれても俺はいっこうにかまわないぞ。朝比奈さん（大）に問いつめたいことが今の俺には結構あるぜ。

というようなことを授業中に考え、今もハルヒにせっつかれながら考えているうちに文芸部室前に至った。

「ハーイ！　お待たせ！」

むやみに上機嫌なかけ声とともにドアを開いたハルヒに引きずられるように俺も部室に入る。なんとなく久しぶりのような感覚を禁じ得ないのは、全員勢揃いしている現場に居合わせるのが四日ぶりだったせいだろう。なんと、たったの四日で俺は郷愁を覚えずにいられなくなるほどこの部室に帰属意識を持っちまっているわけか。

少しだけ衝撃を受けながら俺はハルヒが開け放したままのドアを閉め、あらためて団員たちの顔ぶれを眺めた。

隅のほうで立方体かと思うくらいの分厚い文庫本を広げているショートカットのセーラー服姿が最初に目に入った。長門はたゆまぬ無表情で俺とハルヒを一瞥し、すぐに活字の海に視線を投じる。余分なことを一切言わない小柄な有機アンドロイドは、他に余計な動作をすることもなく、いつものように地蔵菩薩のような無言ぶりで部室の一角に位置を占めていた。

「やあ、久方ぶりですね」

ジグソーパズルを分解していた古泉が意味ありげな微笑ととぼけたセリフとともに会釈して、

「シャミセン一号の調子はいかがです？　よろしければ、いい動物病院を斡旋しますよ。僕の知人の親戚が経営しているところで、腕のよさで評判の病院をね」

お前の知り合いはそんなのばっかりか。

「こう見えても僕は顔が広いのですよ。色々とね」

古泉はジグソーの欠片を指先で弾きつつ、

「ですから伝を辿っていけば大抵の人に突き当たるわけです。僕の知り合いの知り合いまでの間にいない人種は、」

ここで古泉は優雅に手を広げて芝居っ気たっぷりにタメを持たせ、

「まだ地上に存在しない職種の人くらいです」

宇宙人や未来人ともすでに知り合っているのに、これ以上交友関係を広げてどうしようってんだ。俺は異世界人なんかに会いたくはないぞ。絶対、ややこしいことになるからな。

古泉はフッと口先で笑って俺との会話を打ち切り、ハルヒに目を向けた。

「今日はミーティングだとうかがっていましたが」

「ええ、そうよ。緊急特別ミーティング」

ハルヒは鞄を団長机に放り投げるように置いて、どっかと腰を下ろした。

「みくるちゃん、お茶ちょうだい」

「はぁい」

かわゆく返事をしてパタパタとヤカンに駆けていくメイド衣装のその人は、どこからどう見ても朝比奈さんだった。

当然である。朝比奈さんがここにいて何の問題があろう。しかし……。

「むう……」と俺は舌の中ほどで呻った。

混乱しそうな頭に活を入れる必要がある。この人は、今現在、鶴屋さんの家で座敷わらし化している朝比奈さん（みちる）ではない。俺がよく知る今までの朝比奈さんで、ちょっと未来からやってきた朝比奈さんではないほうの朝比奈さんだ。

こぽこぽと急須に湯を注いでいた朝比奈さんは、ふと俺を見上げて、

「あの、キョンくん……」

心配そうな顔をする。三日前に登場した朝比奈さん（八日後）とまったく同じだ。

当然ながら。何を言うのかと俺が身構えていると、

「猫さん、具合よくないんですか？　冬休みに寒いところに行ったからかなぁ」

「いや……」

俺は口ごもる。この朝比奈さんは本当に何も知ってない。自分が今日から……ええと五日後の夕方になって、そこから今日から三日前に時間移動するとは毛ほども思っていないわけで……なんかもう、ややこしいな。

「シャミセンなら昨日治りました。今頃は俺の部屋を元気に転げ回ってることでしょう」

「そうなの？　よかったぁ」

朝比奈さんは華やいだ笑顔を作り、俺は今さらにして後ろめたさを覚えた。シャミセンの病気が嘘っぱちであることを朝比奈さん（みちる）のほうはもう知ってる。あっちの朝比奈さんは何も言わなかったが、今のこの朝比奈さんを心配させたり安堵させたりした原因そのものが大嘘だったことにはもうしわけないと頭を下げたい気分だ。

「また遊ばせてくださいね。猫さん、とても可愛いから」

あなたより可愛いものなんか銀河中を五百光年さまよっても邂逅しないでしょうが、猫を口実に俺の家に来たいというのならいくらでも用意しますよ。外に出たシャミセンがよくつるんでいる裏の家の黒猫も連れてこさせますが。

「ふふ。それ、いいですね……あっ！」

朝比奈さんは小さく飛び跳ね、

急須が湯を溢れさせている。俺と猫話をするのに気を取られていたようだ。これもハルヒによるドジメイド化計画の一環かもしれない。テーブルをダスターで拭く朝比奈さんの慌てた仕草を、ハルヒは腕組みして満足そうに眺めていた。

俺は古泉の隣のパイプ椅子を引き出して腰を落ち着け、ハルヒが例のブツを取り出して得意顔で宣言するのを待つことにした。

「お湯、こぼしちゃった」

「お待たせしました」

朝比奈さんが湯飲みを二つ、盆に載せてハルヒと俺に配ってくれる。これを一口飲む間くらいは待っててくれるだろうとは思っていたのが、しかるにハルヒのヤツ、なぜかなかなか立ち上がる気配がない。熱いお茶をほぼ一気飲みしておきながら、ニヤニヤしたまま団長机にふんぞり返り、パソコンの電源をつけたり置いてあった雑誌をパラパラめくったりしている。時折俺と目が合うと、瞬間的に真顔になったり、またニヤリとするという百面相をやっている。こりゃ何の前兆だ？

古泉は素知らぬふりでパズルをのんびり組み立てているし、長門は最初から無反応だし、朝比奈さんは二杯目のお茶の配膳にいそがしそうだしで、まあ完全に日常の風景ではあるが、今日ばかりはそれではおかしいのだ。いったいハルヒは何でまたこんな時間の無駄なことをしているのか。

答えは間もなくあきらかとなった。

まったりとした平和な時に終了を告げたのは、ハルヒの雄叫びでも帰宅を強制する放送でもなく、リズミカルなノックの音だった。

「やっほーい！　来たよんっ。入っていいかーいっ」

聞き覚えのある声が高らかにそう言って、同時にハルヒが弾かれたように立ち上がった。

「待ってたわ。どうぞどうぞ、どんどん入っちゃって！」

珍しく団長自らドアを開いて招き入れたそのお客さんは、

「やあ、みくる以外のみんな！　久しぶりねい。ああっ、キョンくんは昨日会ったっけねっ？　シャミいいなあシャミ、またつれて来ておくれよ！」

大声まきまき鶴屋さんが、今にもハルヒと肩を組んでラインダンスを踊らんばかりの笑顔でやって来た。またもや。

「うん、そうだよっ。宝の地図っ。おーよそ三百年前くらいのお宝さっ。きっと元禄小判とかじゃないかな。だといいよねっ！」

鶴屋さんはお茶請けのエビ煎餅をバリバリ食べながら、パイプ椅子の上であぐらをかいた。

「その紙っきれ、家の蔵にあったんだけど、その蔵ってのがさ、何だかもー、いらんもんがゴロゴロしている昔ながらの物置なんだけど、五年ぶりかなっ？　この前、整理してたらガラクタの下にあった葛籠ん中にあったのさ！」

　来客用湯飲みで煎茶をガブガブと飲む鶴屋さんは、ピンと立てた人差し指でホワイトボードを示した。

　そこにはマグネットクリップで四方を留められた古風な地図が貼り付けになって、その横にハルヒが立って指し棒で肩を叩いている。嬉しそうに。

「その山、国有地にしろとか、いっそ譲渡しろとか言われてるんだけどさっ、こればっかはご先祖様の遺言で手放すわけにはいかないんだよね。ああっ！　そっか、きっとお宝が埋まってたからだっ。そうだったのか、ご先祖様っ」

なむなむー、と鶴屋さんは合掌して夕日を拝み、ハルヒは指し棒をバンバンとホワイトボードに打ち付けた。

「というわけよ」

どういうわけだ。今のところ鶴屋さんが先祖の遺品の来歴を説明しただけだぞ。

「だから、そのご先祖様が埋めてくれた宝をあたしたちが探しに行くってわけ。この話の流れだとそれ以外にないでしょ」

ハルヒは大口を開いて白い歯を見せ、

「決行は明日よ。急がないと誰かに先を越されるかもしれないわ。明日の朝、午前九時にいつもの駅前に集合ね。山に行きましょう！　道具はあたしが用意して持ってくから、心配はいらないわ」

言うまでもないことだが俺は驚きなどしなかった。昨夜、鶴屋さんからこの地図をもらったのはこの俺なんだし、宝探し宣言は三日前に朝比奈さんから聞いていて、今朝になってハルヒからも聞いた。これで驚けと言われて素直にそうするほど俺は演技力に自信がない。しょうがないので中身のほとんどない湯飲みを口に付けてごまかしたが、そんな必要もなかったかもしれん。

この場で驚いた顔をしているのはただ一人、

「えっえっ。宝探しですか？　明日行くんですか？　山登り？　あっ、だったらお弁当作らなきゃ」

朝比奈さんだけだ。

長門は文庫本を開いたままハルヒの持つ棒の先端を目で追いながら沈黙を保ち、

「それはそれは。考古学的、文化人類学的に興味深い資料となりそうですね。実に楽しみです」

相変わらずハルヒの尻を支えるようなことを言って微笑しているのは古泉である。

ハルヒが全員の驚愕を期待していたのなら大ハズレなリアクションだろうが、当のハルヒはサプライズがさほど得られなかったことも気にならない様子で、

「そういうこと。もし見つかったらあたしたちで山分けしちゃっていいのよね？　もちろん、これを提供してくれた鶴屋さんも頭数にいれるけどさ」

「いいよっ」

鶴屋さんは過剰なまでに大らかな声を出し、

「出てきたのが金目のものだったらハルにゃんたちに九割くらいあげるっさ。あたしの曾々々……何代前か忘れたけど、その房右衛門爺さんが子孫を笑かすために残してた私物とかだったら、しかたないなあ、家で引き取るよっ。どのみち、あたしは穴掘りには参加できないからね！　明日はちょいと用事があってさーあ」

俺に変な目配せをしてくる。鶴屋さんは俺に向かって目を瞬かせた後、朝比奈さんに目を向けてニコリとした。約束通り、こっちの朝比奈さんには何も言ってないという意味のボディランゲージだろう。

疑ったりはしてませんよ、鶴屋さん。しかしですね。

必要以上に関わらないようにしていると鶴屋さんは言い、古泉がなくてもよさそうな裏設定を教えてくれたりもした。だとしても——だとしたらだ、どうも彼女の行動は把握しにくい。草野球の助っ人や冬合宿の別荘提供はこっちから依頼したようなも

んだが、わざわざ宝の地図なんていうエサをハルヒに与えるなんて、まるで俺たちと積極的な関わり合いを持とうとしているかのようだ。ひょっとして、ハルヒが希望しそうなアイテムを投げ込むだけ投げ込んで面白がっているんだろうか。

俺の疑念を余所に、鶴屋さんはエビ煎にかじりつき、楽しそうな顔をひたすらしている。

そして、これまた不思議なことに古泉も似たような表情なのである。思えば鶴屋さんが何度も部室に出入りしていた過去の記憶をまさぐってみても、古泉が彼女に含みのある顔を見せたことはなかった。鶴屋さんには手を出すなってのが『機関』とかの上司から出た命令なんだとしたら、こんな身近にしょっちゅういるのはこいつとしては困りもんなんじゃねえのか。

それとも……。

俺は古泉の無害っぽい笑みに目をやって考えを巡らした。こいつがあの夜に語った話がどこまで本当なのかは解らん。正しいのだとしたら『機関』と鶴屋家の間には不文律みたいな取り決めがある——と。しかしそれはあくまで『機関』と鶴屋家だ。古泉と鶴屋さんの間でのもんじゃない。この二人がそれぞれ二人とも、そんなもん知ったことかと考えている可能性だってある。それも互いに示し合わせたわけじゃなくてだ。

鶴屋さんは古泉や長門、朝比奈さんの正体について詳しく知っているわけではなさそうで、この三人——とハルヒ——が何か違うなと気づきつつ、詮索しようとしないのが鶴屋スタイルだ。俺は一昨日の夜、帰り際に鶴屋さんから聞かされた話を全面的に信用するし、オマケとして古泉のことだって少しは信用してやれる。『機関』と長門を秤にかけるような事態があったら、一度だけでも俺たちのほうを選ぶと言ったあの時の言葉をな。

「……キョン、ちょっと！　あんた聞いてんの？」

鋭利な声が耳を打ち、指し棒の先がまっすぐ俺に突きつけられていて、その延長線上にハルヒがいかめしい顔で立っていた。

「いい？　明日は動きやすい格好で来ること！　汚れても平気な服を着てきなさい。あんたと古泉くんは手ぶらでかまわないわ。とりあえずいる物はね……」

ハルヒは朝比奈さんを促して、水性ペンを持つように命じた。

メイドで書記という変な組み合わせの属性を持つことになった朝比奈さんは、微笑ましいまでの子供っぽい字で言われるままの語句をホワイトボードに書き連ねていく。

「まずシャベルが二本ね。これはあたしが用意するわ。それからお弁当。みくるちゃん、お願いね。ゴザもいるわね。それから遭難したときのための方位磁石、ランタン、地図も用意しときましょ。この宝の地図じゃなくて、まともなヤツね。非常食としてお菓子もいっぱいあったほうがいいわ。発煙筒はどうしようかな」

どこの山に登るつもりだ。この高校があるところより低い頂上しかない山だぞ。おかしな現象が発生でもしない限り遭難などありえんし、しかも、もしそのおかしな現象が発生したりすると磁石や発煙筒なんぞ何の役にも立たないというのは年末に身に染みている。

長門の冷静な黒い瞳が、朝比奈さんの下手な字を見つめているのを確認して俺はそっと吐息を漏らした。

一週間ほど先から来たあの朝比奈さん情報では、俺たちはつつがなく宝探しに行き、無事に戻って来たことになっている。それも探した甲斐なく帰りも手ぶらでだ。そこで重大な事件に出会っていれば朝比奈さんだって注意を喚起するようなことを伝えてくれただろう。

登って弁当喰って下山する。ただのピクニックだ、それは。肉体労働係を任命されることが決定している俺と古泉を除けばだが……。

ここにきて長門が同期を封印した理由を再認識したように思う。確かに自分のすることやハルヒの言い出すことが解っているようなこの状態、正直言って全然面白くない。聞かなきゃよかったよ、朝比奈さん。

まあ釣り合いが取れていると言えばそうなのかもしれない。ＳＯＳ団が実行するこの週末の予定は解っている。しかして、朝比奈さん（大）から下された俺と朝比奈さん（みちる）がやるべき行動の意味はさっぱり解らないという、損得勘定すれば差し引きゼロ——って言っていいものかね。

なんか損ばかりしているようだと、俺の控えめな感情が呟いているんだが。

すっかり登山気分のハルヒが次々に持っていくものを増やし続けたために、書き記すスペースがホワイトボードから失われ、とうとうひざまずいたメイドな朝比奈さんがちっちゃな文字で下隅の方にシェルパとかテントとか書くことにもなったが、

「ハルにゃん、天山山脈を徒歩で縦断するんじゃないんだからっ。山ったってちゃちいもんだしさっ、携帯の電波だって入るし、遭難しそうになったら連絡してくれたらいいよ！　捜索隊を派遣するからっ」

鶴屋さんがケラケラ笑いながら注進してくれて、

「あたしが子供の頃に走り回って遊んでた山だよっ。クマもいない！」

ハルヒも笑い返した。

「ありがと。遭難したときは頼むわ」

もとより本気ではなかったのだろう、ハルヒは指し棒をくるんと回して、

「みんな、いいわね。こう言ってくれている鶴屋さんのためにも、お宝を絶対テイクアウトするのよ。気合い入れて行きまっしょう！」

なんだろう、俺は手ひどく安堵している自分に気づいて狼狽しそうになった。ハル

ヒがいつもの調子に戻って、あの輝く瞳を俺に見せつけている。ただそれだけで、すべての不安が吹っ飛んでいく気がして、そんな気がしたことによって安心したというか何というか……。

まあ何だ、誰であろうと気が晴れることはいいことだ。理由が何だってさ。

一方的に宝探し計画をぶち上げた後、ハルヒが学校図書室から借り出してきた江戸時代の図鑑やら資料やら歴史小説を広げて、鶴屋さんの先祖（庄屋だか問屋だかだったらしい）が埋めて隠しそうな物を推理しようという、それは推理ではなくて単なるアテ物だろうと言いたくなるような展開が小一時間ほど続いて、今日の特別緊急ミーティングは終了だ。

ちなみにハルヒは、

「小判なんかつまんないわ。もっと面白グッズが出てきて欲しいものね」

などと言って無い物ねだりをしていたが、長門が文庫本を閉じるのを合図に、自分が眺めていた火縄銃の図鑑を閉じた。下校時刻がすぐそこまで迫っている。

そこから全員で集団下校となった。坂を下っている最中、俺は何とかして鶴屋さんと二人で話せないかと機会をうかがっていたのだが、なかなかチャンスが訪れない。

最前列をハルヒと鶴屋さんが風を切って行進し、その後ろに朝比奈さんが続き、黙々歩きの長門と来て、最後尾は俺と古泉だ。俺としては朝比奈さん（みちる）がちゃんと鶴屋さん家で平和に生活できてんのかを訊きたかったが、ハルヒの耳に届くようなことがあってはならない。

　まあいいか。どうせ後で電話することになる。あっちの朝比奈さんとは今後の予定を話し合わないとな。今朝の三通の手紙のうち、一つの指令はちょっとした準備が必要らしいのだ。事前に手に入れなくてはならない物がある。ますます無償のお使いロールプレイになってきた。

　にしても鶴屋さんには感心させられる。ハルヒや朝比奈さんとの掛け合いを見ていると、自宅に朝比奈さんのそっくりさんか双子の妹かドッペルゲンガーがいるなんて素振りは一切見せず、本当にそのままの鶴屋さんだ。何と頼りになる先輩だろう。

「また明日！　遅刻は罰金だからね」

　長門のマンションが見えてきたあたりで俺たちは三々五々に道を分かち、俺はハルヒの声に手を振ってから、あとは自分の家に帰るフリをするだけだった。

　いかにも帰り道をダラダラと歩いている高校生の姿を装いつつ、俺は全員の姿が見えなくなったのを見計らって携帯電話を取り出し、念のために細い路地の隙間に身体を潜めながらコールする先は鶴屋さんの邸宅である。

お手伝いさんみたいな人に名を告げると、そう待つことなく朝比奈さんに取り次いでくれた。

『はぁい。キョンくん？　あたしです』

俺は離れの小部屋で小さく正座している朝比奈さんを思い浮かべながら、

「今日も入ってましたよ、例の手紙」

『うーん、今度は何をすればいいんでしょうか……』

語尾はほとんど吐息のようである。

「そのことで相談したいことがあるんですよ。今日明日はどうやら自由時間のようですが、明後日あたりからいそがしくなりそうな感じと言うか」

『あ、はい。なんだか解るような……』

それはまた、どうしてだろう。

『土日に市内パトロールをしたって言いましたよね。あたし、じっくり思い出そうってがんばってみたんです。そうしたら、あの時のキョンくん、ちょっと変だったような……』

これも聞かなかったほうがよかったかな。無理にでも変な振る舞いをやらないといけないってのは疲れそうだ。ただでさえ明日は疲れそうだってのに。

「その話は後で聞きますよ。今からそっちに行きます。鶴屋さんはまだ帰ってないですよね。俺は今から向かうので、鶴屋さんのちょい後くらいに到着予定で」

空っ風に地団駄を踏まねばならない季節だ。俺は電話を切ると小走りで歩き出す。


呼び鈴に出てきてくれたのは今日も鶴屋さんだった。俺とはほとんど頭か首の差だったようで、着替えもまだのセーラー服姿である。

「来ると思ったよっ」

門を開けながら鶴屋さんは楽しげに言い、俺に手招きした。

「で、どうなんだい？　あのみちるちゃんは、いつまでウチの座敷わらしをやっててくれるんだい？」

そいつはちょっとまだ解りませんね。ですが、あと数日でいいはずですよ。

「あたしだったらいつまでも置いときたいからいいよっ。いやぁもう可愛い可愛い！　同じ家にいると学校じゃ解らなかったみくる……じゃなかったね、あの娘の可愛さを新しく十二個くらい発見しちゃったさ！　抱いて眠りたいくらいだねっ」

まさかやってんじゃないでしょうね、そんな羨ましいことを。

「いんやっ。一緒なのはお風呂くらいさ。みちる、何か言おうとするたびに、これ言っていいのかなっ、て悩む顔するんだよ。それがまた大層可愛いんだけどっ。ちょっとかわいそうでもあるね。気にしなくていいのにさっ」

鶴屋さんに導かれて俺は離れの小屋まで行く。想像通り、朝比奈さんは畳敷きの部屋で所在なげに正座して待っていた。紬みたいな和服の上に半纏という姿が新鮮で、

「あ、キョンくん……」

俺が来たのを見て安堵の表情を浮かべるところも、またいいね。今にも三つ指ついてくれそうなシーンだ。

勇んで引き戸を閉めようとしたところで、俺の後ろにいた鶴屋さんの猫笑いにぶつかった。何か問いたげな目つきをしているが、確かに言うべきことがあるな。

「鶴屋さん、すみませんが俺と朝比奈――みちるさんと二人にしてもらえませんか。すぐにすみますんで」

「ふふふううん？」

鶴屋さんは俺の肩越しに朝比奈さんを覗き込み、

「二人っきりに？　この狭い部屋でっ？　いいけどねっ」

朝比奈さんが顔を赤らめるのを面白そうに見やって、鶴屋さんは俺の肩をはたいた。

「じゃあ、あたしは着替えてくるよ。うふふふん？　ごゆっくり～ん」

ステップを踏むような足取りで母屋へと去る鶴屋さんだった。それを見届けてから俺は小部屋に上がり込む。しゃちこばったような朝比奈さんが畳の目を数えるように顔を伏せているが、まあそう、固くなんないでくださいよ。困るじゃないか。

余計な煩悩を脳内スプレーで吹き消して、通学鞄に意識を集中させることにしよう。

「電話でも言いましたが、これがその手紙です。今日届いたぶん」

俺は朝比奈さんに二通の封筒を差し出した。＃3と4だけを。＃6は見せずにおく。この六通目は俺だけに宛てられたものらしいからだ。そしておそらく、この＃6が最後の手紙なのだ。これ以上はないと見ていい。＃5があるのだとしたら別だが、取り急ぎその二通の中身を紹介しよう。

まず＃3、

『明後日、土曜日。南に向かい、夕方までに**町**丁目にある歩道橋に行ってください。歩道橋の手前にパンジーの植え込みがあります。そこに落ちている物を拾い、以下の住所に匿名で郵送してください。落ちているものとは、小型の記憶媒体です』

二枚目には、やたら遠くの住所と知らない名前が書いてあり、記憶媒体らしき物の絵が添えられてあった。この絵からはメモリースティックを連想させるが自信はない。なんにしろ上手いとは言えない絵なのでね。

次の＃4が、

『川沿いの桜並木、あなたと朝比奈みくるがよく知っているベンチがありますね。日曜日。午前十時四十五分までにそこに行き、午前十時五十分までに川に亀を投げ込んでください。亀の種類はお任せします。小さいもののほうがいいでしょう』

これにも二枚目があった。可愛い顔をした亀が丸い吹き出しの中で「よろしくね」と俺に呼びかけているマンガタッチのイラストだ。

＃3にも4にも共通しているのは、『P．S．必ず朝比奈みくるとともに。二人だけで』と追伸があることと、朝比奈さんにしか読めない記号の一行が最後を飾っているところだ。

朝比奈さんは真剣な顔で手紙を読んでいたが、＃4の二枚目を見終えてから溜息をついた。

「わかんないです。カメさんですかぁ……」

この寒気団押し寄せる真冬に、川へ亀を投げ込む行為に何の意味があるのか、解るほうがおかしいな。解るのは書かれているベンチってのが、去年の春に朝比奈さんから未来人告白を受けたやつだというくらいだ。

「でも、やらないといけないです」

朝比奈さんはコードを指でなぞり、決然とした面を上げた。

「今のあたしたちには解りませんが、これはきっと意味のあることなんです。そうじゃないと……」

ふと朝比奈さんの目元が悲しげに揺らいだ。

そうじゃないと――に続く言葉なら容易に思いつく。そうだ、でないとここに朝比奈さんがいる意味がない。二人もいる意味は、もっとない。

思わずにじり寄って抱きしめたくなったが、やっぱり俺はそんなことをしない。鶴屋さんから釘を刺されていることもあるしさ。俺の心情的にも、おいたはダメだね。

「それより朝比奈さん」

軌道修正を図る。

「土日は市内パトロールをするんでしたよね？　だったら、その指令の時間とかぶるんじゃないですか？」

土曜は夕方までという曖昧さだが、日曜は午前十時四十五分という指定がある。SOS団の誰といてもおかしな具合になりそうだ。俺一人だけ姿をくらますわけにもいくまい。

「ひょっとしたら、俺は何か理由をつけて欠席したんですか？」

「いいえ。キョンくんも来てました」

朝比奈さんは大切そうに手紙を封筒にしまいながら、

「けど、クジで二手に分かれたんです。いつもみたいに。さっきも思い出してたんですけど……土曜の午前はあたしは涼宮さんと長門さん、キョンくんは古泉くんとで、午後はあたしと涼宮さんと古泉くん、キョンくんと長門さんで……」

記憶を確認するように朝比奈さんは小さく頭をうなずかせ、

「確かです。それで、日曜の午前もあたしと涼宮さんと古泉くん、キョンくんは長門さんとでした。それで、日曜は午前だけで解散だったんです。……え、あれ？」

言いながら気づいたらしい。たぶん俺も同じ思いを抱いている。

偶然にしてはけっこうな確率的低空飛行だよな。

俺と、この朝比奈さんが未来指令に従って動いている時間帯に限り、俺は必ず長門とペアを組んでいることになる。五人の人間がいてそのうち特定の二人がペアになり、それも三回中二回を実現する確率を求めよ。面倒なので俺はそんな計算をしないが、割に希少なんじゃないかと思うぜ。

そして、長門は事情を知ってくれているのだ。クジの行方を操作することくらいなら、今の長門でもお茶の子だろう。頼めばそうしてくれる。これはその結果か。

「どうなんでしょう」

朝比奈さんは自信がなさそうだったが、

「でも、あたしの覚えているとおりにならないと困りますよね？　長門さんが協力してくれたの？」

思案に暮れる問題だな。朝比奈さんの記憶にある組み合わせは規定のものだ。なんたってわずか一週間後から来た未来人の情報で、そうなってないとおかしい。放っておいても俺は長門と組むことになるのか、それとも人為的なものなのか……。

　だが悩むのもわずかだった。

「長門に頼みましょう」と俺は言った。「インチキすんのは気が進まないですが、万が一違うことになったら大事だ。あいつなら解ってくれますよ」

「あたしもそう思います」

　朝比奈さんがいやにきっぱりと同意した。

「パトロールの時、キョンくんの様子がちょっと変だったのって、それだと思うんです。長門さんにクジの組み合わせを頼んでたからだと思うの」

　いったい俺はどんな様子を見せればいいんだろう。ちょっと変ってどんなだ？

「それは……ええと、なんとなく変としか」

　歯切れの悪くなる朝比奈さんだった。具体的に変さが解るようなものならよかったんだがな。

「ごめんなさい。うまく言えなくて」

　謝らなくてもいいですよ。特に重要なことでもないでしょうから。

「でも……、あ、そうだ。日曜、あたしと涼宮さんと古泉くんがデパートの本屋さんにいたとき、」

　思い出すことがあったらしい、朝比奈さんは額を指で突っつきながら、

「涼宮さんの電話にイタズラ電話が入ったの」

　誰からです。

「キョンくんから」

　俺が？　いまさらハルヒの携帯にわざわざイタ電をするって？

「うん、涼宮さんはそう言ってました。えっと、キョンくんから変な電話があったって。全然面白くない冗談だわって、すぐに切っちゃいましたけど。十一時になったかどうかの頃だったかなぁ」

　こうしてまた一つ不可解な行動予定が付け加えられた。何か知らんが、俺は亀を川に投げ込んだ後、ハルヒに電話してつまらん冗談を言わねばならんらしい。

「何て言ってたとか、ハルヒは言いませんでしたか？」

「ええ、あたしには、そう何も。でも、そのあとお昼にみんなで集合したときに、キョンくん、涼宮さんに謝ってましたよ」

　不可解以上に不条理になってきた。なんで俺があいつに謝ることがあるのだ。

「つまらない冗談言ってすまん、って」

　不条理を超えた難解さである。俺がそんな素直にハルヒに頭を下げるのは……まあ、

そんなにないことだぞ。

詳しく聞こうにも、朝比奈さんもそれ以上のことは知らないのだとおっしゃる。俺とハルヒの会話は二言ほどで終了して、次の話題に移ったかららしい。知れば知るほど未来の俺は理解不能なことばかりしてくれているようで、推理できるんなら誰かやって欲しい。俺はあきらめた。


「それより亀だな」

俺は＃4の封筒を摘みながら、

「この時期、どんな亀でもそこらの道をひょこひょこ歩いてるはずはありませんから、どうにかして用意しないと」

冬眠中の野生亀を掘り起こしてやるのも忍びない。だいいち穴掘りは明日の宝探しで充分だろう。まさか宝の代わりに亀を掘り当てるとか、そんなオチが待っているのか？

「いえ、宝物も亀も出てきませんでした」

そうでしたね。俺たちの宝探しはただの山登りで終わるという話でした。どっちにしろ縁起のよさそうな物が出てくるとは思えんな。

「しかたない。買ってきますよ」

近所のホームセンターにペットコーナーがあるのを思い出す。シャミセン用の缶詰をまとめ買いするのによく利用しているが、ゼニガメがのそのそしてた水槽があったはずだ。そいつで手を打とう。この帰り道にでも寄ってくか。ああ、でも日曜にSOS団集合場所に亀を持っていくわけにはいかないから、事前にこの朝比奈さんに預けて——と。

やれやれ、予定が目白押しだ。この週末、のんびり羽を伸ばすことは無理らしいな。

その後、朝比奈さんと土日に落ち合う場所や時間を相談し、だいたいのことを決めたあたりで俺は腰を上げた。

離れの戸口まで朝比奈さんが送ってくれ、扉を引くと普段着に衣替えした鶴屋さんが寒そうに待っていた。

「やぁやぁっ。ずいぶんゆっくりだったね！　ほんとにキョンくんっ、なんかしてたんじゃないだろうねえっ」

ニコニコ顔が逆に怪しい。この人、隙間から中を覗いてたんじゃないだろうな。よかったよ、おいたをしなくて。この気のいい女子先輩にボコられるのは本意じゃないからさ。

俺は適当な生返事をして、頬を朱に染めかける朝比奈さんの表情を網膜に焼き付けつつ、鶴屋家から退散した。

第四章

　翌朝、俺は枕元で鳴り続ける目覚まし時計を止めに来た妹によって起こされた。

「うるさいにゃーあ、ねえシャミー」

　妹は俺のベッドの足元で丸くなっていたシャミセンを持ち上げ、その肉球で俺の鼻を押しながら、

「朝ご飯はーあ、どうするのーう？」

　節をつけるように唱っている音痴具合がアラームよりも頭を刺激する。

「喰う」

　俺は妹に操られた猫の手を払いのけて身を起こし、妹の腕からシャミセンを取り上げて床に下ろした。迷惑そうにしていたシャミセンは、フンと鼻を鳴らして再びベッドによじ登った。

　俺が着替えている最中、妹は三毛猫の頰毛をふにふにと摘んでいたが、やがて抗議行動としてパタパタする尻尾をつかみ始め、ついに「ぐふにゃあ」と鳴いたシャミセ

ンが走っていくのを追って部屋を出て行った。朝から俺の部屋で暴れるな。おかげで目は覚めたが。

部屋を出て洗面台に向かう途中で、「猫マフラーぁ」とか言いながらシャミセンを首の後ろに乗せようとしている妹と、妹のチルデンセーターに爪を立てて抵抗するシャミセンコンビに出くわしたが、軽やかに無視することにする。

洗面台の鏡の中で歯を磨いている自分の冴えない面を睨みながら今日は何の祝日だっけとどうでもいいことを考えつつ、家の外でぴゅうぴゅういってる風の音を呪いつつ、さっさと春にならんものかと思う。できれば高校一年というニューフェイスなポジションをもうちょっと持続したかったが——留年とかはなしで——、寒いのはもう勘弁だ。宝探しだろうが市内徒然歩きだろうが暖かい季節ならもっと寛容になれるが、二月だぞ、二月。

しかし何月だろうがハルヒが何かを言い出したら、その何かを何が何でもやり遂げなければならないのである。海底に沈んだ古代船をサルベージしようと言い出さなくてまだよかったと思おう。うむ、前向きだ。

朝飯を喰い終え、可能な限り登山を意識した上着を羽織って俺は徒歩で駅前を目指した。チャリを使わないのは、鶴屋山まで行くには駅前からだとバスに乗るほかないからだ。現地集合ならもっと早くに着けるのに、いちいち駅前集合ポイントがスタートになるのは、もう理由のあるなしとは無縁にツッコミ不要の単なる約束事になっているとしか思えん。

まるで太陽と賭をした北風がムキになっているかのような横風を浴びながら、マフラーに顔を埋めるように歩く。特に急ぎ足でもないのは時間に余裕があるからではなく、どうせ時間通りに行っても俺が最後の一人になっているだろうから。これも約束事みたいなもんさ。俺が誰かを待つ立場になったのは、あの時だけさ。

そういうわけで俺が駅前に到着したのは九時五分前だったが、ＳＯＳ団の全員がすでに揃っていて、思い思いの顔を向けてきた。

冬将軍より上の位を天から授けられたような顔をしたハルヒが、

「どうしてあんただけいっつも遅れるのよ。あたしが来たときにはみんなちゃんと待っててくれてるのよ？　団長を待たせて少しは心苦しくなんないわけ？」

俺が心苦しさを覚える先がお前になることは間違ってもない。だいたい俺以外の三人がお前より早く来てるってことがどういうことかと言うと、全員に喫茶店で奢るという役割をお前が負うことはないのは俺のおかげってこったろうが。それこそ少しは心を痛めて欲しいね。

「何言ってんのよ。遅れて来たのはあんたでしょ」

ハルヒはニンマリとした笑顔を見せて、

「なによキョン、まるで悩み事でもあるような顔してるわよ。どうかした？」

　どうもしやしない。このせっかくの祝日に、しかもこの寒い日の朝から、見つかるわけのない宝を掘り出しに行く自分の不幸を嘆いているだけだ。

「もっとキビキビした顔しなさいよ。それともシャミセンの病気がぶり返したの？」

「いーや」

　俺は首をすくめつつ横に振り、

「ただ寒がっているだけだ」

　フフンと強気な顔でハルヒはやれやれとばかりに両手を広げ、

「そういうときは臨機応変に心と体を切り替えるのよ。今日なら、そうね、寒冷地仕様登山モードにするわけ。簡単でしょ？」

　プラモの改造じゃねえんだ、そう安易に変身できるものか。モード選択のスイッチなんかたいていの人間にはついていない。ハルヒみたいなオールシーズン全天候型には解るまいが。

　俺とハルヒがひとしきり朝の挨拶を繰り広げている間、他三名は観衆モードで立っていた。

　古泉・朝比奈さん・長門の順に、カジュアル・ベーシック・ナチュラルな格好だ。長門のナチュラルというのは制服にダッフルコートがプラスされただけであり、それのどこが山登りファッションなのだと俺が言うこともないが、長門を鶴屋さんの家に連れて行って置き去りにしたら、きっと鶴屋さんは面白がって長門に自分のお下がりを着せてやるんじゃないかと意味もなく思った。機会があったら一度試してみよう。

古泉はお前どこのチラシから飛び出てきたんだと言いたいくらいに冬用ジャケットを着こなしていて、そのままデパートの衣料コーナーに行ってマネキンと入れ違ってもいいくらいだ。工事現場に置いてありそうなシャベルを二本も抱えているところを除けばだが。

朝比奈さんは無難なパンツルックに無難なダウンジャケットである。今さらながら、朝比奈さんの私服姿で二回と同じ服を見た覚えがないような気がしてきた。

「お弁当、作ってきましたよ」

すっかり行楽気分なのか、微笑ましさ百パーセントな顔をした朝比奈さんが持っているのは大きなバスケットのみである。今日はこれを食べに来たと思えばいいか。

それにしても、この朝比奈さんを俺が半ば命じる形で過去に跳ばすことになるとは、どうしても信じられない。あの朝比奈さんは本当に正しいことを言っているのか？

「どうしました？」

朝比奈さんがキョトンとした顔で見上げている。

「いやいや」と俺はさり気なく、「弁当の時間が楽しみだな、と思いまして」

「あんまり期待しないでくださいね。うまくできたかどうか、自信がなくて……」

照れるような仕草が思いっきり可愛かったが、俺の心が癒しに満たされそうなところをいつも邪魔するのはこの女だ。

「お弁当もいいけど」

ハルヒが視界に割り込んで来た。

「あんた、今日の趣旨をちゃんと解ってんの？　遊びに行くんじゃないんだからね。宝探しよ、宝探し。お弁当に見合った働きをしないと昼食休憩は挟まないからね！」

そんなことを言いつつ、ハルヒは北風との賭に勝利した太陽のような、遊びに出かける直前の子供みたいな笑顔で、俺はその顔を保存しておいていつでも呼び出し可能にしとけよな、と言いたくなったがやめておいた。

よく考えたら、それがいつものハルヒ顔であることに気づかされたからである。二月に入ってしばらくの突発的ブルーにあやうく騙されるところだった。どうして騙された気分になりかけたのかは、俺にだって解りはしないんだが。

例外的に今日は俺のおごりで喫茶店に入ることはなく、ただし免除されたわけではなくて繰り延べされただけ、次回の集合で一番乗りしようが何時に来ようが茶店代は俺持ちだ。そう言い渡してハルヒが向かったのは駅前ロータリーのバス乗り場である。一刻も早く宝探しにかからないとタッチの差で誰かにかすめ取られるとでも思っているのか、とにかく山登りに行きたくてたまらないらしい。俺は渡されたシャベルを担ぎながら山の手行きのバスに乗り込み、つり革を持って古泉と並んで立っている。二人してシャベルを持っているものだから目立って仕方がない。山方面に向かうバスの乗客がまばらであるのが唯一の慰めである。

三十分ほど揺られただろうか。ハルヒに促されてバスを降りたのは、駅前の喧噪が嘘のような自然のまっただ中だった。同じ市内とは思えないくらいだが、実は小学中学時代の遠足と称する山歩きのおかげでここら辺は俺にも馴染みになっているので意外性なし。ここからさらに北に向かえば本格的な登山遠足だ。幸いなことに鶴屋さんの山はそれよりももっと低いところにあって、意外だったのはこれが鶴屋家の私有地だってことだった。道理で遠足でも一回も登らなかったはずだ。

「こっちから登るのが楽みたいよ」

ハルヒが地図を手にして先頭を切っている。俺は鶴屋山——と言ってるが本当の名前は知らない。いいだろ別に鶴屋山で——の頂上を見上げながら白い息を吐いた。

一昨日、俺と朝比奈さんが登ったのとは違い、ちょうど山の反対側だ。どっちが裏道かと言えば、どうやら前回のものが裏道に相当していたらしいな。今ハルヒが目指している山の麓からは、頂上へ至るジクザグ状の細い道がてっぺんまで続いている。

なるほど、こっちからなら割と容易に登頂できるってわけか。うん……？

「キョン！　ぼんやり空を見てる場合じゃないわよ、きりきり歩きなさい！」

ハルヒの声が飛び、俺は止めていた足を動かし始めた。なんか引っかかりを感じていたんだが、そのせいで消えちまったじゃないか。

「解ってるよ」

俺はシャベルを担ぎ直し、山道に踏み入ろうとする一団の後を追った。野に返されたウサギのように飛び跳ねているハルヒはともかく、朝比奈さんまでが本当に遠足状態の小学生のようにしていたりするし、長門はいつもとまったく同じだし、古泉はずっと苦笑気味だしで、果たしてこのうちの何人が本気で宝を探そうという気合いに満ちているのか、非常に疑問である。自分に満ちていないことは俺が一番よく知っていて、そのため気力も低レベルだ。朝比奈さん（みちる）の俺的未来カレンダーには、掘っても何も出てきやしなかったという予定が規定事項として書き込まれている。そうでなければハルヒのことだ、適当に言い出した宝探しが実現しちまう可能性だってあったんだが、あの朝比奈さんがこんなくだらないことで嘘を言うはずはないから、鶴屋家先祖代々の秘宝などどこを探してもなかったのは本当だ。

「どうしました？」

古泉が俺の横を歩きながら無駄に爽やかな微笑をたたえて言った。

「まるでこれから僕たちがやろうとしていることが完全に無駄だと悟っているような顔つきですよ」

俺は無言を通した。こいつに言ってやることはない。

古泉、お前だって悟っているような顔をしているじゃないか。何かが出てこようがこまいが、これが自分の仕事だと割り切っているような、そんな顔だ。

朝比奈さんがこの時間帯にもう一人いることを知っているような気配だが、だったらそう言えよ。俺が相談持ちかけるのを待っているつもりか？　だとしたらあいにくだったな。俺は鶴屋さんという無邪気な協力者を得たおかげでお前の力を借りる気にはなっていない。だから情報をこちらからくれてやる気にもならんね。人間、待ってばかりじゃ何事もいい方に進んでくれたりはしねえぞ。回りくどい意思表示なんか、かえって白けるだけだぜ。

俺の無返答をどう思ったか、古泉は持っていたシャベルをひょいと上げてすぐに前に向き直った。微笑顔がそのままなのは余裕の表れか開き直りか、まあ通常の古泉であるのは間違いない。どこか安心する俺も何なんだが、ともあれ今は山登りだ。

ハルヒが草むらに分け入りながら山の頂を指差して、

「まずは頂上に行くのよ。あたしがお宝を埋めるんなら、きっと一番わかりやすいところに穴掘るわね。鶴屋さんの祖先だって同じ人間だもん、発見できやすそうなところに埋蔵しているに決まってるわ」

わかりやすさ優先ならば埋める必要もないだろうが、ハルヒが目指すところは何であれトップなのである。だからこいつはSOS団長なのだ。宇宙人や未来人や超能力者までもを率いる、どうしようもなく上り詰めた、俺たちの水先案内人なんである。

ふうふう言いながら登る朝比奈さんの背を押すくらいはしてあげたかったが、これはハルヒが手を引くことでフォローしたため俺の出番はなく、そうしているうちに山の頂上までは三十分ほどで着いた。意外にかかったような印象だが、登山道はなるべく登頂者に負担をかけないように作られたもののようで、急勾配を意識することなく歩いているうちに俺たちは小山を一つ制覇したわけだ。

もともと丘よりも少しは高いかレベルの山だったから疲労感もそれほどない。高校へ至る坂道を毎朝上っているせいで脚力は自然に鍛えられている。問題はこれから起こることに疲労しそうなことだった。

ようするに宝を探さないといかんわけで、ここからがハルヒの本領発揮だ。

「その辺じゃないの？」

とりあえずハルヒが指差すあたりを手当たり次第に掘ってみた。埋蔵金なり秘宝を手に入れるには適当すぎるが、解っていたこととはいえ、二メートル掘ってもシャベルの先は固い土や石ころ以外のものに突き当たってはくれなかった。

そして掘削係は男手に限る、という非常に差別的な決めつけにより、掘っているのは俺と古泉の二人だけである。女子三名は完全なるピクニック気分で、エールを送ってくれている朝比奈さんだけが心のよりどころ。

ハルヒは「次、その辺」とか勝手気ままに指差すだけで長門は石仏のようにだんまりだ。拝んだら宝の在処を教えてくれそうなものだったが、万一そんなもんがあるんだとしても一発で掘り起こしてしまうのも不自然かと自重した俺は、長門に手を合わせるのを控えている。

もともと見つけたりしたらまずいのだ。加えて、いくらリアリティを無視してのけて自分の現実感覚を疾走させるハルヒでも、さすがに苦労なく秘宝が出てきたりしたら多少は疑問を持つだろう。問題は苦労しているのが俺と古泉だけというところにあるわけだが、古泉は爽やかに土木作業を楽しんでいるようなので、結局労苦を覚えているのは俺だけということになる。

猫の手よりは役に立ちそうな谷口と国木田を雇いたかったのだが、これはハルヒがNGを出した。

「いい？　目指してんのはお宝よ、お宝。掘り当てた人間に所有権があるわけ。あたしは公平な団長だから、ちゃんと均等割してあげるつもりよ。あいつらまで入れたら七等分しないといけないじゃないの。あたしはそんなもったいないことをするつもりなんて、ぜんっぜんないんだからねっ！」

出てくんのが元禄時代の小判なら俺だってそうするさ。しかし、鶴屋さん家の蔵の奥から出てきた地図だろ。鶴屋家は太平の世から現代まで生き残って今でも繁栄しているって話だが、時代の変遷とともにいざというときだってあったろう。祖先が残した埋蔵金なんて、とっくに掘り起こして使っちまってるんじゃねえか？　きっとこの宝の地図とやらは昔の鶴屋家当主が残した落書きか、もしくは子孫へ向けた壮大なジョークなんだ。さんざん苦労して地中から引っ張り出し、入っていたのが「ハズレで候」なんて書いた紙オンリーである確率のほうが高いと俺は踏んでいる。なんせあの鶴屋さんの先祖だ、そんくらいのことは暇つぶしにやってそうだ。鶴屋さんだってその当主の立場ならそんなことをやりそうだしな。そして、未来の誰かが四苦八苦しているのを想像しながらフフフとか笑っていたりするのだ。ちょっとしたワクワク感をプレゼントして最後に脱力系の笑いを誘おうっていう腹だぜ、こいつは。

……と諭すように言ってやりたかったのだが、俺は自分の内なる欲求をこらえて黙々とシャベルを土に突き立てた。

小さな山だけあって山頂にもそれほどのスペースはなく、そこかしこを掘り返しているうちにそこら中が穴だらけになった。ハルヒの言うがままにせっせと肉体労働に従事する俺と古泉だったが、にこやかにモグラ役を務める古泉と違って、だんだん俺は虐待を受けているような気分になってくる。開けた穴をそのままにしておくと危険なので、掘った側から埋め戻すという不毛な作業が加わっているせいもある。どこかの非人道的な収容所か刑務所に入れられているような錯覚に陥るぜ。

「つべこべ言わずに宝を目指しなさいよ」

敷いたゴザの上にあぐらをかいているハルヒが、合戦の後方で采配を振る大将のような不敵な笑みを浮かべて指示だけ送っている。その右横に小姓のような長門がちょんと正座して文庫本を読んでおり、左隣に座る朝比奈さんはハルヒと暖を取るように身を寄せ合っていた。

「キョン、あんたはそうやっていい汗かいてるから暖かいかもしれないけど、見てるこっちはけっこう寒いんだからね。早く見つけてくれないと凍えちゃうわ。掘りかたが悪いんじゃないの？」

俺はお前の指先通りの場所を当たっているだけだ。身体を動かしたいんなら自分で好きな場所を掘れよな。

ハルヒに腕を組まれている朝比奈さんが、おずおずといった感じで、

「あのぅ……。あたしが手伝いましょうか？」

「いいのよ」

ハルヒは勝手に俺の返事を先取りした。

「これもキョンのためよ。将来、土木業のバイトをするときのための練習だと思えばいいわ。経験値は溜め込んでおかないと、後で苦労するものよ」

同い年のヤツから人生論を聞かされてもありがたくもなんともない。

「いつかそのうち、これやっといてよかったと思うときが来るわよ。因果は巡るわけ。だから人間、何事もやってみないとね」

じゃあお前がしろ。

「なあ、ハルヒ」

俺はシャベルを止めて、額の汗をぬぐった。

「適当に掘っても宝なんて出てきやせんぞ。この山一つをまるごと平地にするつもりじゃないだろうな。だいたい本当に宝が埋まっているかどうかもあやしいぜ」

「ない、なんてどうして解るのよ。まだ見つけてないだけかもしれないじゃないの」

「見つけてないってことは、だから、ないってことじゃないか。まず宝があることを証明して、それから掘らせろよ」

ハルヒは口元をアヒルにして、しかし目は笑っている。

「これが証拠じゃない」

その手に握られているのは鶴屋家伝来の宝の地図である。

「この山のどっかに埋めたって書いてあるんだから、埋まっているのは間違いないでしょ。あたしは鶴屋さんのご先祖様をそれなりに信頼しているわ。だから宝はあるの、きっと！」

むちゃくちゃな理屈をこねるハルヒの顔は風変わりな自信に満ちていた。まるで鶴屋房右衛門さんが埋めている現場を見てきたような確信だ。

「でも、そうね」

ハルヒは考えるように顎に指をあて、

「山頂に埋めたと考えるのは早計だったかしら。いちいち登るのも面倒だし、もうちょっと低いところにあるのかもね。うん、もっと面白いところに埋まってて欲しいし」

朝比奈さんの腕から手を離し、立ち上がったハルヒは靴を履き直すと、

「埋めてありそうなポイントを探してくるわ。それまで、キョン。あんたはあの辺を掘ってなさい」

新たな穴掘り候補箇所を指差して、茂みに向かって歩き出した。道もないようなところをざくざく進み、登ってきたのとは反対方面に下りていく。

俺は無言でハルヒの後ろ姿を見送った。俺の方向感覚が間違っているのでなければ、そっちから真下に下りると、山の中腹あたりでやや平たい場所に出くわすはずだ。そして、そこにはひょうたんみたいな石が転がっている。ここを掘れと示しているような、まるで目印のような石が。

言われたとおりに穴を掘ったはいいが、さすがにうんざりしてシャベルを放り出し、埋め戻しは古泉に一任して俺がゴザに座り込んでいると、

「これ、どうぞ」

朝比奈さんが紙コップに入れたホットティーを差し出してきてくれた。何よりの栄養源である。やたらに甘かったが、この甘さこそが朝比奈さんには似つかわしい。

銀色の魔法瓶を大切そうに抱える朝比奈さんは、俺がちびちび琥珀色の液体を飲んでいる様子を微笑んで見ていたが、

「ふふ、いい天気ですね、今日。それにいい眺め……」

木の実のような目が遠くのほうに向けられている。南の、山から下界を見下ろす方

向だ。遥か彼方に俺たちの街が薄ぼんやりと広がり、さらに向こうには海が見える。

ひゅう、と山風が吹きすさび、朝比奈さんはぶるっと身を震わせた。

「春に来たらよかったんでしょうね。二月は寒いです」

朝比奈さんはどこか寂しそうに言い、殺風景な山頂の風景を見回して微笑んだ。

「お花が咲いていたら、ここもっと居心地のいいところだったかなぁ」

じゃあまた来ましょうか。今度は花見でね。あと二ヶ月もしたら寒気団もどこかに行って、高気圧がじゃんじゃんやって来てくれますよ。

「あ、それ、いいですね。お花見。一度やってみたいんです」

朝比奈さんは膝を抱えるように座り直した。

「四月かぁ。その頃、あたし、三年生になってますね」

それはそうだろう。俺がおそらく二年生になっているように、朝比奈さんも進級すれば三年だ。まさかダブりはしまい。

「ええ、だいじょうぶそう」

そう言いつつも朝比奈さんは吐息のような声で続けた。

「でも、もう一度、二年生をやっていてもいいかなって、少しだけ思うんです。キョンくんたちと同じ学年になれるから。今だとあたし一人だけが一こ上で、なのに全然上級生らしくなくて……」

そんなもの、朝比奈さんが気にすることでは完璧にない。童顔で背の低いグラマー美少女をマスコット化したいという理由で無理に勧誘したのはハルヒであって、言い出したらきかないのもハルヒである。もしあいつが朝比奈さんと同学年になりたいと考えるようなことがあれば、本人の意思など無関係にダブりでも降格でもさせるであろうから、あなたは気にせずSOS団専用メイドをやっていてくれれば俺は満足です。

「うふ。ありがと」

近くで読書中の長門を気にしてか、朝比奈さんはあくまで小声で俺に囁いた。

「来年度はもっとマシなことができたらいいんですけど……」

俺が発作的にもう一人の朝比奈さんについて口走ってしまいそうになったその時、枯れた茂みをガサガサかき分けてハルヒが戻ってきた。

「何よ、もう休憩してんの？」

二時間近くも働かせといてその言いぐさはあんまりだろう。

「ふふん、いいわ。あたしもそろそろお腹空いてきたしさ」

ハルヒは何が嬉しいのか、スキップするような足取りでやって来ると、

「みくるちゃん、お弁当にしましょ」

「あ、はいはい」

すかさずバスケットを開く朝比奈さんの姿が神々しい。次々に取り出される手作り

のサンドイッチや三角おむすびや総菜の数々、まさに今の俺にとって宝以外の何ものでもなかった。このために今日ここまで来たと言っても過言ではない。

「…………」

長門も読んでいた文庫本をひっそりと閉じ、じっと朝比奈さんの手元を注目している。埋め戻して柔らかくなった地面にシャベルを刺した古泉が寄ってきて、

「実においしそうですね」

穏やかな事前感想を述べ、

「おいしいに決まっているわよ。運動の後だもん」

ハルヒがまた勝手に決めつけて、自分の紙コップに魔法瓶のホットティーをドバドバと注いでから空高く掲げた。

「では、宝探しの成功を祈って、みんなでいただいちゃいましょう！」

これだけ見れば超完全なピクニックだ。俺と古泉がところどころ土色に汚れているのを見逃してくれればだが。

昆布入りおむすびを頬張りながら横目で見る限り、そもそもハルヒにしてからが宝探しというメイン行事を忘れているかのように朝比奈弁当をかっくらっている。俺と古泉がなかなか掘り当てないのに業を煮やして自分でシャベル持ってあちこち穴をあけまくってもおかしくないのに、今日のハルヒは妙に最初から楽しそうだった。山登

りとみんな一緒の青空ランチが目的だったというふうな楽しみようだ。

朝比奈さん（大）の未来通信と同じくらい最近のハルヒの行動もよく解らんな。急にメランコリーになったり、かと思えば豆を撒きだしたり、また大人しくなったと思えば宝の地図で騒ぎ出したり……。

まあ、いいのか。《神人》のいるバカ空間に引きずり込まれたり、秋なのに桜を満開にさせたりすることに比べたら、ここから月かアンドロメダ星雲のどちらかを選んで行って帰ってくるくらいの違いがある。なら圧倒的に月のほうがマシだ。すでに人間の足が触れている天体と銀河鉄道に乗らんといかんくらいの前人未踏の彼方では大違いさ。もっとも、俺は閉鎖空間も秋の異常現象も経験済みなわけだが。

五人そろっての野外の弁当パーティはオツなものだった。遠慮なくパクパク食べる長門の食欲も安心感をそそられる。こいつはこいつですっかり新しい長門らしさを取得して、ハルヒは元気満載、古泉はいつも通りだ。朝比奈さんも同じと言えばそうなのだが、もう一人が鶴屋家で借りてきた猫状態になっていることを思うと、そうそう落ち着いてはいられないな。

「ねえ、キョン。もしお宝を手に入れたら、あんたどうする？」

カツサンドを一口で食べているハルヒが訊いてきた。そんな妄想ならよくするから俺の返答も俊敏だ。

「即行で換金して新しいゲーム機とやり残していたゲームソフトを買って、何年か前にオフクロが古本屋にうっぱらっちまったマンガも全巻買い戻して、後は貯金する」

「そんなの、ただの小金遣いじゃん。もっと大きな夢を持ちなさいよ」

あっという間にカツサンドをまるごと飲み下したハルヒは、情けないものを見る眼差しを俺に送って憐憫のような笑みを作った。ではお前はどうするつもりなのか、試しに言ってみろ。

「あたしはお金なんか別に欲しくないわ。換金できそうな宝でも売り飛ばそうとは思わないわね。だってせっかくがんばって手に入れたものなんだもの、大切に保管しておいて、そのうちどこかにまた埋めるわけ。自分の子孫あてに宝の地図を描くのって、お金に換えられないくらい楽しそうだとは思わない？」

子供のやりそうな宝探しゲームなら楽しみもするだろうが、俺はそこまで小遣いに満ち足りた思いをしているわけではないぜ。もらえるもんならホイホイともらうし、いらないものなら埋めるよりは捨てちまうさ。

「つまんないわねえ」

ハルヒは呆れたように唇をひん曲げ、笑みをこぼしながら、

「そうね。キョンみたいにバカな遣い方するんだったら、宝もお金に換えられないもののほうがいいわね。みくるちゃんもそう思うでしょ？」

「えっ？」

いきなり話を振られた朝比奈さんは、食べかけの俵むすびを取り落としそうになりつつ、もごもごする口元を上品に手で隠していたが、大きな目をくるくるさせながら、

「そ……そうですね。いえ、ちが……、ええと、そのほうがかえって喜ばれるような……」

なぜかそこで言葉を切った朝比奈さんは、俺とハルヒをチラチラとうかがうような目をして、慌てた素振りで手を振った。

「で、出てくるといいですね。たからもの」

「いえ、絶対出てくるわよ。たからもの。あたしには解るの」

ハルヒがいつもの根拠のない一言を発し、サラダサンドを一口で頬張った。

ゴザの隅の方では長門がハルヒに負けじと旺盛な食欲を見せ続けていて、その横では古泉が少年アイドルのグラビア写真めいたポーズで片膝を立てている。俺の視線に気づくと古泉は紙コップをわずかに傾けて黙ったまま微笑み、朝比奈さんは自分の作ってきた弁当を見る間に片づけていくハルヒと長門を惚れ惚れとしたお顔で見てらっしゃる。

一時だけだが、未来人から来た手紙や鶴屋家滞在中の朝比奈さんのことが俺の脳裏から消え去っていた。こうして全員、わいわいと弁当広げていられている今がけっこ

う楽しかったからだろう。季節はずれの登山も甲斐のない宝探しも、上機嫌のハルヒや変になっていない長門や普通にしている古泉や朝比奈さんを見ていると、まあしばらくはだいじょうぶかという気分になってくる。

いや……。むしろ、だいじょうぶにしなければならないんだ。

ってところで思い出すわけだ。そのためにすべきことが明日と明後日に残っているという俺の未来を。

そうして賑やかな昼食が終わり、腹ごなしのような、あえて描写する必要もない俺とハルヒの茶飲み話的バカトークも一段落ついたところで、ハルヒが両手をはたいて立ち上がった。いよいよ来るべき時が来たと心の帯の端を握りしめる。

「さ、宝探し午後の部の開始よ」

ハルヒは弁当箱や魔法瓶を片づけている朝比奈さんを尻目に、

「さっき、あっちのほうから下に下りてみたんだけどね。この山、木がいっぱい生えてるから掘れそうなところはあんまりなかったわ。逆に言うと、木の生えていないところに埋められているってことよ。木の上からじゃ穴掘れないもんね」

シャベルを俺に押しつけて、

「でも、いい具合に空いているスペースを見つけたの。そこに行きましょ。ちょうどそこからまっすぐ下りると、帰るにしても早道だわ。わざわざバスに乗らなくてもよかったくらいよ」

見ると古泉はすでにシャベルを肩にかけて下山の態勢でいる。長門がゴザをくるくると巻いて手に携え、朝比奈さんは大切そうにバスケットを両手で持って、ハルヒの言うことに素直にうなずいていた。

岩場と木だらけの急勾配をハルヒはカモシカのようにピョンピョン跳び下りていく。特に急いでいるわけでもないのにスイスイと下っていくのが長門で、

「わひゃっ。ひえ」

何度も転けそうになる朝比奈さんの身体をすかさず助けているのも長門だった。俺と古泉は重いシャベルが邪魔してそこまで手が届かないのである。こんなシャベルなど今すぐ放り出して朝比奈さんを背負いたいくらいだったが、ここは長門に任せておこう。支えてもらうたびに頭を下げる朝比奈さん、あなたは気の回しすぎです。

ほぼ直線コースを下りているおかげで、山の裏側を登ってきたときとは比べものにならない短時間で俺たちは目的地に到着した。

「ここよ。見て、ここだけ不自然に平らになってるでしょ？」

足を止めたハルヒが俺たちに指し示したのは、間違いない。一昨日の夕方に俺と朝

比奈さん（みちる）が来た、例の場所だ。背の高い樹木に囲まれているので日中なのに薄暗いが、落ち葉の敷き詰められた半月状の空間は見覚えがありすぎるものだった。ひょうたん石も健在だ。寝ていた状態から起こして西に三メートル移動させたあの石は、俺がそうしてやった同じ位置に立っていた。二日前より白っぽくないと見えたのは、なるほど雨のせいだ。全体的に湿っているせいで色がくすんでいる。おまけに余計な泥を洗い流してくれたらしく、しげしげと見ない限り表裏の色の違いもそんなに目立たなくなっていた。

が、さすがにハルヒがひょうたん石に歩み寄っていった時には肝が冷えた。カンの異常に鋭い女なのだ、また変に感づかなければいいのだがと思っていると、ハルヒはひょうたん石に片足をかけ、あっけなく横倒しにしてしまった。そして石にそれ以上の関心を払わず、その上に腰掛ける。

「キョン、古泉くん。第二部の始まり。とりあえずそこらへんを掘ってみてくんない？」

俺たちに笑いかける顔はイタズラ娘というにふさわしい。古泉はさっそく「了解しました」などと調子を合わせてハルヒの指示に従っているが、俺はもう一つ気がかりな部分がある。

ひょうたん石が元あった場所、俺と朝比奈さん（みちる）とで擬装したはいいが、よく観察したら不自然っぽいところが——と、見ると。

「…………」

まさにその場所に長門がゴザを敷いていた。身をかがめていた長門の横髪の隙間から無表情な目が覗いて俺を一瞥する。長門は合図らしい合図をしなかったが、ゴザに座って黙々と本を開く姿が仏めいて見えた。

隅っこ好き宇宙人が大半のスペースを余してくれているため、あいたゴザには朝比奈さんが遠慮がちに正座した。ジャンルの違う女神がペアになっているシーンも貴重である。いつも真ん中で本尊みたいなヤツがメインを張っているからな。

「こらー！　キョン、ぼんやりしてちゃダメじゃないの。早く古泉くんを手伝いなさい！」

そのメインたる団長が下請けの怠慢を目にした現場監督みたいな大声で叫ぶ。なんだってこう嬉しそうに命令するヤツだろう。ハルヒを部下に持ったりしたら、その上司はストレスで会社に来なくなりそうだが、俺がその立場になることはないだろうと思いつつ、俺はシャベルを振って返答に代えつつ、湿った地面を掘り始めている古泉のもとに急いだ。

結果を言ってしまおう。

案の定かつ当たり前のことだが、掘っても掘っても宝はおろか土器の欠片一つも出なかった。朝比奈さん（みちる）の予言通りなのでちっとも驚けない。何かの手違いで妙なもんが出てくることを恐れていた俺は安心したような肩すかしをくらったような複雑な感情を抱く。これはこれでいいんだろうが、ちょっと淡々としすぎていないか？

「うーん。見つかんないわねえ、埋蔵金」

と首を傾げてうなっているのはハルヒだった。持参したチョコクッキーを俺に見せつけるようにバリバリ食べながら、ハルヒはひょうたん石の上に腰掛けている。

俺は埋め戻し作業の手を休めて付近の状態に目を転じた。自然のままだった地面が見るも無惨になっている。掘っては埋めての繰り返しをあちらこちらでやったせいで、素人が耕した畑のような有様だ。やっぱり自然は手つかずのほうがいいね。

「しょうがないわ」

ハルヒにしては珍しく、達観したように肩をすくめて、

「もう掘るところもなさそうだし、これで終わりにしましょう」

そうして最後に人差し指が突きつけられたのは、ハルヒの足もと、自分の乗っているひょうたん石の真ん前だった。

命令に従ってまた延々と掘る俺と古泉。掘っても何も出てきやしない空虚な穴ボコ。掻き出した山土を再び穴に戻していく俺と古泉。

　これでは固い地面をミミズが住みやすくするように柔らかくしているだけである。

　宝が未発見に終わったことでハルヒがどんな八つ当たりを見せるかと思えば、

「じゃあ帰りましょ。日が傾いてきたし、これ以上山の中にいると凍えそうよ。こっちから下りていくのがいいわ。ちょうど北高の通学路の近くに出るのよ」

　さばさばと荷物をまとめ、俺と古泉が朝比奈ティーを飲んで休む時間もそこそこに下山命令を出した。たかたかと獣道を下りていく姿には、もはや山にも宝にも未練はないように見えるが、なんだそりゃ。寒中ピクニックのついでに穴掘らせただけかよ。

　憮然とする俺の肩に古泉の手が置かれた。

「いいではないですか」

　諭すような口調はやめて欲しい。怒ったときのウチのオフクロを思い出すからな。

「失礼。ですが、僕だってやや疲労気味ですよ。ここに留まって涼宮さんが次の発掘ポイントを見つける前に、素早く撤退するのが一番だと思いますよ」

　そんなん俺だって同意見だ。すでに朝比奈さんと、丸めたゴザだけを荷物とした長門も撤収にかかっているしな。俺は自分のやっていることの意味づけを考えているだけなのだ。

「意味ですか？」

　歩き出した俺の後を追いながら古泉が声に笑みを含ませた。

「涼宮さんの気まぐれでいいではありませんか。毎回そうだったでしょう？」

　宝への執着を消滅させたハルヒがどんどん先に進んでいる。朝比奈さん、長門と続いて、少し離れたところを俺と古泉は下りていた。

　獣道半ばで、古泉は声を潜めてこんなことを言い出した。

「しかしながら、宝物がなかった、というのは本当ならおかしなことなんですよ」

　お前の言いそうなことだ。なぜか今は同意したい。

「いいですか？　涼宮さんがそこに何かがあると真実思ったのだとしたら、鶴屋さんの遠い先祖、房右衛門さんが埋めていようがいまいが、事実としてそこには何かがあるはずなのです。涼宮さんにはそうするだけの力があるのですから」

　らしいな。お前の言い分によるとだが。

「にもかかわらず、僕たちは何も発見できませんでした。これは相当不思議なことです。なぜなのでしょうか」

　本当はハルヒだって信じてなかったんだろ。あんな当てにならない宝の地図があるもんか。房右衛門爺さんのイタズラ書きだ。

　古泉は神妙にうなずいた。

「さすが、解っていますね。その通り、涼宮さんは元禄時代の宝物を心底から望んだりはしなかったんです。そうとしか思えません。ただみんなでピクニックに行きたかっただけだと分析できます」

素直にそう提案すればいいのに、わざわざ宝探しにこじつけなくとも俺だって別に反対ばかりするわけじゃねえぞ。

「そこは微妙な乙女心が作用したのではないですか？　冬休み以来、涼宮さんの精神は安定を保っていますが、あるいは安定しすぎることに飽きてきたのかもしれません」

お前の仕事もヒマになっていいことだろう。あの青い巨人を倒しに出かけようが出かけまいが、古泉のアルバイト代に変化はないだろうし……。

「いや、待て」

俺は片手を挙げて発言を求めた。

「ハルヒの精神が安定しっぱなしだって？　二月に入ってからもか？」

「ええ。微妙な揺れはありますが、少なくともマイナス方向に向かった様子はありませんね。どちらかと言いますと、割に高揚しているほうです」

じゃあ、ここしばらく俺がハルヒに感じていたブルーなオーラは何だったんだ？

俺の気のせいか？

「そんなものを感じてたんですか？」

古泉は軽く驚いた様子で、

「僕にはいつも通りの涼宮さんに見えましたが」

お前はハルヒの精神的専門家じゃなかったのか？　俺に解ったもんをどうしてお前が気取らないんだ。分析医の真似事はもうやめにするか。

「それもいいですね」

簡単に笑みを取り戻した古泉は、人のよさそうな目つきで俺を見た。

「僕よりあなたのほうが涼宮さんの心理を読みとれるというのであれば、僕は自分の役割を喜んであなたに進呈します。閉鎖空間の《神人》退治を含めてね。ずいぶんご無沙汰でしょう、あちらの世界も」

いらないね。金輪際行きたくない。色々ひっくるめて俺はここが好きなんだよ。

「それは残念。と言っても僕も長らくご無沙汰ですが」

せっかくの能力を生かし切れないのは業腹だろう。いっぺん灰色空間探訪パッケージを売り出してツアーでも組んだらどうだ？　物好きな連中が集まってくるかもしれんぞ。

「考えておきましょう。そのアイデアを上司に提案するのはかなりの勇気を必要とするでしょうけどね」

古泉相手に言語的キャッチボールをしているうちに、俺は一昨日と同じ畑のあぜ道に辿り着く。先に下りていたハルヒが長門と朝比奈さんと並んで待っていた。黄金色の夕焼けに染まった三人が荒れた田畑の脇に立っている姿は、印象派の画家に紹介したらすぐさまデッサンを始めそうなくらいにハマっていたが、ゆっくり鑑賞する間もなく、

「駅前に戻ることもないわね。今日はここで解散しましょう」

ハルヒが俺からシャベルを取り上げて満足そうな笑みを浮かべる。

「楽しかったわ。たまにはいいわねえ、自然とのふれあいも。宝物はなかったけど意気消沈することないわ。そのうち見つかるって。今日の経験がよかったと思える時がきっと来るわよ。鶴屋さんにはまた言っとく。次は室町時代の地図が出てくるかもしんないしさ」

何時代の宝でもいいが、もう地図はいらない。俺からも鶴屋さんに言っておこう。何が出てきてもハルヒに渡すことはないようにとな。

しかしシャベルを二本担いで大通りに向かうハルヒの飛び跳ねるような後ろ姿を眺めていると、俺の口も憎まれゼリフを叩こうとはしない。こいつが教室で沈んでいたように見えていたのが俺の錯覚だったのかどうかは解らんが、ともかく元気になるのはいいことだ。変におとなしいと爆発するためにパワーゲージを溜めているのかとビクビクしちまう。うーむ？　どうして俺は自分に言い聞かせるようなことをモノロー

グしているのだ？

北高の通学路に出てきた俺たちは、しばらく団子になって歩いていた。そして、いつもの分かれ道に来たあたりでハルヒが思い出したように振り向いた。

「あ、そうだ。明日も駅前に集合してちょうだい。時間は今日と一緒。いい？」

悪いと言ったらお前は予定を撤回してくれるのか？

ハルヒは俺を見てニヤリと笑う。なんだ、その笑いは。

「市内の不思議探しをするの。しばらくやってなかったもんね」

まったく答えになっていないことを言い、ハルヒは全員をチェックするように見回した。

「解ってるわね。みんな遅れずに来るのよ。遅れた人は、」

冷たい空気を深呼吸するように吸い、ハルヒはいつものセリフを放った。

「罰金だからね！」

自分の部屋に帰り着いた俺がまずしたことは、エアコンのスイッチを入れながら携帯電話を引っ張り出すことだった。

ほとんど定時連絡のようにダイヤルした先は、もちろん鶴屋邸である。電話を取ってくれたお手伝いさんみたいな女性の丁寧な応対と、朝比奈さんへのスムーズな取り次ぎも慣れてきた。すでに古泉に電話した回数をのべで超えているのは確実だ。

「俺です」

『あ、はい。あたしです。みちる……というか、みくるです』

「鶴屋さんは家にいるんですか？」

『いえ……。今日はお出かけみたいです。家族で法事に行くって言ってましたけど』

鶴屋さんがどこで何してんのか、あまり深く突っ込まないほうがいいような気がする。

「朝比奈さん、行ってきましたよ」

『宝探しに……？』

「何にも見つかりませんでしたが」

朝比奈さんが、ほうっと息を漏らしたのが聞こえた。

『よかったぁ。あたしが知ってる通りになって……。もし、違うことが起こってたらどうしようって思ってたんです』

俺は電話を耳に当てたまま、意識的に眉をひそめた。

「違うことなんかになりようがあるんですか？　過去はどこ行っても同じはずでしょう」

『あっ……うん。それは、その、そうなんですけど……』

受話器を手にして戸惑う朝比奈さんが見えるようだ。

『ごく稀に違うこともあるような……。あの、あたしはよく解らないんですが、でも』

おどおど声を聞いているうちに俺も思い出した。俺が何度か行った十二月十八日。ホワイトボードを使った古泉のダブルループ説なんかを。

考えてみれば、どこからどこまでが規定事項なのかが今なお解らないのは俺も同じだ。長門が変化させてしまった一年間は、あれはどういう扱いになるんだ？　古泉予想では十二月十八日は二つあるってことだった。時間がいくつもあっては困るから、再修正されて元に戻った今この時間が正しいものだってのは、まあ合ってるだろうが……。

あれはどっちだったんだ。先月、俺は小学生の少年を交通事故から救った。あの眼鏡くんが生き延びるのは規定事項だったはずだ。だがあの車は？　規定事項を狂わせるために、誰かが人為的にあの少年を撥ね飛ばそうとしたのだとしたら？

規定事項を破ろうとする何者かと、守ろうとする朝比奈さん的未来人がいることになる。そして前者もまた未来人であったとしたらどうだろう。それに対抗できるのは──やはり同じ未来人だけだろう。

なんとなく読めてきたぜ、朝比奈さん（大）。あなたが俺にさせようとしていることが。

『ごめんなさい、キョンくん』

しょんぼりした声の朝比奈さんだった。

『禁則がかかってるから言いたいことは言えないし、役に立ちそうなことは全然知らないし……。キョンくん、あたし……』

しくしく泣かれそうな気配が伝わり、俺は慌て気味に言った。

「それより明日のことなんですが」

朝比奈さんのくれた行動予定通り、ハルヒは市内パトロールをすると言い出した。明日、土曜日には#3の指令を実行しなければならないから、どこかで落ち合う場所を決めないといけない。それもハルヒと朝比奈さん（小）に見つからないようなところでだ。

「朝比奈さん、できれば変装してきてくれませんか」

『変装ですか？』

鼻にかかった声がきょとんとしている。これも目に見えるよう。

「サングラス……は不自然か。この季節だ、マスクをしてても目立たないでしょう。そのくらいなら何とかできません？」

『あ、はい。鶴屋さんに頼んでみます』

「後は時間ですね。明日、俺たちが解散したのは何時頃でした？」

『うーんと』

朝比奈さんが思い出す時間はわずかだった。

『ちょうど五時でした。三時頃に集合して、それからみんなで喫茶店に行って……』

俺は机の引き出しから#3の封筒を取り出し、中身を広げた。指示された住所は集合地点の駅前から歩いて十分くらいか。十五分だとしても往復三十分。

午前中は鶴屋家でじっとしてもらうことにして、午後の市内パトロールが始まってしばらくしてから落ち合うのがベストだろう。

細かいタイムスケジュールを聞き出してから、俺は合流する場所と時間を指定した。

「んじゃ明日、よろしくお願いします。なるべく目立たない格好で。ああ、それと」

俺の胸中にあるわずかな曇り空がこう言わせた。

「できれば鶴屋さんと来るようにしてもらえませんか？　俺が頼んでたと伝えてください。えーと、ああいや、巻き込もうとしてるんじゃないんですよ。そこは心配いりません。ただ、朝比奈さんの送り迎えをやってくれないかなと……」

鶴屋家から待ち合わせ場所まで、この朝比奈さんは一人で往復しなければならない。取り越し苦労だと思うが、なんとなくの危機意識が俺に注意せよと言っている。一人歩きはさせないほうがいいような。

『はあ。言ってみます』

鶴屋さんのことだ、俺の言いたいことなど一瞬で見抜く。期待しておこう。

俺は電話を切ると、すぐまた長門のところに電話した。またまた依頼することがあるからな。

だが。

「んん？」

驚くべきことに、話し中だった。

長門が誰かと電話をしているだって？　キャッチセールスでもなければ該当者が思いつかない。俺は長門の家に電話してしまったオペレーターに同情しつつ、いったん携帯電話を置いて着替えることにした。泥まみれのパンツを洗濯機に叩き込み、戻ってきて、かけ直す。

今度は出た。

「俺だ」

『……………』

おなじみの長門的沈黙。

「明日のことでちょっと頼みたいことがあるんだ。パトロールのメンツをいつもクジで決めてるよな？　明日と明後日、その割り当てを細工して欲しい」

『そう』

ひんやりと透明度の高い声が答える。

「そうなんだ。明日の午後の回と、明後日の初っぱな、俺とお前が組むようにしてくれないか?」

『…………』

若干長めのような気がする沈黙の後、

『そう』

いいってことなんだろうが、いちおう確認する。

「やってくれるんだな?」

『解った』

「ありがとう、長門」

『いい』

「ついでに訊かせてくれ。さっきかけたら話し中だったが、相手は誰だったんだ?」

再び時が止まったような沈黙が続けられた。もしや俺の知らない誰かとひそやかなサイドストーリーを進行させていたのかと心配になりかけたとき、

『涼宮ハルヒ』

よほど知らないヤツのほうがマシだったかもしれん。

「あいつがかけてきたのか?」

『そう』

「なんでまた、あいつがお前んとこに」

『…………』

三度目の沈黙。俺が聴覚をとぎすませて受話器ごしの気配を感じ取ろうとしていると、長門はポツリと答えてくれた。

『教えない』

この何日か、長門には驚かされっぱなしだ。このセリフを俺相手に聞かせるとは。

俺はコンセントを抜かれたラジオのように黙り込む。

『知らないほうがいい』

そら恐ろしいことを言わないでくれ。世界で一番慰めにならない言葉だぞ、それは。

『……心配はない』

ためらいを感じさせるような声だった。言おうかどうか迷ったあげくのような、確かに心配だけはいりそうにない気配だけは感じ取れる。ははあ、ピンと来た。

「ハルヒに口止めされてんのか？」

『そう』

つまりハルヒがまた妙なことを企てて、それに長門を引っ張り込もうとしているのだろう。で、それは俺には秘密だと。何かは知らないが、この長門の口ぶりだと知ったところでどうということのないもんに違いない。宝探し第二弾とか、まあそんなのだろう。

俺は息を潜めているような長門に、明日のことを念押しし、電話を切った。

やれやれ、こんないそがしい一週間は数学と物理と世界史が同じ日に重なったテスト期間中でもないぜ。

「ハルヒのヤツ、今度は俺たちに何をさせる気だ……?」

このままでは俺の仲間は古泉だけになっちまいそうだな。ハルヒも長門も朝比奈さんも俺の予想を超えたことをやり出すようになりつつある。ああ、鶴屋さんもだな。どうも生命体として本質的に男は女に敵わないようになっているんじゃないだろうか。恐るべしX染色体。その本質とやらを教えてくれ。

来週が心穏やかに過ごせるように祈りつつ、俺は寝ころんだ床の上で大きく手足を伸ばした。

第五章

翌日、土曜日の朝。

慣れない土建屋バイト(無償)をしたせいで上半身がところどころ筋肉痛になっている。ま、昨夜は変な夢を見ることなく心地よく熟睡できたからよしとしよう。

俺は封筒#3をコートの内ポケット奥にしまって玄関を出ると、タイヤの空気がヘタり気味のママチャリを引き出し、乾燥した冷風の吹く道を走り出した。うむ、今日も順調に寒い。

不法駐輪して業者に持ってかれるのも何なので、駅前に新しくできた駐輪所に金を払って自転車を預けてから、駅前の待ち合わせ場所に足を運ぶと例によって俺が最後だった。

朝比奈さんは新種の愛玩動物のような暖かそうな出で立ちで迎えてくれ、古泉はすれ違う女子中高生のうち五人に一人は振り返りそうなハンサムスマイル、長門は今日も制服の上にフード付きダッフルをまとった無口なサンドピープルスタイルである。

ピーコートにマフラーを巻いたハルヒが指鉄砲で俺に狙いをつけて、

「待ったわよ、キョン。三十秒も」

それは惜しいことをした。チャリをその辺に置いてたら市内不思議探し第一回から数えて俺が初のブービーだったかもしれんな。一度はハルヒに奢らせたいものだ。

「そりゃあ奢ってあげるわよ。あたしがドベになった日にはね。言っとくけどあたしはビリとかドン引きとか周回遅れとか予選落ちなんて言葉が一番嫌いなの。寝坊して遅れるくらいなら前日からここに泊まり込むくらいの意気込みはあるわよ」

勇ましい笑顔はとことん挑発的だ。もうまったく、今のハルヒにはどんな巨大な敵も太刀打ちできそうにない。こんなことならブルーな時に何かしとけばよかったぜ。ところで過去を振り返って、やんなきゃよかったと思う後悔とやっとけばよかったという後悔とではどちらが尾を引くのかね。

などと、考えたところでどうしようもないことを考えているうちに、俺はハルヒに引きずられるようにしていつもの喫茶店に移動していた。

「昨日はなんにも見つかんなかったけど」とハルヒはホットブレンドをガブガブ飲みながら、「よーく考えたら、SOS団の探査目標は過去の遺産じゃなくてもっと不思議なものなのよね。何て言うの？　未来的なイメージなものというか、秘密っぽいものよ。この市内にだって一つくらいは何かあるでしょ。けっこう広いんだしさ」

面積の問題じゃないだろう。重要なのはどれだけ栄えてるかとか人口密度とか――。

「……やれやれだ」

やめた。都市の繁栄度も人間の数なんかも関係ないんだ。本当はな、ハルヒ。不思議なものは気づいたらいつの間にか近くに存在しているものなんだよ。それこそいつの間にかだったので、誰にも気づかれないうちにすべて進行してたりするのさ。

俺の場合、気づいたんじゃなくて気づかされたんだが、知ることができてよかったよ。それもお前が俺の席の後ろにいてくれたせい……いや、おかげだな。

などと、俺がナレーション的なモノローグに浸っているうちに、ハルヒはツマヨウジにボールペンで印を付けたクジを作り上げ、全員に引くように促した。

「一緒に行動する組み分けよ。印入りが二つと、ないのが三つね」

反射的に長門のほうを見てしまう。小柄な制服姿は無音でフルーツティーのカップを傾けつつ、メニューに静かな瞳を向けていた。おっと、これは勇み足だった。今日の初っぱなは無理に長門とコンビにならなくてもいいわけで、そういや朝比奈さんは何と言っていたっけ。そうだ、俺と古泉だったか。

「どうしたのよ、引きなさいよ」

ハルヒが五本のツマヨウジを握った拳を突き出している。

「そんなに組み合わせが気になるわけ？　ふふーん、誰と一緒になりたいって？　子供みたいね、あんた」

そんな隣のお姉さんが悪ガキを見るような顔で笑うよな。だが、考えてもラチが明かないことは確かでもある。朝比奈さんの未来予報は俺と古泉の二人で同組になることを教えてくれている。どの楊枝を引いても同じ結果が出るわけはない。印の入っている確率は五分の二、普通に計算すれば無印を引く可能性のほうが高く、で、もし印のないクジを引き当てちまったらどうなるんだ？　朝比奈さんの記憶違いってことでうまくまとまるのだろうか——。

などと考えているのが悪かった。ハルヒは沈思黙考する俺を放っておいて、さっさと他の三人にクジを引かせ、いざ俺の番になったとき残っているのは二本だけだった。慌てて古泉の手元を確認する。優雅な手つきで持たれたクジの先には、印がちゃんとあった。

これで引いていないのは俺とハルヒだけ、ハルヒはいつも残り福的に最後の一本を自分のクジにする習慣だから、後は俺のヒキにかかっているというわけである。

俺は目を閉じて深呼吸し、さらに十秒ほどハルヒの拳を見つめながら精神を統一させた。

「何やってんの？　大げさねえ」

呆れ口調のハルヒであるが、俺には割と重要な儀式なんだ。ここで帳尻を合わせておかないとゆくゆく面倒事になりかねないからな。

「ままよ！」

とばかりに俺は右手を高速移動させた。右か左かなんてチラとも思わず、適当に手を動かして触ったほうを引こうと試みたわけだったが、あまりうまくはいかなかった。あまりに適当すぎたようだ。俺はハルヒの手からツマヨウジを二本ともはじき飛ばしてしまい、しまったと思ったときには一本がテーブルの上を転がり、もう一本はハルヒが空いていた手で空中キャッチしており、そして転がっているクジの先にはシミのような印がついていた。

「なーんだ」とハルヒは幾分か唇を尖らせて、「男と女で別れただけじゃん。なんだかつまんない分け方になっちゃったわねえ」

気負って損したよ。この午前の組み合わせは時間移動的に重要ではない、というか俺が無印を引いていれば長門と朝比奈さんという両手に花状態が発生していたわけで、休日に古泉と二人で行動するより心が豊潤になっただろうに、それを思うと小さな過去なんかに囚われることもなかったかもしれない。考えなきゃよかったかな。

しばらくウダウダしてから席を立つ。もちろん払いは俺任せだ。習慣とは恐ろしいもので、押しつけられてもいない伝票を自然に取ってしまう自分が恨めしい。

「キョンくん、いつもすみません。ありがとね」

　申しわけなさそうに言ってくれる朝比奈さんだけが心の回復薬だった。古泉も似たようなことを言うのだが、こういう場合、爽快な笑顔で言われてもなぜか嬉しくねえな。

「財布の中身にお困りのようでしたら、いいバイト先を紹介しましょうか」

　俺と肩を並べて喫茶店を出ながら、古泉が囁きかけてきた。

「とても簡単なアルバイトでね、慣れたら単純な作業になります。日当のよさは僕が保証してもいいですよ」

「していらんね」

　甘い言葉には常に悪魔の思惑が潜んでいるものだ。うっかり変な書類にサインして、連れて行かれたところが奇妙な研究所の手術台だったりしたら目も当てられない。パートタイム超能力者に改造される恐れがある。俺は無人の灰色空間でハルヒのストレスと戦闘を繰り広げたりはしたくないぞ。

「それは僕がやりますよ。あなたに求めているのは、そのストレスと戦闘しないでもいいような状況を作り上げることです」

　そんなもん、お前がやればいいだろう。

「あなたにしかできそうにないんですよ。少なくとも、今のところは」

　俺は普遍性を逸脱した特殊技能なんか持っていないはずだ。

「そうでしたね」

古泉は唇の先二センチ前で笑うような表情をした。

「その気になったらいつでも言ってください。仕事の内容を教えて差し上げますから。僕としては、すでに教えたような気分になっていたんですがね」

古泉らしからぬ曖昧模糊としたセリフだったが、俺は追及しなかった。聞きたくもないことを言い出す予感があったからである。考えなしに突っ込んで返り討ちに遭ってはしかたがない。時には自重が必要なのだ。だいたい罠にはめるほうが最初は守勢でいるものだしさ。

店の外で俺の支払いを待っていたハルヒが、

「集合は十二時ジャストよ」

右手を長門の、左手を朝比奈さんの腰に回して南国系の花の笑顔。

「それまでに何でもいいわ、不思議なものを見つけてきなさい。昨日まではなかったはずのマンホールとか、知らないうちに増えていた横断歩道の横線とか、目を皿にして歩いていれば一つくらいは見つかるでしょ。いいえ、見つけるつもりで探すわけよ。そうしないと見つかるものも見つからないからね」

お前が等身大人型カイロのように身体にくっつけているその二人は宇宙人と未来人というこの上ない取り合わせなのだが、もう、それはいいか。それに、もし体育祭の借り物競走で不思議なものを持ってこいと言われたら俺は即座にハルヒの手を引いてゴールするだろうが、それももういいな。こんなおかしなバックステージを持つ一団の中に俺がいるという事態が最大の不思議だが、全部ひっくるめて今さら持ち出すことでもない。ハルヒが本能みたいに不思議を追い求めるように、俺は今の日常が続いて欲しいと思っている。もはや間違えようのない、それが真実ってやつさ。

あたしたちは線路のあっち側に行くから、というハルヒに引っ張られるようにして長門と朝比奈さんが踏切を渡るのを見届け、俺はマフラーをまき直した。

「どこか行くあてでもあるか？」

二時間限定のツレに訊いてみる。古泉は固まりそうに寒い空気の中でもあくまで朗らかに、

「あったとしても、あなたの足が僕の心当たりなどに向いてくれそうにはありませんからね。普通に散策を楽しむとしましょうか」

意外なことに、歩き出しても古泉は俺に余計なことを話しかけたりはしなかった。大きなドブ川を泳いでいる鯉の魚影を見つけてその生命力に感心したり、コンビニに入って雑誌を立ち読みしたり、ようはどこから見ても由緒あるヒマな高校生二人組だ。話すことも学期末試験の話やら、昨日観たドラマのツッコミどころやら、おいおい、

こいつとこんなまともな会話すると、かえって疑心暗鬼に陥るじゃないか。

「僕は一般高校生に身をやつした超能力者ということになっています。こういう表の部分も重要なんですよ」

古泉は横断歩道の線を歩数で数えるように車道を渡りつつ、

「僕だって永遠に超能力者でいられるとは思っていません。誰かにパスできるのなら、僕の持っている力と役目を包装紙に包んで差し上げたいくらいです、と、そう思うときも、たまにあるんですよ」

安心させるつもりか、古泉はこっちを見て微笑んだ。

「たまにです。どちらか選べと言われたなら、僕は今の立場を選択します。地球外生命の端末体や未来人と自覚的に対話できるなんて、これ以上に物珍しい体験はちょっとやそっとでは思いつきませんね。あなたには敵わないでしょうが」

俺ときたら、お前の挙げたその二人にお前が加わる珍しさだからな。

「僕から超能力者という肩書きが取れるのがいつになるかは解りませんが、僕の属性から高校生という一文が削除される日は必ず来るんです。涼宮さんが留年でもしないかぎりね。だとしたら今しかない高校生という立場をそれなりに謳歌しておかないと」

俺はけたたましく過ぎていった今年度の日々を思い返した。

「俺にはお前が、じゅうぶん謳歌していたように見えたぜ。特に夏と冬の合宿では大活躍だっただろ」

「それも僕が『機関』の一員だったからです。もうそろそろ四年前になりますが、あの時自分の身に降りかかった奇妙な能力がなければ、転校生として北高に編入することはなく、世界の命運うんぬんなどとは特に無関係に暮らしていたことでしょう」

「いいじゃねえか」

点滅する歩行者用信号機を見上げ、歩きながら言った。

「超能力だか何だか知らんが、それがあったおかげで今こうしてここにいるんじゃねえか。あったせいで、とか言いやがるなよ。それとも何か、お前はSOS団なんてアホな団体に入ったことを悔やんでいるのか？　ものは試しだ、退団届けを書いてみろよ。代理で俺がハルヒに提出してやってもいいぜ」

古泉は口の端を歪める人工的な笑みを俺に向けた。やや間があって、

「いいえ」

面白がっているような声で告げた。

「現在のあなたが、ある種の開き直りの境地に達したように、僕もまた涼宮さんやあなたがた団員の皆さんに初対面時には考えられないほどの好意を抱いています。副団長でもありますし……いえ、そんな肩書きを理由にすることもないですね。あの雪山の館で僕が言ったことを覚えていますか？」

当たり前だ。お前が忘れても俺が忘れん。あの約束を反故にするようなことがあれば、俺はハルヒと力を合わせてお前にとびっきりの特製バツゲームを与えてやる。

「安心しましたよ。僕が記憶喪失になってもだいじょうぶそうですね。あなたたちが思い出させてくれそうだ」

微笑み、古泉は緩やかに白い息を吐いた。

「長門さんがあっさりと窮地に立つなどよほどのことで、そう何度もあるとは思いたくありませんが、僕にできることならしますよ」

その決意を長門以外の仲間にも向けてもらいたいもんだな。

「言うまでもないと思ったんですよ。朝比奈さんも守ってあげたくなる人に変わりはありません。無意識のうちに庇護欲をくすぐってくれますからね。超能力の一種かと思えるくらいですよ」

横断歩道を渡りきった古泉は、ふと足を止め、腕時計に視線を落とした。つられて俺も左手首を上げる。ずいぶんブラブラしていたな。そろそろ集合時間だ。

俺が駅前に戻る道を目指しかけた時、三歩ほど遅れた後ろから古泉の声が小さくかかった。

「現在の朝比奈さんは僕にも『機関』にとっても守護の対象です。ですが気をつけてください。あなたのあの朝比奈さんとは違う、別の出で立ちをした朝比奈さんはそうではないかもしれませんよ」

朝比奈さん大人バージョンのシルエットが網膜に再生される。俺は振り返らずに歩き続け、古泉の声はさらに遠くなった。

「彼女が僕たちに――SOS団に、福だけをもたらすという保証はありません」

かもな。だが、これもお前が言ったことだぞ。

「だとしたら」

と、俺は言った。

「その未来を変えてやればいいのさ。今のこの時からな」


駅前に戻ってきた俺と古泉を、先に帰還していた三人が待っていた。

「何かあった？」

ハルヒが訊いてくるものの、探してもないものは発見できたりはしないので、

「ない」

正直に答えるのみである。

「そっちこそ、面白いもんを発見できたのかよ。なかったならお互い様だぜ」

「うん、そんなに不思議なものはなかったけどね」

落胆も憤りも見せず、ハルヒは恐ろしくニコヤカに、

「面白かったわよ。三人でデパートの食品売り場で試食したりね。ね、楽しかったわよねえ？」

含んだようにハルヒが笑いかける先は朝比奈さんだった。

「そ、そうですね」

朝比奈さんは何度も素早くうなずきながら調子を合わせている。ふわふわする栗毛がのんびり屋の蝶の羽を思わせた。

「いろいろ見て回って面白かったです。新しいお茶も買っちゃった」

幸せそうに微笑する朝比奈さんは、本日はすっかり買い物気分である。よく見りゃ長門が手に持っているのは本屋の袋じゃないか。この三人、いったいどんな不思議をデパートの食品売り場や書籍コーナーで探していたというんだ。不思議な話オンリーなら書店にいっぱい並んでいるだろうが。

「まあ、いいじゃないの」

ハルヒはけろりと言い放ち、

「慌ててやっちゃうとね、たいてい後で悔いるハメになっちゃうものよ。急ぐときこそ逆にゆっくりすべきなんだわ。車の運転なんかそうよね。猛スピードで事故ったりしたら間に合う間に合わない以前の問題だもん。それにね、まさかと思うようなこと

は、まさかと思ってるからやって来るわけ」

お前の言っている理屈が徐々に解らなくなってきたぜ。

「簡単な理屈じゃないの。いいこと、キョン？」とハルヒは偉そばる。「だるまさんが転んだみたいなものよ。見てないところでは動くけど、さっと振り返った瞬間にピタって止まるでしょ。不思議さんもそんな感じよ。だからって振り返らないでいると通り過ぎちゃうから、その瞬間にとっつかまえるの。タイミングよ、タイミング」

ますます解らなくなってきた。ハルヒの頭の中では整合性がついているかもしれないが、そんな幸運の女神の前髪を比喩でなくつかめ、みたいなことを言われても困る。実体のないものを捕獲できるのは未知の電波を受信している人間だけだ。

「それより昼ご飯、どこにする？」

俺の疑問はそれ扱いか。

「銀行の向かいに新しいイタリア料理屋さんがオープンしてたわ。ランチメニューがおいしそうだったから五人分予約しといたけど、いいわよね？」

どうやらハルヒは完全にダウナーモードを脱したようだ。このハイペースなマイペースぶり、馬の耳元でお経を上げていた坊さんのほうがよほどやり甲斐のある仕事であったろう。功徳だけはありそうだからさ。

「俺はいいが、古泉はどうだ？」

ここで「いやぁ実はトマトソースが食べられなくて」とか空気を読まないセリフでも吐いてくれたらどうなるだろうと考えてゲタを放ってやったものの、古泉がハルヒの計画に反するような意見を発するわけがなく、「いいですね」と短く答えて微笑むばかりだった。

「決まりね」

すでに決まっていたことをあらためて告げたハルヒは号令を下し、俺たちは意味もなく駆け足を強制されてランチタイムで混雑するイタリアンレストランへ直行、おかげで案内されたテーブルに着く頃には筋肉痛が再発しかけていた。

猫と同じで、やんちゃすぎるのもどうかと思うぜ。元気をなくしていれば心配するから元気でいすぎるほうがいいのだが、ハルヒがちょうどいい湯加減になってくれるような日が来るのだろうかと頭の一部分が考える。

ウェイターの運んできたお冷やを三秒で飲み干し、おかわりを要求する姿を見ていると、うーん、そうだな。朝比奈さん（小）が朝比奈さん（大）になるくらいの時間はかかりそうだ。

日替わりドリア定食なるお手頃価格の昼飯を食べ終わるなり、ハルヒはまたもや楊枝クジのシャッフルに入った。

本日のクライマックスはここからだ。どうも目の前にも朝比奈さんがいるせいで惑わされがちになってしまうんだが、現時点で俺が気にしないといけないのは朝比奈さん（みちる）のほうなのである。ちゃんと待っていてくれればいいんだが。

斜め横を見ると、いち早く食べ終えて黙々とメニューを読んでいた長門は、今はハルヒの握る五本のツマヨウジを関心なさそうに見つめている。長門が依頼を忘れたりしくじったりするとは思えず、俺は安心してまっ先に即席クジを引いた。

印が入っている。

次に長門が手を伸ばし、印入りの楊枝を見事に引き当てて、静かにテーブルに置いた。

「あら、もう引く必要ないわね」

どこかに不正があったのだとしても、気取られるほどのヘマを長門はしていなかったようで、ハルヒは三本の楊枝をぽいっと灰皿に捨てると伝票を手に立ち上がった。

と言っても奢ってくれるわけではない。一円単位の割り勘である。

支払を終えた俺たちは再び冷たい風に吹かれながら、街中をあてどもなく巡る昼の回遊魚と化さねばならない。しかし、それはハルヒと朝比奈さんと古泉にお任せだ。

俺と長門は別の道を歩かせてもらう。正確には俺と今から三日後から来た朝比奈さん（みちる）とで。

長門と二人で歩いていると、どうしても最初の春の日を思い出す。まだ眼鏡をかけていた頃の製氷所のような無表情、そういや中河はその時の俺たちを見かけたんだったな。

俺が進む道を長門は二歩ほど遅れて音もなくついてくる。あまりにも気配がないもんだから、等間隔を保っている姿を何度も振り向いて確認してしまうほどだ。無論、長門は雪解け天然水のような無表情で俺のマフラーの先を見つめ続けていた。

感慨深いものがあるのは、俺たちの向かっている目的地のせいもある。市立図書館。長門はちょくちょく通っているようだが、俺は長門を最初に連れてきたとき以来であり、あの改変された眼鏡付き長門の思い出の地でもあり、現在の俺と長門にとっても共通する思い出を持つ場所だ。

ハルヒたち三人と別れ、俺が誘ったのも以前と同じ。違うのは長門がすでに図書カードを持っていることくらいだろう。あと眼鏡。

互いにいっさい喋ることなく俺と長門は図書館への道を歩いていた。二人きりでいてずっと黙りっぱなしでも気詰まりにならずにすむ相手というのは貴重だ。これがハルヒか古泉なら何たくらんでんだと勘ぐるところだが、その点、長門なら折り紙付きだ。

心地よい沈黙に包まれつつ、図書館の中に入った俺が視線を左右させる手間を省いてくれるように、ソファーに座っていた背の低い待ち人がたたっと小走りで駆けてきた。鶴屋さんが好みそうなロングコートにショールを巻き付けた小柄な姿、ニット帽をかぶって白いマスクをつけているのは変装のつもりだろう。

朝比奈さん（みちる）は隠しようのない大きな目を瞬かせた。

「キョンくん、……あ。と、長門さん……」

静粛であるべき図書館だ。口の前に手をやっている朝比奈さんを倣って俺も小声で、

「鶴屋さんはいないんですか？」

「はい」

朝比奈さんはおどおどした目で俺の背後をうかがっていた。そんなビクつかんでも。

「鶴屋さん、今日も外せない用事があるって、ついてきてはくれなかったんです。あ、でも」

ぱたぱたと片手を振り、

「家からここまで車で送ってくれました。帰りはタクシー使いなさいって、お金借りちゃった……」

鶴屋さんの外せない用事もそりゃ気になるんだが、朝比奈さんの目が盛大に泳いでいるのはもっと気がかりだ。俺の後ろに長門以外の背後霊でもついているのかと、振

り返ってみると、

「…………」

長門の揺るぎない無表情が朝比奈さんをじっと見つめていた。そして俺は昨夜かけた電話が単にクジ引きの不正要求だけだったことを思い出した。しまった、何の理由も言ってなかった。

「ああ、その、長門」

「…………」

この程度の変装では長門はおろか誰もだませやしないだろうが。

「この人は、もう一人の朝比奈さんだ」

「知っている」

長門の取りつくしまのない返答に、

「あ、ああ。そうだった。何日か前に紹介したよな」

「…………」

「ええとだ、な」

「…………」

「ご、ごめんなさい」

なぜか謝る朝比奈さんと逆立ちした氷柱のように佇む長門に挟まれた俺を、貸し出しカウンター内の司書さんが眠り続けたまま動かないパンダを見るような目で眺めていたのは三日ほど忘れられそうにない。

しかしそこは長門である。説明開始十秒で、

「そう」

棒立ちのままだったが、顎をナノ単位で引いた。長門式うなずきサインである。

ちなみに俺がした説明の論旨内容とは、「これからこの朝比奈さんと行かないといけないところがあるので、すまんが戻ってくるまでここで待っていてくれないか」の謂いであり、だいたい「待っていてく」あたりで長門は理解してくれたようだ。

自分と入れ替わりに俺の背後霊化した朝比奈さんに目もくれず、長門は枕かと思うような分厚い学術書が詰め込まれた本棚へと歩いて行った。

「行きましょうか、朝比奈さん」

ダッフルコートが完全に棚の陰に消えたのを見届けて声をかけた。館内の壁掛け時計は午後二時前を表示している。

「……あの、キョンくん」

朝比奈さんは強張ったふうなニュアンスのオクターブで、

「長門さんに全然説明しないで、ここに一緒に来たんですか？」

「はあ、ついうっかり」

「うっかりじゃないです。それは……」ふるふると首を振る朝比奈さん。「長門さんだって怒ります」

すみません。と言うか、朝比奈さんに怒られているような気分だが。いやいや、長門は別にそんなに怒っては――。

ひゅう、と吐息をつかれた。

「あたしは……、いいです。長門さんにもっとちゃんと謝っておいてください。いいですね」

奇妙な上級生ぶりを発揮して、ぷいと横を向いた朝比奈さんは図書館を出てしばらく反対車線側ばかりを眺めて口をきいてくれず、俺、困惑。

これからどこに何をしに行くのか、内ポケットの手紙を読み返す必要があったくらいである。

木枯らしに吹かれつつ黙然と歩くこと十分、身体が冷えてきたのか、それとも話し相手をなくした俺が電柱に張り付いている住所プレートを逐一読み上げていたせいか、朝比奈さんの顔と足取りが緊張感を取り戻してきた。

そろそろ目的の住所だ。歩道橋の橋梁が見える。

最後にもう一度、握りしめていた手紙を開いて、この歩道橋で間違いないことを確認し、俺と朝比奈さんは歩道に沿って並んでいる花壇の脇で立ち止まった。

「ずいぶんと咲いてるもんですね」

健気な花たちがいるもんだ。南北に一本道の県道沿いに設置された花壇は県営か市営かだろう。冬の寒さと車の排ガスに耐えて咲き誇る心意気に感心するが、ちょっと咲きすぎだな。十数メートルに亘って立ち並んでいるこの花々の中から落とし物を探さなければならんとは、昨日の宝探しに続いて土難の相でも出ているのか。

風に飛ばされないようにしながら手紙の二枚目をめくる。

「この中から見つけないといかんのか……」

隅々まで探すとなると、けっこう時間を食いそうだ。これは計算に入っていなかった。

「いえ、そんなにかからないと思うわ」

朝比奈さんが花壇を指して、

「パンジーが咲いているのって、あの一角だけですから」

花の名前にこれまで関心を払ってこなかった己の不明を恥じつつ、朝比奈さんが指し示す方を見る。小さな青白い花が風に首を振りながら群生していた。

「あっちに咲いているのが福寿草、そっちのがシクラメンです。その隣にあるのは、ええと、ビオラかなあ？」

朝比奈さんが草花に詳しかったとは、これは意外。

「うふ、こっちに来てから勉強しましたから。いろいろ。植物のことも」

助かりますよ。昨日の藁の山から針を見つけ出すような宝探しより、一万倍はピンポイントで場所が限られる。パンジーの咲いている辺を探せばいいわけだ。

「あ、お花を踏まないようにしてくださいね」

冬の花を気遣う朝比奈さんのお言葉を厳粛に受け止めつつ、俺は花壇の端に足をかけてパンジーたちの上から地面を覗き込んだ。

落ちているのは記憶メディアだという話だ。そんなもんがどうしてこんなところに落ちているのか、とりあえずそんな疑問は無視しておこう。未来人が落ちているって書いているなら落ちてるのさ。でないと俺がやっていることはお使い以下になっちまう。

朝比奈さんが見守ってくれている中、俺はしゃがみ込んでパンジーの茎をそっと傾けたり葉っぱをかき分けたりして花壇を探り続けた。さっさと終わらせたいね。通行人や車がばんばん通るという場所でもないが、これでは花荒しと勘違いされてもしかたがない。パトロール中の警察官が通りかからないことを祈りながら、パンジーたちの根元に視線を這わせた。

そうすること三十分後、俺は指先についた土をズボンで拭いながら額をも拭った。

おかしい。

何も発見できない。パンジーの一角はそれはもう隅々まで調べてみた。リーダーの授業で次に当てられるセンテンスの英単語を調べる以上の注意深さで調べたとも。もしやと思って他の花壇にも同様の措置を試みた。シクラメンもビオラの中も探した。

しかし、やっぱり記憶メディアはもとより、人工的な物体そのものがどこにもなかった。

途中から朝比奈さんも加わって、俺が見落としたかもしれない箇所を重点的に再確認してもらったが、二人がかりでも無為なことは無為だった。

「どういうことだ……？」

もしここに何もなかったのだとしたら、朝比奈さん（大）がそれを知らないわけはない。ここで跪いて花の根本に目を配っている朝比奈さん（みちる）は、彼女の過去の姿のはずだ。最初からないような落とし物を探せ、なんていう無益な指令を送ってくることもないだろう。

「どうしましょう、キョンくん」

朝比奈さんは泣きそうな顔と声で、

「見つからないと、困ったことになっちゃいます。最優先の強制コードは絶対なんです。その通りにしないと、あたし……」

マスクが外れて片耳にぶら下がっているのにも気づかないようだ。朝比奈さんは先刻、長門に出会ったときより深刻に落ち着きをなくしていた。実は俺もだ。これは花壇を掘り返すくらいはしないといけないかと意を決しかけたとき、

「捜し物はこれか?」

背後から思いも寄らない声がかかった。俺の知り合いの誰にも該当しない、本能的に立ち上がってしまうような声色だ。振り返るのに躊躇は皆無だった。そう、考えるよりも先に身体が動くときだってある。

俺は朝比奈さんを庇うように片腕を広げ、歩道に向き直った。

五歩分ほど離れたところに、俺たちと同年代くらいの男が立っていた。その顔に見覚えはない。初顔合わせに違いない。しかし一発で俺はそいつを気にくわない野郎だと認定した。その顔に浮かんでいるのは、紛れもなくネガティブな感情だ。

汚れ物を持つような手つきでそいつは指先に小さな板のようなものを挟んでいる。薄くて黒い、手紙にあった絵に酷似した品だった。

「面白くもない光景だった。三十分も根気よく花荒しとは恐懼する。僕にはできそうにない」

そいつは酷薄そうな薄い唇をわずかに歪めていた。いくら俺が鈍感でも、嘲笑され

ている。それでも諾々と人生を続けている。僕

高台から見下ろしているような目つきをする。

「あんたも奇特な人間だ」

ているくらいは解るぞ。

「理由も知らず、余計な苦労をしょいこんで、それでも諾々と人生を続けている。僕

には理解できない。あんたは他に考えること、やるべきことはないのか？」

この一年、度重なる異変によって培われた俺の危機感知能力が状況イエローを伝え

ている。ところが危機というのは感知しただけでは意味がなく、回避して初めて「あ

んときはヤバかった」とお笑い昔話にもできるってものであり、解っていた危機が解

っていたとおりにやって来たとき、それが終章になってしまう場合だってあるので解

ったからといって安心している場合でもないのである。望みもしない終焉の到来を悟

ったなら、それを避けるべく何とかしなければならず、どうやら今がその時らしい。

「それ、どこで拾った？」

俺の問いに、野郎はニヤリとして、

「そこの花壇の中だ。あんたたちが来る直前に手に入れさせてもらった。簡単だった

さ。難しい仕事じゃない」

「それをよこせ」

精一杯の恐い顔を作ってやったつもりだが、そいつは鼻先で笑いのけた。

「あんたのものでもないのに、どうして渡さないといけないんだ？　落とし物は交番に届けないとな」

「俺が届けてやるさ。いっそのこと落とし主にな。警察に預けるより手っ取り早くすむ」

「ふ」

目障りな笑い方だ。

「あんたはその手紙に書いてある宛名が、これを落とした人間の名前だと思っているのか。そんなことを誰に聞いた？　あの宇宙人にか？」

こいつ——。長門を知ってるのか。いや待て、どうして手紙の内容まで知っているんだ。朝比奈さんにしか見せていないというのに。

ということは、こいつは……。

朝比奈さんは俺の腕を両手で持って小さく震えている。驚きと混乱がまじっているような表情に、問いかけた。

「この野郎は朝比奈さんの知り合いですか？」

「いえっ」ぶんぶんと頭を振った上級生は、「知りません。あたしの……その、知っている人の中にはいない人です」

「僕が誰かなんてどうでもいいことだ。何も今すぐあんたたちを取って喰おうとはしない。いい機会だと思ったんだよ」

そいつは持っていたブツに、埃を飛ばすような息を吹きかけ、憎々しげに微笑した。古泉がグレたらこんな笑い方をするかもしれない。それなりに整った顔立ちのせいで、いっそう敵意が際だって見える。

さあ、どうする。殴りかかってでも記憶媒体らしきものを奪い取るか。しかしこいつが常軌を逸した人間だったら、俺と朝比奈さんで二正面攻撃したとしても勝利は薄い。くそ、長門も連れてくるんだったぜ。

俺が握った拳でファイティングポーズを取るかポケットの携帯電話を出そうか悩んでいたら、

「ふん」

そいつは興味をなくしたように鼻息を漏らし、指を弾いた。放物線を描いて宙を舞った小さな板が俺の前に落ちてきた。地面に落下する前に、とっさに拝み取る。

「あんたにくれてやるよ。これは僕にとっても規定事項だ。せいぜいがんばって指示通りに動くがいいさ。そして未来の指示で動く過去人形を続けるんだな」

俺は手にした板に目をやった。デジカメあたりの記憶媒体に似ているが、見たことのない規格だ。ただし俺も詳しくはないので確かなことは言えない。どこか薄汚れているのは花壇に放置されていたからか。

過程はどうあれ、目的の物が手に入ったのはいいとして、よくないのは目の前にいる男だ。

「お前は何者だ。どうして俺たちがここに来ると知っていた」

「ふ」

そいつは薄い唇をさらに薄くした。

「僕より先に尋ねないといけないヤツがいるんじゃないか？　あんたはどうしてここに来た？　なぜだ？　そっちを知るほうが先じゃないのか」

同い年ふうの野郎から偉そうにわけの解らないことを言われると無性に腹立たしい。だが、俺にも深謀遠慮の持ち合わせがある。そうそう感情優先で動いたりはしねえ。俺にしがみついて怯えた視線をそいつに向けている朝比奈さんのこともある。

「あんたが詰問しないといけないのは僕じゃない」

そいつは険のある目を俺の傍らに据え、

「そうだろう？　朝比奈みくる」

ビクっと朝比奈さんの手に力がこもった。俺のコートをぎゅうと握りしめ、

「な――なんのことですか？　あたしは、あなたを知りません。どこかで……？」

そいつの唇の両端が下向きに歪む。

「その認識でいいんだ。あんたが僕に言う挨拶は初めましてでいいだろう。合格だ。しかし僕にはあんたに対して別の挨拶があるってわけだ。この意味が解るか？　朝比

奈みくる」

これまででも十三分に許し難かったが、完全に許容度を超えた。こいつが朝比奈さんを見る目には明らかに敵意しか感じない。こいつは朝比奈さんを目の敵にしている。場違いなことかもしれないが、俺はそいつに人間くさいものを感じていた。これほどダイレクトな悪意を放射する野郎には久しぶりに出会った。善人の振りなんか最初からせず、内心を隠した仮面もかぶらず、思考をそのまま言葉にしている印象である。いっそ話が早くていい。俺もハルヒも搦め手が嫌いだからな。

「言いたいことがあるならさっさと言いやがれ」

うさんくさい野郎に対面したときは強気に出るに限る。曖昧なことを回りくどく喋るような人材は古泉一人で間に合っているんでな。俺は語気になけなしのパワーを込めて、

「俺に用があるんなら聞いてやってもいいぜ。何ならハルヒに取り次いでやろうか？紹介するだけならタダだ」

「いらないね。涼宮ハルヒか。会う必要もないな」

その言葉は大いに意外だ。てっきりこいつもハルヒを取り巻く不思議人の一員なのかと思ったのだが。

「僕は朝比奈みくるとは違う」

そいつは目を糸みたいに細め、俺の後ろから顔だけ見せているSOS団専従未来人を睨みつけて、同様の眼光を俺にも注いだ。

「彼女の規定事項を鵜呑みにしないほうがいい。事実が一つとは限らないんだ。もっとも、ここまでは僕の規定事項も同じだ。その記憶装置は未来にとって必要なものさ。あんたが自分の手で拾おうが、誰かからもらおうが結果は変わらない。あんたはそれを手に入れた。そうだろう？」

大違いだろうが。俺の予定表にはお前みたいなヤツに出くわすなんて項目は一文字も書かれていない。

「あんたも鈍いな。それも大した違いにはならないってことがまだ解らないのか？ 僕がここに出てきた意味が？ 何のために来たと思うんだ？」

「知るもんか」

俺は考えずに言った。代わりに考えてくれる団員に持ち合わせがあるんでな。悪いが、禅問答がしたいならウチの副団長の前に登場してくれ。

「お断りする。そんな予定はない」

にべもなく断言し、そいつは風に押されるように後ろに歩を刻んだ。

「今日はただの顔見せだ。ちょっとしたお遊びさ。僕の予定表には記されていた行為でもある。そちらの未来人さんの予定にあったのかどうかは知らないね。これ以上は、ふん、禁則だ」

さっと身を翻し、そいつはゆっくりした歩調で歩いていく。言いたいことだけ言って自己紹介もなしに去ろうとする非礼を正してやるべきか、俺は後を追おうか半瞬迷い、結局は見逃すことになった。

朝比奈さんが銅像のように固まって、俺の腕を抱きしめていたからである。足に根を生やしたように動かない朝比奈さんは、ただ怯えた目でいけ好かない野郎の後ろ姿を見つめ、ヤツが角を曲がって完全に消え去るまでそうしていた。

「ふわぁ……」

途端、小柄な上級生の手から力が抜けて、くたりとしかけたところを俺が支える。ハルヒがくっつきたがるのもよく解る温かさが俺の手に伝わってきたが、喜んでいる場合じゃないな。

「朝比奈さん、あの野郎に思い当たるふしはないんですか?」

よろよろと朝比奈さんは何とか下半身を立て直し、小さな小さな声で、

「……たぶんですけど……。あの人、未来から来た人だわ……」

だろうと俺も思う。使っている単語が朝比奈さんと一部かぶっていた。そこまでは俺の発想力でも推理可能だ。しかし、何しに来たんだ、あいつは。俺たちの先回りまでして、落とし物を事前に探し当ててくれたのが善意のものとは思えない。だったら

三十分も俺と朝比奈さんが這いつくばっている様子を眺めてはいまい。

新手の未来人。そして朝比奈さんへの敵視。

凍り付きそうな冬の気温とは関係なく、俺はうそ寒さを感じる。宇宙生命体に派閥があるように、未来にも意見の相違した連中がいたってことか。そういや古泉も『機関』以外の不愉快そうな組織があると仄めかしていた。今まで何をしていたのかは知らんが、とうとう新種がフラフラ現れるようになっちまった。

「未来人にも色々ありそうですね」

俺の慨嘆に、朝比奈さんは返答しようとしたように口を開き、

「ええ。あの………」

言葉になったのはそこまでで、しばらく口をパクパクさせてから目を伏せた。

「禁則事項です。言おうとしても言えないってことは、そうなんだわ」

充分ですよ。俺は気にしませんからあなたも気にしないでください。

「でも、きっと重要なことなんです。いつかはああいう人に会うと思っていました。けど……こんな不安定な時に会うなんて……」

「不安定？」

「はい。だって、本来ここにいるあたしは、いま涼宮さんといるほうですから」

だからかもしれない。

俺はコートの外側からポケット内の手紙を押さえた。もし、ここで俺と朝比奈さんとあの野郎が出会うことが規定事項だったのだとしたら、朝比奈さん（小）はこの時間にはハルヒと古泉の三人でいるのだから不可能だったはずだ。可能となったのは、八日後から朝比奈さん（みちる）がやって来て俺と行動をともにしていたからである。握りっぱなしだった記憶媒体が汗ばんでいるのに気づく。今日の命題はこれだったはずだが、これが何なのかよりも気になることができちまったな。俺は手紙と同じ内ポケットに拾得物を落とし込み、別れたばかりのあの野郎に改めて腹を立てた。朝比奈さんにちょっかいをかけようなんてヤツは過去現在未来を通して俺が許さん。鶴屋さんも許さないだろう。ついでに言えばハルヒだって許さないだろうし、長門と古泉もやすやすと見逃すとは思えない。

「あいつとはまた会いそうですか」

「たぶん」

朝比奈さんは案外あっさりとうなずいた。怯えの色は困惑に移行し、今は何かを考えている表情である。嬉しいことにまだ俺の腕を取っていることに気づかないようで、

「あの人、これがあたしと同じ規定事項だって言っていました。きっとそんなにあたしと違わないんです。それに……」

言いかけてまた言葉を途切らせる。それも禁則事項ですか。

「ううん」

朝比奈さんはやっと俺に密着していた身体を離して、

「そんなに悪い人には見えなかったの。キョンくんはどうだった？」

どうだったも何も、何がムカついたと言って俺と朝比奈さんをあんた呼ばわりしたことが最悪だ。俺をそう呼んでいいのは、……まあ、ごく少人数であるのは確かなことで、その中には初対面のあの野郎など入ってはいない。

もちろん、ニックネームで呼ばれたとしても嬉しくはなかっただろうが。

花壇荒しの真似事と、変なヤツが変な登場をしたせいで余計な時間を食っちまった。駅前でハルヒと合流せんといかんのが午後四時で、今の時間が三時過ぎ。ここから図書館に戻って長門を書架の前から引き剝がし、駅前に行くことを考えると余裕すらあるが、この朝比奈さんを一人で放っておくことはできない。タクシーに乗せるにしても、その運転手に得体の知れない連中の息がかかっていないとも限らず、俺の心配性をアップさせてくれたさっきの冷笑野郎へのイラだちもいや増すってものだ。懐は痛むがしょうがない、俺もタクシーに同乗して鶴屋さんの家まで送り、そのまま図書館まで乗っていこう。

俺は通りかかった個人タクシーを止めると朝比奈さんと一緒に乗り込み、ドアが閉められたところで、

「鶴屋さんの住所って何でしたっけ」

「あ。あたしもよく知りません。何町だったかなぁ」

しかし中年の運ちゃんは、愛想よく、

「あの大きな鶴屋邸のことですか？　でしたら道は知っています」

こんなところもさすがだ、鶴屋さんとその一家。電話して訊く手間が省けた。

話し好きらしいドライバーは俺たちの学年を知りたがり、高校生活を知りたがり、自分の息子が現在小学生であることを教えてくれたり、中学は私立のいいところに入れようと計画していることまで明かしてくれているうちに車は鶴屋家正門前に到着した。

先に降りた朝比奈さんが俺と運転手に何度もお辞儀しながら鶴屋家敷地内に消えたのを見届ける。一安心だ。ここなら新未来人だろうと手出しできないと思う。人間、持つべきものは信頼できる先輩だ。

「市立図書館まで行ってください」

俺はシートにもたれて次の行き先を告げ、ようやく張りつめていた精神を緩和させた。

図書館に舞い戻った俺を、長門は立ち読み姿で待っていた。重量感豊かなハードカバーを立ったまま読みふける姿には、よく疲れないものだと感心する。

「待たせた。すまない」

「いい」

長門はパタンと表紙を閉じ、辞典みたいな書物をつま先立って戸棚に戻すと、俺の横を通ってすたすたと出口に向かい出す。

慌てて横に並びつつ、俺はポケットから記憶媒体とやらを取り出した。

「長門、これが何だか解るか？」

外に出たところで長門はゆっくりと顔を横向かせ、足を止めずに俺の指先を見つめた。

「実はさ」

駅前へと北上しながら俺は話し始めた。長門に包み隠すことなど何もない。下駄箱の手紙の件も含めて、先ほどの出来事をつぶさに語ってやる。

「……そう」

長門は普通の無表情でうなずき、普通に平坦な声で答えた。

「その記録装置には破損したデータが入力されている」

薄っぺらい板をＣＴスキャンするように見つめながら、

「半分以上が損壊している。そのままでは意味をなさない」

何のデータだ？

「情報不足。損傷度が高く、消えている箇所が多すぎる」

長門にも解らないようなものが入っているのか。だったらどんな人間にも理解不能だと思うが、俺がこれを送る先にいる誰かには解るのかな。

「修復の過程でまったく別のデータになるのだと思われる」

長門はすべてを読みとったような顔をして記憶装置から目をそらした。

「推測は可能」

背中に垂らしたダッフルのフードが歩くたびに揺れている。

「そのデータの欠損部分を埋める際、元データとは異なる情報入力を二百十八ヵ所で施し、本来その記憶装置を参照する再生機とは別のフォーマットで閲覧すれば、ある技術の原始的基盤となる理論を得ることができる」

俺が再度問う前に、長門は前を向いたまま言った。

「朝比奈みくるが使用している、時間移動理論の原理的基礎データ」

ただし――、と長門は解説してくれた。

仮に首尾よくそのデータが得られたとしても、人類の現代レベルの科学知識や技術力ではそれが何を意味するデータなのかも理解できず、それがただちに時間航行に繋がるわけではない。しかし必要不可欠なデータである。この情報がなければ航時機は開発されず、人間が時を超えることは不可能となる。彼女たちの時間移動方法は、何千通りもの偶発的な発見や発明によって稼働した。その根っこにあるのが——。

「これだって言うのか」

「そう」

興味なさげな無表情で長門は歩調を緩めないが俺はそうはいかない。未来の命運が自分の掌にすっぽり収まってしまうような物に詰められて、そいつを託されている気分など表現しようもないくらいのプレッシャーだ。

「ダミーの可能性もある」

長門は水を差すわけでもなかろうが、

「そのデータが唯一のものとは考えにくい。バックアップの複数存在が自然」

考えてみればそうだな。貴重品の運び屋を依頼されたと思ったら、実はオトリで本物は別のルートで安全に運ばれていた、なんてのもありがちな話だ。朝比奈さん(大)が片目を閉じて人差し指を唇につけ、しれっと微笑む映像が目の前に浮く。だが彼女にも苦手科目があるはずで、それは俺のすぐそばにいる。

「ああ、そういえば、長門」

俺はずんずんと先行する半端な長さの後ろ髪に、

「今日はすまなかった」

長門の歩行がやや微速になり、無表情が物問いたげに振り向く。

「いや、だからさ、朝比奈さんを連れて行くって昨日言ってなかっただろ？　説明抜きで願い事をしたのは我ながらどうかと思ったんだよ」

「…………」

長門はこっちを向いたまま直進を続ける。俺の真意を探っているような瞳に凝視されること十歩、俺は白状した。

「朝比奈さんに謝っておくよう言われたんだ。とにかく、すまなかった」

「……そう」

やっと前を向く。長門は淡々と歩き続け、五秒くらいしてからまた言った。

「そう」

駅前では、ハルヒと朝比奈さんが遊び疲れた子犬の姉妹のようにくっついている横に、古泉が人畜無害スマイリーな顔をして立っていた。

合流した俺たちは午後の成果を報告し合うために喫茶店に転がり込む。もちろん、ハルヒに報告することなんざ去年の春から何もなく、また変なヤツが出てきましたなんてことも俺は言わない。幸いなのは一回目と違って「不思議または不思議に類するものは見つかりませんでした」と告げてもハルヒの機嫌が変な方にすっ飛んで行かないことだ。

「まあ、こういう日もあるわ」

こういう日以外にどんな日があったというのか。

むしろ上機嫌に見えるハルヒは、カプチーノをぐびぐびと飲みながら、

「明日も集まりましょう。きっと不思議なことも二日連続で探されるとは思ってないわ。不意をつくの不意を。そこで尻尾をつかむわけ。きっと意外なところから出てくるんじゃないかしら。曲がり角で鉢合わせするとか」

いきなり後ろから声をかけてきたりとかな。思い出すと腹が立つ。あの野郎が俺と朝比奈さんを観察しながら蔑みの笑みを浮かべているところを想像すると、飲んでいるカフェオレがブラックコーヒーになったような錯覚に陥る。今度会ったときを覚悟しておけよ。首根っこを捉まえてハルヒか長門の前で正座させてやる。

よほど苦み走った顔をしていたのか、ハルヒは俺を覗き込んで何か言おうとしていたが、結局はコメントせずに、それからなぜか不可解な笑みを作った。

「ま、いいわ。明日よ明日。日付が変わったら状況だって変わるわよ。永遠に同じ一

日をやってたって面白くないでしょ？　あたしの予想では日曜日が一番狙い目ね。だってなんとなく油断したようなダラけたイメージがあるじゃない。月曜日とは仲が悪いと思うわ。そんな気がするの」

勝手に曜日を擬人化して性格まで決めつけるハルヒの話を聞きながら、そういや高校は週明けも休みだったことを思い出し、まさか不思議探しが三日連続になるんじゃないだろうなと考えて恐ろしくなりつつ、朝比奈さん（みちる）の話ではそうでなかったと思い返し、それよりハルヒと仲睦まじく話をしている朝比奈さん（小）の控えめな笑い声に心癒されていると、

「今日はこのへんにしときましょ」

ハルヒが解散を宣言した。

聞いていたとおり、きっかり午後五時に。

やれやれ。今日は考えることがえらく多かった一日だったな。

逆風をついて自転車を走らせながら、昼前の古泉のセリフや、二人ぶんの朝比奈さんや、名前も言わずに露悪的なことばっか呟いていたあの野郎や、長門の起伏のない顔や、ハルヒの意味なし元気顔なんかを回想する。これ以上厄介ごとを抱えたくも、

考えたくもない俺だったが、この上においてやることがまだ終わっていない。サクサクすんなり手ぶらで帰宅できるほど俺は物忘れが激しくなく、ポケットの中のブツを見て見ぬ振りはできないし、明日のこともある。

てなわけで、俺はコンビニに寄って切手と封筒を購入し、その足でホームセンターに向かった。

ペットコーナーをひとしきりウロウロして、シャミセンとは大違いの血統書付き犬猫たちに心を奪われつつ、なんとか誘惑を振り切って亀売り場を探し求め、ゼニガメとミドリガメが一緒になって仲よく一塊りになっている水槽を発見した。できれば朝比奈さんと一緒に来たかった。アメリカンショートヘアやシェルティが入ったガラスケースにくっついて「わぁ」とか言いながら目を輝かせる姿をぜひ見たい。ウチの妹がそれやってるシーンはもう見飽きた。

俺は亀の水槽に目を落とし、

「さてどいつにするか」

品定めを開始する。小さな亀たちはほとんど動こうとせず、ジオラマみたいな岩場の上でじっと積み重なっていた。これはこれで愛らしい。亀愛好家が多いらしいのもうなずける。しかしちょっと愛想がなさすぎるんだが、冬だから仕方がないのか。とはいえ、俺が明日にするのは真冬の川に亀を放り込むという、どちらかと言えば迷惑そうな行為である。果たして亀は喜んでくれるだろうか。ぬくぬくとした水槽暮らしと、自由なれど過酷な自然に帰されるのとではどっちが好印象を持たれるのかね。熱心に眺めている俺の視線を感じたか、一匹のゼニガメがにゅるりと首を動かして空中を見上げた。バランスを崩したのだろう、岩場からぽちゃんと水の中に落ちたその亀くんは、濾過器でぶくぶく泡立っている水辺をちゃぷちゃぷとたゆたった後、やっぱり冷たいやとばかりに同類たちの背中の上に戻ってきた。よし、お前にしよう。

俺はいそがしそうに荷出しをしていた店員を呼び止めると、その亀を指して購入意図を伝えた。アルバイトなのか知らんが大学生風の青年店員は、やけに嬉しそうな顔となって陳列されていた亀専用グッズを持ち出し、懇切丁寧なまでの熱心さで亀の飼い方を説き始めた。俺としては紙袋に提げて持って帰ってもいいくらいなのだが、いや飼育するんじゃなくて川に放流するために買うのです、とは言いにくい雰囲気であり、だいたい何のためにそんなことをするのか、訊かれてはかなわないし、俺だって理由が知りたい。

結局、持ち合わせがそんなにないことを理由にゴニョゴニョ言いわけしていると、その青年店員は小さなプラケースに砂利を敷き詰めて水槽の水を入れ、俺が目をつけたゼニガメを貴重品を扱うような手で摘んでケースの中に置くとエサの箱とまとめて俺に手渡して、

「亀代以外はサービスにしとくよ」

と、思い切り快い笑顔を見せて俺をレジまで誘導した。どうやら亀好きな店員さんだったようだ。

「亀のことで何かあったら、いつでも訊いてくれ」

そう言って彼は自分でレジを打ち、ケースとエサ代は自分の財布から出してまでくれている。恐縮するばかりだが、この亀くんは明日には水面に投擲される運命なのだ。若干の心苦しさを覚えつつ、俺はケースに入ったゼニガメを携えてホームセンターを出ると、荷物をチャリのカゴに置いて再び走り出した。

すっかり夜空となっている時間だが、俺にはまだ帰宅が許されていない。今日の締めくくりに一つ、行っておかねばならぬ所があるのだ。

「やあ！　キョンくん！　また来ると思ってたよっ。こんばんはっ」

星空の下でも明るいオーラを放つこと丸出しの和装娘さんが門を開け、自転車ごとお邪魔するのは鶴屋邸に決まっていた。

「ん？　なんだいそれっ。お土産かなっ」

鶴屋さんはカゴの中のケースに目を留め、

「やや、亀だカメカメ。ありがたいけど、家の池にいっぱいいるんだよねクサガメがっ。いつの間にか繁殖しちゃってさ、そのちっこいのを放したらイヂメられるんじゃないかなっ」

残念ながら鶴屋さん向けのプレゼントではないのですよ。どちらかと言えば朝比奈さんに渡すべきペットです。

「そっか、残念！ それからキョンくんすまないっ。今日、みちるちゃんを図書館まで送ってあげらんなくてゴメンよ！ どーしても抜けらんなくてさっ」

だだっ広い日本庭園の片隅にチャリを止め、亀ケースを持った俺は鶴屋さんと肩を並べて歩きながら尋ねる。

「今日は用事でもあったんですか？」

「法事だよっ。ご先祖様の霊前で一家揃って思い出話をする日さ。父方の爺さんの命日なんだけどね、面白い人生を歩んでた爺さんでさ、エピソード満載だわで宴もたけなわっ！」

くったくなく喋る鶴屋さんは、対亀戦の長距離競技で本気を出す気になったウサギのような歩き方で、

「そんなにあのみちるちゃんが心配かいっ？ なんだったら同じ部屋で泊まっていくかい？ あたしも横で寝てるけど、それが気にならないんならいいよんっ」

まるで緊張感のない笑顔を俺に向ける。シンデレラに上等な衣装を与える魔法使いなみの好意だったが、きっと申し出にうかうか乗ったりするとしっぺ返しを喰らうのだ。安易な誘惑は遠回りな罠となって遠からず戻ってくる。鶴屋さんも解っているからそんなことを言ってくれるのさ。

「そこまでは俺もしませんよ」

と、俺が答えることくらい彼女ならお解りであろう。仮に実現したのだとしても上級生二人に挟まれていては、気疲れのあまり一睡もできないに違いない。身体だけはやけに疲れているのだが。

ゼニガメくんは寒さのせいかケースの角で固まったように動かない。自然の川より鶴屋家の池に投じた方がいいような気がしてきたが、朝比奈さん（大）の指令を破るわけにもいかず、なんとなくジレンマ、隔靴掻痒だ。

「あ、キョンくん？」

離れに上がらせてもらった俺を、朝比奈さん（みちる）が意外性を帯びた声で出迎えた。別れたばっかなのにまたやって来るとは思わなかったのだろうが、これをお忘れです。俺は亀ケースを差し出して、

「明日、これを持って来てくれますか」

＃4の手紙の内容を思い出していただきたい。『明日の午前十時五十分までに川に

亀を投げ込んでください』ってのが俺と朝比奈さんのおこなう最後の仕事だ。市内パトロールは明日も実行の運びなので、時間的にみて午前九時にはハルヒたちと駅前集合、それから喫茶店でだべったりクジを引いたりで一時間はロスするだろうから、亀は朝比奈さんに持ってきてもらうのが合理的だ。こんなものを持って集合場所に行ったりしたら、ハルヒでなくとも質問の雨を浴びせたくなるだろう。

「うん、そう、そうですね」

朝比奈さんはケースを受け取りながら、

「日曜の朝、キョンくんは何も持ってませんでしたし……」

えへん。わざとらしい咳払いが聞こえた。ちゃぶ台で人数分のお茶の用意をしている鶴屋さんが放ったものである。彼女はもう少しでウインクになりそうな感じに片目を閉じ、

「明日もこのみちるちゃんをどっかに送り届けたほうがいいのかなっ?」

「頼めますか?」

お伺いを立てた俺に、鶴屋さんはくしゃりとした笑顔で、

「あーそれなんだけどね、明日もあたしは用事まみれなのさっ。親族会議に出ないといけないのだっ。でも安心してちょん。家の者に言っといて、みちるちゃんを車で送るようにさせっから。で、何時だい?」

午前十時四十五分、桜並木のある川沿いまでお願いします。細かい場所はこの朝比奈さんが知っている。例の思い出ベンチの場所を見失うほど、朝比奈さんも方向音痴ではあるまい。

「おっけ、おっけ。任しといてっ。帰りはタク使ってちょうだいねっ」

鶴屋さんはスマートな胸をドンと叩いて、

「キョンくんが心配するのもよく解るっさ。みくると二人で繁華街なんか歩くじゃん？　そすっと二百メートルおきにナンパされるんだよね。もうメンドイったらないさっ。みくるパワーってやつかなっ」

鶴屋パワーも入ってると思いますけど。

「みくるはスキのある娘に見えちゃうからなぁ。それがあたしはちょっぴり心配なのさっ。いい男とくっつけば少しは安心なんだけどっ」

それだと俺が安心できませんね。いらんことを想像して煩悶する毎日を送ることになりそうですよ。

「はっははっ。キミぃ、キョンくんが安心できる方法があるにょろ？」

あるにょろ、と言われても思いつかないが、朝比奈さんは鶴屋さんの言葉に照れているのか顔を赤らめて手をパタパタと振っていた。何とも言いようのない表情をしているのは、いちおうここにいるのは朝比奈みくるさんではなく、みちるさんであるという設定を守っているつもりだからだろう。俺はもうどうでもよくなっているし鶴屋さんだってそうだろうが、まあそうしておこう。俺の言い出したことだ。

明日用の打ち合わせはこんなもんでいいか。俺は鶴屋さんが淹れた渋いお茶を飲みながら、朝比奈さんを眺めた。子亀を見つめてケースをちょんちょんとついている姿に思わず笑みをこぼしつつ、さて、この朝比奈さんをいつまでここに置いておけばいいのかと考える。このまま行けば朝比奈さん（小）と入れ違いにこの時間帯に留まることになりそうだが、本当にそれでいいのか、それとも八日後——いや、もう三日後だな——に戻す必要があるのか。

俺は封筒にナンバリングされた数字を思い起こす。＃3、＃4、そして＃6。数の数え方が変化して、未来では四の次が六になっているんでもない限り、＃5の手紙がどこかにあるはずだ。欠けたピースはまだ俺のもとに届いていない。

＃6の手紙はこの朝比奈さんには内緒だ。おそらく俺の口から言うことはないだろう。そこにはこう書いてあった。

『すべてが終わったとき、七夕の夜にわたしとあなたが出会った、あの公園のベンチに来てください』

鶴屋家のお茶は部室で味わうものより高級な風味がする。俺が持ってきた亀についての必要以上の質問をしてこない鶴屋さんの配慮がありがたい。寄り添うようにしてケースを覗き込む二人の上級生を見ながら俺は思考を巡らせる。

すべてが終わったとき——。つまり朝比奈さんが八日後からやって来たこの件は朝比奈さん（大）には規定事項なのだ。遠からず解決するのは間違いない。

わたしとあなたが——。この『わたし』は朝比奈さん（大）であって、（小）でも（みちる）さんでもない。今から四年前の七夕。俺はそこで二回も同じ人に対面した。

口元がムズムズしてきた。朝比奈さんにハッキリ言ってしまうべきだろうか。意味不明な手紙の数々を俺の下駄箱に入れているのは未来のあなたなのです、と。どこまで朝比奈さん（大）は読んでいるんだ？　どうやってもそれは規定事項になっちまうのか？

そして、この朝比奈さんはどこまで気づいているんだろう。未来からの指示、それに従う俺。そんな俺は朝比奈さんに口を濁してばかりいる。これは正しいことなのか……。

俺は小刻みに頭を振った。

どうもいかんね。下手の考え休みに似たりってやつだ。これもあの変な野郎が変なことを言い去りやがった後遺症だな。どれが正しいもへったくれもあるもんか。長門の教えてくれた訓辞その一である。

未来のことを考えて思い悩んでいてもしかたがない。未来における自分の責任は現在の自分が負うべきだ。そんときはせいぜい過去の自分を呪ってやるさ。で、今の俺は未来の自分から呪われないよう最善を尽くすのみだ。考えているヒマはない。

ただ動くのみだ。


しばらくして俺は鶴屋家をお暇し、自宅に戻った。ベッドで寝ているシャミセンの寝顔がひたすら平和だ。こいつがこんな顔して眠れている限り、この世界も平穏でいてくれるだろう。まあ、どんな目に遭ってもこいつが不眠症になるとは思えないが。

「すべては明日か……」

明日には片が付く。ハルヒの不思議探し二日連続招集に、亀の放流。俺のすべきことはそれだけであるはずだった。それくらいなら別段難しくはない。見つからない宝を求めて穴を掘ったり、見知らぬ人を病院送りにしたり、石を移動させたり、記憶装置を拾ってどこかに送ったり——っと、まだそれがあったな。忘れる前にやっておかねばならん。

俺はコンビニで買ってきたサラの封筒に、＃3に記されていた住所と名前を手書きすると例の記憶媒体を入れ、こんだけ貼れば世界のどこにでも届くだろうと思われるぶんの切手を貼り付けて再びコートを羽織った。もちろんこっちの名前は書かない。郵便ポストに投函した後は、もう郵送事故のないよう祈るだけだった。そこまでは俺も面倒見切れないぜ、朝比奈さん（大）。

俺は頼まれたことを首尾よく果たしているはずさ。そのうち絶対聞かせてもらう。すべてが終わったとき、あの七夕のベンチで。

第六章

　そして運命の日曜日が来た。

　九時前に駅前へとチャリを走らせたのは昨日と同じ、全員がすでに揃っているのは毎度同じで、俺のおごりの喫茶店で引いたクジは俺と長門が印入りなのも予定通りだった。一度言ったことを長門は忘れたりしない。違えることもないだろう。俺も見習わなければならん。特に長門相手の約束は死んでも守ってやるつもりだ。それだけのことを長門は俺にしてくれた。

　喫茶店で時間を気にする俺と裏腹に、ハルヒは昨日以上にハシャいでいるように見えたが、この際なので気にならない。宝探しからずっとこんな調子だし、月初めの不調は体調不良か何かだったんだろう。

　ハルヒが朝比奈さんに何かを耳打ちしてはニヤニヤしているのは不思議な光景で、されてる朝比奈さんがほんわかと微笑んでいるのも理由を知りたいものだが、古泉と長門は平常営業で、少なくともこれから天変地異が発生することはなさそうだ。

俺がカップの底に残っていたウインナコーヒーの泡を飲み干したとき、ハルヒが伝票を俺に滑らせて立ち上がった。

午前十時ジャスト。

あの川沿いの散歩道までは徒歩でも余裕の時間だった。

再集合は正午なので、亀を川に放って帰るだけなら往復の時間を考慮しても割と余る計算だ。

ハルヒと朝比奈さんと古泉の姿が遠くなるのを見届けて、俺は長門に言った。

「すまない。今日は一人で図書館に行ってくれないか。一時間もしたら迎えに行けると思う」

「そう」

ダッフルコートのフードに手を這わせ、すっぽりと頭に被りながら、長門は俺を見ずに答える。

「長門、俺と朝比奈さんが何をやってるのか、お前には解るか？」

「必要なこと」

長門は呟くように言って、図書館へ行く道を歩き出した。やや躊躇ってから俺も後を追う。

「誰にとって必要なことだ？」

「あなたと朝比奈みくる」

そこにはお前は入っていないのか？　ハルヒや古泉は？

「……………」

沈黙しながら歩き続ける長門は、やがてフードの奥から平らな声を出した。

「入る可能性もある。まだ解らない」

立ち止まった俺が肩を落としたように見えたか、長門はふっと振り返ってビードロのような瞳を俺の顔に向けて据え付け、

「でも」

前髪を風に遊ばせながら、

「すぐに解ること。そうなればわたしも動く。古泉一樹も動く」

とぎれとぎれの話し方は、出会ってから変わらない長門の話し方だった。

「進む方向は同じ。わたしも、あなたも」

それが結論だったように、長門はふいっと前を向いて、静かな歩調で歩き始めた。

今度は俺は後を追わない。

「ありがとよ、長門」

恥ずかしいので小声で言っておく。どんどん離れていくフード姿に聞こえたかどうかは解らんが、届いていることを俺は確信していた。そのくらいの器用さは長門にもまだ具わっているだろう。

ついでに別のことも確信させてもらった。俺も長門も古泉も朝比奈さんも程度の差はあれ、それぞれの連帯保証人になっているらしいって確信さ。その真ん中にはハルヒという恒星が燦然と輝き、俺たちはその周囲を回る惑星に等しい。いつからそうなっちまったのかは思い出しようもないが、たとえば夜空から不意に火星や金星が消え失せたら相当寂しくなるだろうし、まずもって占星術師が大困りだ。俺も困る。火星人や金星人が百パーセントいないと解るまで、地球のお隣さんが断りもせずに居なくなって欲しくはないね。普段意識してないつもりで、いざなくなった時になって慌て出す物事は案外多いものだ。えーと、試験中のシャーペンの芯とか……いや、こんなくだらない喩えなんかどうでもいい。何より、俺は去年の十二月に喰らったあの巨大な喪失感を二度と味わいたくないのだ。

「また長門に教えられたな」

俺の進む道など、とっくに決まっていたのだということを。

三十分後、俺は川岸に到着した。秋に咲き誇った桜は見る影もなく茶色の枝を剝き出しにするのみで、寒々しく春の到来を待っている。例のベンチまで歩く道すがら、俺は低い位置にある川へと目を落とした。典型的な天井川で、水面から岸まで三メートルほどの段差がある。護岸工事が行き届いているおかげでさっぱりとした印象だ。水量はそれほどでもなく、深度は数センチ程度、下流ということもあって流れも相当に穏やか。夏ともなれば見境を知らない子供たちがバシャバシャと小魚を追う姿を見ることができるだろうが、この真冬に冷たい水の流れに近寄りたいと思う人間は皆無である。

だからというわけでもないだろうが、俺がかつて朝比奈さんの未来話を聞いたベンチは空席だった。日曜とは言え、この寒い日の午前中に川沿いを散歩をしようという人間はほとんどおらず、並木道は無人に近い。ヒマそうな犬と寒そうな飼い主が一組、互いに黙って散歩しているくらいのものだ。

川のせせらぎに耳を奪われつつ賢そうなことを考えている孤高の男子学生の演技をしていると、

「キョンくん」

朝比奈さんが車道に面した階段から土手を上ってきた。ちゃんと亀の容器を携えていたが、昨日していたマスクをお忘れだ。ニット帽と首に巻いたショールでずいぶん印象が違うから、まあいいか。どうせ今日のこれが最後だ。

俺に向けて小さく手を振った朝比奈さんは、振り返って車道にお辞儀をした。見ると、鶴屋家の車だろう、いかにも金持ちのセカンドカーといった具合の高級国産車が静かに走り去っていくところだった。運転手さんには俺からも礼を言っておかないといけないな。

午前十時四十四分。川縁まで朝比奈さんと歩くと四十五分。時間もぴったりだ。

「水、冷たそう……」

朝比奈さんは緩い流れの水面を見下ろし、ついでケースを顔の前に持ち上げて亀を見つめた。

「亀さん、無事に成長してくれるかな」

小さき生命に気を回す優しい上級生は、

「ちょっと待ってください」

ケースを地面に置くと蓋を開け、コートのポケットから亀のエサ箱を出した。ゼニガメは不意に消え失せた天井に向けて首を伸ばして思案顔をしていたが、朝比奈さんがエサを摘んで近づけるとパクリとくわえて丸飲みする。たった一晩でよくも懐いたものだ。これも朝比奈さんの人徳だろう。

名残を惜しむ朝比奈さんと亀くんには悪いが、そろそろ時間だ。十時五十分まで後三分ほどしかない。

「春にまた来ましょう」と、俺はなだめつつ、ゼニガメを持ち上げた。小さな亀は抵抗もせずに俺の掌の上でじっとしている。

「きっと一回り成長したこいつと再会できますよ」

根拠はないがそう言うしかない。俺は亀の身を案じる朝比奈さんの視線を振り払い、投擲体勢に入った。アンダースローで、なるべく優しく放ろうとしたとき、

「失礼します」

いきなり背後から声をかけられ、俺は亀を握ったまま川に転げ落ちるところだった。たたらを踏みつつ何とか地面に踏みとどまり、大急ぎで背後を向くと、

「この前はありがとうございました」

幼い声で丁寧に頭を下げる、眼鏡をかけた小さな少年がいた。通称ハカセくん、先月俺があわやの交通事故から救ってやった、そしてハルヒの近所に住んでいて臨時の家庭教師を依頼しているという、あの少年だった。

「あ……」

朝比奈さんも驚いていたが、俺だって驚く。まさか再会するとは思わなかった。

「何をしていらっしゃるのですか？」

眼鏡少年はウチの妹とは段違いに理知的な顔つきで、俺と朝比奈さん、それから俺

が握るゼニガメを見つめた。何をしていらっしゃるのかは俺がキミに訊きたいことでもあるが、

「塾に行く途中です」

俺が尋ねる前に少年はハキハキと説明し、肩にかけた鞄を指差した。

「いつもこの道を通っているんです。あの時もそうでした」

少年はまたぺこりと一礼し、不思議そうな顔をして地面のケースと俺の手の内で手足をジタバタさせている甲羅付き爬虫類に視線を注ぎ、

「亀を逃がすのですか」

「まあな」

答えつつ、俺は罪悪感にさいなまれる。朝比奈さんもこの少年も、ゼニガメを見る目に同情心が溢れている。寒い冬の川にこんな小さな子亀を投げ込んでどうしようと言うのか、ってな無言のアピールを感じた。でもしかたがないだろう。やんないといけないことなんだからさ。

腕時計の表示が指定の時刻まで一分を切っている。ぼやぼやとはしていられない。

俺は働きの悪い頭を高速回転させて、

「キミの家はペットオーケーか？　と言うか、こいつを持って帰っても親御さんは平気か？」

少年はちょいと眼鏡を押さえるだけの間を開け、

「平気だと思います。僕が世話をするのであれば」

「そうか。じゃあ、ちょっと待ってろ」

俺はゼニガメの背中を摘んで持つと川縁にしゃがみ込んだ。水面から俺たちがいる岸まで高さにして三メートル、大した距離でもない。流れは緩いし、亀を見失うこともないだろう。

俺はふわりと亀を投じた。着水の衝撃がなるべくないよう、羽毛を投げるように。

「あっ」と朝比奈さん。

ぽちゃん、と亀は水面に落ちる。同心円状の波紋が広がり、ゆったりとした流れに押されるように下流へと向かっていく。

少年はその光景を、まるで呼吸を遠慮しているような気配で見つめていた。

いったん沈んだ亀は、浅い川底を蹴るようにしてすぐにまた顔を出し、自分の作り出した波紋に戸惑ったような顔をしてプカプカ浮いていた。が、しばらくして水をかき始め、近くにあった石にしがみついて首を伸ばした。俺たちに別れを告げているわけではなさそうだ。いきなり拡大した己の世界について亀的思考を巡らしているように見える。

こうして波紋は流れ去り、亀は残った。

朝比奈さん（大）がどこまで計算していたのかは解らないが、指令は『亀を投げ込め』までで終わっている。ならば投げ込んだ亀をどうしようが自由だろう。そう自分に言い聞かせながら靴と靴下を脱ぎ捨てる。ズボンの裾を捲って準備オーケー、目を丸くしている朝比奈さんと少年を残して岸を下りた。さすがに水は冷たく、コケか何かで足の裏がぬるぬるするのも気持ちのいいものではないが、川遊びは田舎に帰るたびに従兄弟たちとやってるのでお手の物だ。

「すまなかったな、亀よ」

ゼニガメは小さな頭をもたげる。手を伸ばしても逃げようとせず、あっさり再捕獲することができた。亀としてはまた捕まえるなら投げたりするなと言いたいのかもしれないが、幸い俺には亀語の素養がない。片手に亀を持ったまま岸を上って、元のケースに収容する頃には足先の冷気は首の後ろにまで響いていた。うう、腹を壊しそうだ。

俺は地面に尻をついて両脚を上げ、水滴を空中に飛ばしつつ、

「少年、その亀、キミにやるよ」

「いいのですか？」

一部始終を眺めていた眼鏡くんは、遠慮するように、

「この亀を川に戻したのは理由があるからではないのですか？」

子供らしい知的探求心だが、亀同様、俺にはキミに答える言葉を持たないんだ。な

んせ自分でも自分のやってる行為の意味が解らないんだからな。

「それはもうどうでもいいさ。亀だっていきなり真冬の川に放り出されても困るだろうし、キミが飼ってやるってんなら、まだそっちのほうがいいと思うだろ」

朝比奈さんはどうだろう。手紙の未来指令には絶対に従わなくてはならないと言っていたが、俺のやっているのはそれに違反していないかな。どう言うかと多少心配だったのだが、小動物を気遣う朝比奈さんはエサ箱をそっと少年に差し出して、

「これも持っていって。亀さんご飯です」

それから少しお姉さん風に、

「ちゃんと世話をしてあげるって、約束してください」

「約束します」

こまっしゃくれた子供だったが、悪い感じはしないね。朝比奈さんから手渡された亀ケースとエサ箱を抱きしめるようにした少年は、

「ずっと、大切にします」

そこまで決意にみちた表情をせんでもいいというくらいの気概を込めて言った。

「ああ、少年。一つ約束してくれ」

釘を刺しておく必要があるのだった。前回、それで俺と朝比奈さんはハルヒからエライ目に遭わされた。その記憶はまだ脳裏にこびり付いている。

「君んちの近所に涼宮ハルヒってのが住んでいるだろ」

「はい。涼宮お姉さんにはいつもお世話になっています」

涼宮お姉さんとは、またこそばゆい響きの言葉だ。

「そのハルヒには絶対に内緒にしといてくれ。俺と朝比奈さん……そうだな、ウサギのお姉さんがここにいたってことも、俺たちから亀をもらったってことも絶対に秘密だ。守れるか？」

「守ります」

真面目な顔でうなずく少年だった。安心しておこう。ついでに朝比奈さんが、

「亀を持って帰って、本当にだいじょうぶ？　その、お母さんとか、知らない人に物をもらっちゃダメって、言われない？」

「だいじょうぶです。うまく言いくるめることができます」

少年は背筋を伸ばし、

「この亀を実験に使っていた人たちが、不必要になったので処分しようとしていたところに僕が通りがかり、かわいそうなのでもらうことにした……と説明しようと思っています。僕の両親ならきっと許可してくれるでしょう」

なんというしっかりした子供だろう。我が家の妹に少しコツを教えてやって欲しくなる。同い年くらいなのにこの違いは育った環境によるものだろうか。

「それでは僕は塾の時間なので」

躾の行き届いた仕草で礼をする少年の頭に、朝比奈さんが手を乗せて言った。

「この前の約束も忘れないで。車には充分気をつけてね。どんな事故にも遭わないように、それから、一生懸命に勉強して。そうしたら、きっと、あなたは立派な人になるわ。ずっとずっと誰もが覚えているくらいの……」

朝比奈さんが伸ばした小指に、少年は歳相応に照れる気配を見せた。おずおずとした指切りげんまん。朝比奈さんと少年がそうしている姿が俺にはやたら微笑ましい。

少年はくすぐったそうな顔をして指を離すと、まるで宝物のように亀ケースを抱え、何度も振り返っては頭を下げながら歩いていった。その姿が完全に見えなくなるまで朝比奈さんは手を振り続け、俺がやっと乾いた裸足に靴下をかぶせて靴を履いたあたりで手を下ろして、

「ふうー……」

溜息をつく。朝比奈さん、あるいは朝比奈さん的未来から見て、あの少年はよほど大切な人物らしい。たとえば俺が江戸時代まで時間移動して歴史に名を残している偉人に出会ったような、そんな感じなのだろう。そのくらいはもう訊かなくても解る。それが禁則事項であることもだ。

「ふう」

俺も溜息じみた息を漏らした。すべきことを果たした意味での気が抜けた吐息さ。この朝比奈さんとやるべきことをこれで全部終えたはずだ。空き缶のイタズラ、ひょうたん石、謎の記憶装置、そして亀。

問題はこれからどうするかがよく解らないことで、それは最後の手紙＃6にも書いてなかった。しかし朝比奈さんはもうひょいひょい出歩くことはなく、鶴屋さんの家の離れでじっとしている限りでは俺も安心だ。残り二日、そうしていればこの朝比奈さんは元いた俺たちの時間に戻ることができる。入れ替わりに俺は現在の朝比奈さんに過去に行くように言わねばならないわけだが、それも明後日のことだ。ひとまずは背負った荷物を下ろせた気分である。

「朝比奈さん、来たばっかりですが鶴屋さん家まで帰りましょう。タクシーをつかまえて、そこまで同乗します。そこから俺は長門を待たしている図書館に行かんとダメですが」

「はい……」

朝比奈さんはまだ心持ちぼうっとした雰囲気で歩き出した。俺の誘導のまま、川沿いの並木道に並行している車道へと下りていく。路肩に立ってタクシーを待っている間も、朝比奈さんは言葉数少なくややうつむき加減でいた。

俺はタクシーがやって来るのを待ちつつ、昨日の変な野郎がまた来やしないかと周囲をうかがう。悪意丸出しなあの野郎だったが、そのまんますぎて敵役としてはもう一つだとダメ出ししておく。率直に言わせてもらって毛ほども恐ろしくねえぜ。もし古泉みたいなヤツが昨日のあいつみたいな近づき方をしてきたら、そっちのほうがよほど脅威めいたものを感じただろうに登場時の演出を間違ったな。あるいはキャスティングをだ。

おお、我ながら頼もしい心意気だと感心する。それもそうだろう？　ここしばらく、俺は一年前には考えられないくらいの突拍子もない出来事に巻き込まれまくり、その都度色々なことを考えたりもした。たまに揺らぐこともあったかもしれない。しかし、今では違う。長門には及ばないかもしれないが、俺だって確固たるものを得るには充分すぎる時を過ごしたんだ。もう自分の立ち位置を見誤ることはないさ。

タクシーはなかなか通らず、車の数そのものが少なかった。こうして朝比奈さんと二人で並んでいるのも割と楽しいので佇むことに苦痛はないものの、図書館に一人で向かわせた手前、長門のところには早めに行ってやらないとな。

とか、のんきに考えていたのが悪かったのか。

次の瞬間、俺は信じられないものを目撃することになった。

その時、俺は時計を確認しなかった。そんな余裕はどこにもなかった。だから正確な時間は解らない。しかし、午前十一時前なのは確かだ。

事件は次のような手順で発生した。

県道の左車線外側に立ち、タクシーの姿をぼんやり求めていた俺と朝比奈さんに向かって、大型車が徐行して走ってきた。スピードを出して走る道でもないからそのこと自体には不思議性はなく、実際俺も気にしなかった。

しかしその車はさらに減速すると、信号もないのにゆっくりと止まった。俺たちの目の前で。

「何だ？」と思うヒマがあったかどうかも疑わしい。

なぜなら、そのワンボックスカーのスライドドアが突然開き、車内から伸ばされた腕が朝比奈さんの身体を捉えて車内に引きずり込むまで、ものの数秒とかからなかったからだ。

「あっ……!?」

その声が朝比奈さんの上げたものだと気づいたとき、そのモスグリーンのワンボックスカーはドアを閉めもせずに急発進し、まるで嘲るように排ガスを俺に吹きかけ、すでに道の彼方に小さく見えるばかりになっていた。

「なっ……」

茫然から立ち直るのにコンマ二秒ほどかかった。車の姿はすでに視界から失せている。

まて、待て待て。

なんだこれは。俺の目の前から朝比奈さんが消えている。車に引きずり込まれ、その車は走り去ってもう見えず、俺は一人で車道に立ちつくしている……って、これは何だ。

「誘拐……！」

しかも俺の目の前でか。すぐ横に俺がいたのにか。手を伸ばせば届く、それどころか抱きしめてもいいくらいの距離にいた朝比奈さんが、数秒前までいた朝比奈さんが、今はいないのだ。こんなバカなことがあるか。

「くそっ！　なんてこった！」

何が慌てたといって、こんなに慌てたことは十二月にハルヒが教室にいなかったとき以来だった。ハルヒの代わりに朝倉がやって来た、あの時に匹敵した。

「しまった！」

あの野郎か⁉　これは昨日のあの野郎の仕業か。だとしたらナメすぎていた。あいつの登場の仕方やキャラは、俺を油断させるための作りだったのか。どうとでもなりそうな印象を俺に抱かせ、注意を散漫にする仕掛けだったとしたら——。

「朝比奈さん！」

耳障りな音が鼓膜を直撃する。強風で桜の木々が揺れる音ではない。俺の顔面から血の気が引いていく音だ。

俺は携帯電話をつかみ出した。誰かに助けを求めなければならない。この際誰でもいい。朝比奈さんを俺のもとに戻してくれるならば、警察でも消防署でも自衛隊でも商工会議所でもかまわなかった。俺の指は半自動的に動き、どこにかけているのか自分でも解らないまま呼び出し音が耳を打ち、すぐに相手が出た。

『どうしたの？　キョン』

ハルヒの声だ。とっさのことで半ば意識をなくしていたあまり、ハルヒの携帯にかけてしまったようだが、この時の俺は思考力のほとんどを失っていた。

「ハルヒ大変だ！　朝比奈さんが誘拐された！」

ただそう叫ぶ俺に、

『はぁ？　何言ってんの？』

ハルヒの声はひたすら悠長だった。胃袋がでんぐり返りそうになりながら、俺は再度叫ぶ。

「だから朝比奈さんが誘拐されたんだよ！　急いで助けないと……！」

『ねえ、キョン』

ハルヒは優しさを感じるほどの声で、

『どういうつもりか知んないけど、もうちょっとマシなイタ電をかけてきなさいよ。くっだらない。なにそれ、どういうつもり？　みくるちゃんならずっとあたしの側にいるわよ。有希ならまだ話はわかるけど』

「違う、長門じゃない。朝比奈さんが……」

言いかけて無駄だと気づく。そう、今、朝比奈さんはハルヒと一緒にいる。その朝比奈さんは元からここにいた朝比奈さんで、掃除用具入れから現れたほうの朝比奈さんではなく、そっちの朝比奈さんはと言うと、車で連れさらわれて——。

『減点一。すぐにバレる嘘なんて程度低いわ。それにね、冗談なら笑えるものにしなさいよ。じゃあね、バカキョン』

「待っ——」

切れた。

携帯電話を持つ俺の手が震えている。一刻を争うときにハルヒにかけている場合ではなかった。言われるまでもなく俺はバカだ。急報を告げる先はハルヒではなく……。

着信音が鳴り響く。

誰がかけてきたかを確認せずに俺は通話ボタンを押した。

『もしもし』

古泉の声だった。俺が何か言うより早く、

『ご安心ください、涼宮さんたちとは離れた場所からかけています。ええ、トイレに行くと言って席を外させてもらったんです』

知るか。どうでもいいんだ。それよりも、

「古泉！　朝比奈さんが、」

『状況は把握できています。僕にお任せください。そろそろあなたの前に到着するかと』

「何が来るんだって？」

俺が重度の立ちくらみに襲われながら顔を上げると、まるで計ったようなタイミングで新たな車がピタリと止まった。黒塗りのタクシーだ。どこの会社のものかは解らないが見覚えはある。かつて俺は同じ車に乗り、《神人》に会いに行かされた。

その車の後部ドアが開いた。

「乗ってください。急いで」

後部座席にいた先客が俺を手で招く。俺は飛び込むようにして車内に転がり込んだ。見覚えのある車の中にいるのは顔見知りの姿だった。事態を飲み込むより先にドアが閉まり、急激なGが俺の身体を座席にめり込ませる。

「すぐに追いつきます」

横からかかった涼しげな声にも聞き覚えがあった。夏、冬と散々お世話になった彼女の名前を忘れるわけにはいかない。

「森……森園生さん？」

「ご無沙汰しておりました」

たかだか一ヶ月ちょいだ。ご無沙汰というほどのものではない。しかしどうしてここに森さんがいるんだ。それも俺が見慣れたメイド装束ではなく、普通に道を歩くOLみたいな普段着で？

森さんはいつもの落ち着いた笑みを浮かべ、

「古泉が説明しませんでしたか？　わたしも『機関』の一員です。メイドは世を忍ぶ仮の姿、あなたがたとご一緒する時だけのパートタイムです」

目を運転席に移動させ、森さんは安心させるようにうなずいた。

「わたしだけではなく、彼も」

ハンドルを操っていた左手を挙げ、運転手がバックミラー越しに俺と視線を合わせた。

「新川さん……」

「左様でございます」

料理のうまい執事であり、そして今はハイスピードで飛ばすタクシードライバーとなっている初老の紳士は、

「あの愛らしいお嬢さまを拐かすとは、狼藉にもほどがありますな。逃がすわけにはいきますまい」

さらにアクセルを踏み込み、俺はますます座席にへばりつく。凄まじい速度の車に乗っているという恐怖がわき起こり、しかし、おかげで凍っていた頭がほどけ始めた。

森さんと新川さん。二人は古泉の仲間で、メイドも執事もパートタイマーであるのは知っていた。まさかこんなところで会うとは思わなかった。それも朝比奈さんが誘拐された直後に、見計らったように車に乗ってくるとは……って、そうか。

「こうなることが解っていたんだ」

俺は絞り出すように言った。

「朝比奈さんが誘拐されるって、あなたたちも古泉も解っていたんでしょう。だから、俺たちのすぐそばで待機していた。そうなんですね」

「いいえ」

森さんは女版古泉のような笑顔を続けている。

「わたしたちがマークしていたのは、あなたがたではなく彼らのほうです。彼らの車があなたがたに接近するのを見て、よもやと思いました。わたしたちも彼らがこのような行動を起こすとは意外でした」

「彼らってのは誰のことですか」

俺が思い浮かべているのは、昨日の野郎だが。

「それも古泉が説明しませんでしたか？　朝比奈さんを誘拐した人々は、我々『機関』に敵対する組織の手の者です」

こうなったらどこのどいつでもいい。許さないのは未来人だろうと超能力者でも同じだ。

「どうして朝比奈さんを……」

「おそらく勇み足です。未来への優位性を今のうちに確保したかったのでしょうね」

優位性？

「そうです。未来に貸しを作っておく、そのために彼女の身柄を押さえるつもりだったのだと思います。でも、間違ってしまいましたね。彼らが本当に誘拐したかったのは、いま古泉と一緒にいるほうの朝比奈みくるさんだったでしょうから」

何やら途方もないことを、森さんは何気なく言う。

「ずさんな計画です。よほど慌てていたのでしょう。彼らがどうしてこんな急に動き出したのか、調査の必要がありますね」

あの変な野郎の登場も急だった。新手の未来人。あいつが現れたせいか。

森さんは俺の心を読んだように首肯して、

「本格的に手を組むことにしたのでしょうね。これは我々も黙視できません」

「その、『機関』とかは……」

俺の、と言いたいところを何とかこらえ、

「俺たちの味方でいいんですか？」

「我々の望みは現状維持です。それでは不足でしょうか？」

　お釣りの余地が発生しないくらい過不足ない。ではあいつらは、朝比奈さんを誘拐したその彼らとやらは何を考えているんだ。だいたい、それって何者なんだ。俺たちの味方でなければ、敵になるわけか。いったいどんな奴らなんだ？

「『機関』と対立する組織、朝比奈みくるさんと対立する未来の人たち、そして、長門有希さんを作り出した地球外意識体とは別の宇宙規模存在」

　森さんはさっぱりした口調で言い切った。

「そろそろ手を出してくる頃だと思いました。年末の雪山については古泉から報告を受けていましたから。その三つが同盟することもありえます。いえ、間違いなくするでしょう。涼宮ハルヒさんには賭けるだけの価値があります。すべてを失うかもしれない、けれど見返りも大きい」

　車体が飛び跳ねるように揺れた。踏切を一時停止せずに横断した黒塗りタクシーは、S字状コーナーをまったく減速することなくタイヤを軋ませながら駆け抜ける。

「古泉も、あなたたちも」

　俺は早くも車酔いしかけながら、

「もう一人の朝比奈さんのことも知ってたんですね？　一週間後から来た、あの朝比奈さんが鶴屋さんの家に匿われていることも」

「もし彼女がいなければ、もう一人の朝比奈みくるさんが誘拐されていたかもしれません。涼宮ハルヒさんの目の前で」

そんなことになれば最悪だ。ハルヒがどう出るか解らない。

「てーことは……」

未来からきた朝比奈さんが過去の朝比奈さんの身代わりで誘拐された。つまり、過去の自分を助けるために未来の自分がさらわれる、と。こういうことか。だから朝比奈さん（みちる）がここにいることが必要だったのか。朝比奈さん（大）の手紙にあったお使いプレイは俺一人でもできた。俺と朝比奈さんが一緒にいて、俺一人ではあまり意味がなかったこととは何だった？　別口の未来人。亀と少年。そして誘拐。朝比奈さん（大）だけがすべてを知っている。

俺が得体の知れない情動を抱きかけたとき、

「見失わないで、新川」

「承知しております」

二人の声が俺の意識を前方に向けさせた。モスグリーンの車体が見えてきた。猛スピードなのは両者とも変わらない。走り出してからここまで、それこそ交通事故の三つや四つを起こしてもおかしくない交通法規無視っぷりだが、新川さんのドライビングテクニックはWRCレベルに達していた。執事の能力を超えている。

誘拐犯の車は山に向かっているらしい。このまま進めば秋に映画撮影を敢行した森林公園を越えてさらに北へ行ってしまう。ほぼ山道しかない、人里離れたところだ。くそ、そんなところに朝比奈さんを連れて行って何をしようってんだ。許さん。

俺は先行する車の車体後部を睨みつける。ワンボックスで、モスグリーン。あの時のあの車と同じ車種だ。先月、眼鏡少年を撥ね飛ばしかけたものとまったく同じ。間違いない。どう考えても中に乗っているヤツは味方ではないな。

めちゃめちゃな速度で走る誘拐犯車は、ついに舗装道路を外れ、本格的な山道に突入した。巧みにハンドルを切った新川さんがぴったり後をついていく。崖に無理やり作ったような道で、車二台がようやくすれ違うくらいの幅しかなく、ガードレールもなかった。ハンドル操作を誤ったりしたら、そのまま麓まで転がり落ちるようなところである。

まさかカーチェイスをすることになるとは予想外だったが、そんな状況を気にするほど俺は冷静でもない。いかにして誘拐犯をぶん殴るかばかりを考えるあまりカッカッだ。

その俺の闘志に水を差すように、携帯電話が鳴り始めた。俺が握ったままでいた携帯ではなく、森さんが自分のものを取り出して耳に当てる。

言葉の内容までは解らないが、男の声らしきものが俺の耳にも届いた。しばらく黙って聞いていた森さんは、

「解りました。手はず通りに」

短く答えて通信を終え、優美に鋭い声を前席に飛ばした。

「新川、まもなくです」

「かしこまりました」

頼りがいのある声で新川さんはうなずき、ギアをシフトダウンさせてエンジンブレーキを利かせる。どうするつもりなのかと尋ねるヒマはなかった。

「うわっ！」

ちょうど未舗装道路の弧を描くように湾曲した部分にさしかかっていた。その曲がり角、俺たちの進行方向から、パトカーが対向車線上に躍り出て来た。しかも急ブレーキをかけたパトカーは見事なドリフトをかましながら横腹を見せて停車、完全に道をふさぐ。

行き場をなくしたワンボックスカーがフルブレーキ、土煙を巻き起こして急激な減速にかかる。片輪が崖を越えそうになった一瞬には俺が肝を冷やしたが、誘拐犯側のドライバーも腕前は確かだった。強引に体勢を立て直すと横滑りするような曲芸を見せ、一回転ののち、さらに半回転。ノーズを山際に擦りつつもパトカーの側面ギリギ

りで停車した。

新川さんは同様の手順を安全かつスローでおこない、やはり横向きに黒塗りタクシーを止める。挟みうちだ。これでワンボックスカーの逃げ場は崖下しかない。

「新川はここで待機」

森さんはそう言うと、ドアを自ら開いて山道に降り立った。俺も後に続いて、ワンボックスカーに駆けよろうとしたところで森さんに腕を摑まれた。

俺を目で制した森さんは、よく通る声を誘拐犯の車に向けた。

「エンジンを切って出ていらっしゃい。今ならまだ間に合います」

丁重な口調は変わらず、ただし孤島の館や鶴屋さんの山荘で聞いた彼女の声とは種類が違っている。

パトカーからは警官が降りてきた。ぱりっとした制服を着こなしたその人を見て、俺はまたしても仰天する。親指を立てて微笑みかけた多丸弟、裕さんの好青年顔が制帽の下にある。運転席ではその兄、多丸圭一さんがこれまた人のよい顔で俺に目でうなずきかけていた。

森さんの電話の相手はこの二人だったのか。

「朝比奈みくるさんを降ろしなさい。あなたがたは失敗しました。これ以上、捩れを大きくする必要はありません」

森さんの凜とした声が俺の注意を車に戻す。ブラックシートを貼られているため、相手の車の中は窺えず、ヤキモキする気持ちを抑えられない俺がワンボックスカーに蹴りの一つでも入れようかと身を乗り出したとき、アイドリング状態にあったエンジンが沈黙し、モスグリーンのサイドドアが動き出した。ゆっくり開いていくのはせめてもの抵抗をしようという表れか。

しかし、姿を現した誘拐犯の人相風体を見た俺は、しばし目を見開いた。無言で降りてくるクソ野郎どもは、いたって意外なことに屈強な強面でも精悍な兵隊顔でもなく、そこらの街中を普通に歩いていそうな若い男女だった。連中の顔を一生涯忘れるものかと穴のあくほど見つめていても、取り立ててあくどい顔をしていないのが逆に気にかかる。

だが、そんな疑問もぐったりした朝比奈さんを見つけた俺にとってはどうでもいいこととなって弾け飛んだ。最後に降車してきた女に支えられた朝比奈さんは、意識を失っているのだろう、目を閉じてぐんにゃりしている。

やっぱり許さん。

飛び出しかけた俺を、また森さんが制止、

「解っているでしょうけど申し上げておきます。その人にかすり傷の一つでもつけているようなことがあれば」

その妖艶な笑みを見て、俺はふがいなくも腰が抜けそうになった。これほど美人の笑顔が恐いと思ったことはない。ハルヒが時たま見せる、笑いながら怒ってるような顔とはランクと凄みが違う。

俺が凍りついた気配を感じたのだろう、森さんは例のメイド的な微笑をいったん俺に向けてから、あらためて大馬鹿誘拐犯たちへ、

「素直に解放なさいませ。この場は見逃して差し上げます。自分たちの組織にお戻りになるなり、どこへでもお行きになってください。でないと──」

森さんの微笑みはさらに凄惨になり、俺はもはや卒倒しそうだ。もし俺があの男たちの立場でこの顔を向けられていたら、盛大にチビっているかもしれん。

しかし犯人たちは、立ったまま漏らす代わりに舌打ちをして、朝比奈さんから手を放した。寝顔の朝比奈さんがくたりと車のタイヤにもたれかかり、しゃがみ込むように尻餅をつく。誘拐犯たちの手つきが壊れ物を扱うようであったのが救いだ。もし麗しの朝比奈さんを突き飛ばすようなことをしたら、俺は何事かを喚きながら両手をぐるぐる回しつつ連中に突進していただろう。

「車はのちほど輸送にてお返しします。どうぞ、徒歩でお帰りを」

森さんは平然と指先を崖下に向けた。ここを下りて帰れということだろう。やろうと思えば下山することもできるだろうが、登山道具もなしに下りていくのは至難の業

だ。いい気味ではあったが、

「しかたがないわね」

誘拐犯の一人が、場と身の程（ほど）をわきまえていないような明るい声で言った。

「だいたい予想していたけど、やっぱりダメでした。これも必然だったのかしら」

朝比奈さんを降ろしてきた紅一点だった。あらためて注目してみると、その女はどうみてもミドルティーンだ。年代的に俺と違うところが見いだせない。

そいつは華（はな）やかな笑顔を俺に差し出すように、

「初めまして。こんなところで顔合わせってのも何だけど会えて光栄だわ。いずれは正式に挨拶（あいさつ）しようと思ってたんだけどね」

そいつは身振（みぶ）りで仲間に合図をした。女一人を残し、他（ほか）の連中は大して未練を感じているわけでもなさそうに車を離れる。最後尾（さいこうび）にいた大学生風の男が几帳面（きちょうめん）にも車のサイドドアを閉め、それからほぼ垂直に切り立っている崖へと足を巡（めぐ）らせる。一人、二人と冬の森の中に消えていくが、森さんも多丸裕さんも捕（と）らえるつもりはないらしい。

俺は一刻も早く朝比奈さんに駆け寄りたいものの、森さんはまだ俺の腕を取って放してくれない。くすりと笑い声を上げたのは誘拐女だった。

「心配しなくていいよ。あなたの未来人さんには擦過傷（さっかしょう）もつけていないから。麻酔薬（ますいやく）を嗅（か）がせて眠（ねむ）ってもらったけど、自分がどういう目に遭（あ）ったのかも覚えてないんじゃないかしら。あんまりすぐに寝てくれたもんだから、こっちが驚いたくらい。眠らされ慣れをしているのでしょうか？」

仲間がいなくなっても、その女――いや、少女だな――は悠然と構えている。いつまでそうさせているんですか森さん。誘拐犯ですよ、誘拐犯。多丸さん兄弟も、そんな格好しているんだったらワッパの一つでも持っているでしょう。

俺が抗議行動を起こそうと心に決めたとき、誰も乗っていないはずのワンボックスカーのサイドドアが内側から開かれた。

「つまらないな」

ひょっこり顔を出した男、その野郎は古泉の五倍は邪悪な笑みを浮かべていた。

「簡単にやられすぎだ。こうもあっさりお姫様を奪い返されるとは、もうちょっと粘りが欲しかった。これでは逆効果にしかならない」

車から降りようとはせず、そいつは泰然とシートにもたれ掛かっている。昨日のあいつだ。意味ありげに現れた第二の未来人野郎が、

「これも規定事項だよ。だが僕らにとってもそうなんだ。だから、どうってことはない」

「あなたもお帰りください」

森さんは優しいお姉さんの口調で言った。唇は毒の花のような笑み。

「それともしばらく逗留するのですか？　ならば寝床をご用意して差し上げます」

「あんたたちの世話にはならない」

野郎は朝比奈さんを見下ろし、ふん、と鼻を鳴らすと、邪眼みたいな目を俺に向け、

「これは失敗じゃない。単なる歴史的事実なんだ。ご苦労なことさ。あんたも朝比奈みくるも。なあ、あんた、踊らされていて楽しいか？　僕はごめんだね。解っていることをそのままなぞるなんて嫌気が差す」

「あら、それもいいんじゃないかしら」

誘拐少女が言った。

「未来がどれだけ決まっているって言うの？　正しい結果に向かって道を外れないように歩くのも芸の一つじゃないかしら。踊るだけなら誰でもできるけど、指定された振り付けを正確に踊るのは難しいわ」

「ふん、なら踊っていればいい。僕はお前たちの力などあてにしていない」

「そうなの？」

少女は面白がるように、

「あたしはそれでもいいけど、どうせ同じところに集まるのでしょう？　力を合わせていきましょうよ」

忌々しそうに表情を歪めたその野郎は、またしても俺を睨みつけた。言っておくが、ハルヒの眼光を浴び続けて久しい俺は、その程度ではひるまないんだ。視殺戦なら受

けて立とうじゃないか。

俺の殺気を悟ったか、そいつは例の憎々しい顔で、

「愚か者だらけだ。どいつもこいつも。てんで解っちゃいない。あんたの無知には恐怖を覚える」

そいつはドアの手すりに手をかけ、最後に俺にこう言いやがった。

「また来る。あんたとは何度か顔をつきあわさないといけないんだ。バカバカしい。しかし僕の役目でもある」

言うことはそれだけだったらしく、そいつはドアを閉じた。

誰も動かなかった。森さんは恐い笑みのまま誘拐少女を見据えて動かず、俺は森さんのせいで動けない。名前を言おうともしない誘拐犯の少女もまた微笑したまま立っていたが、思い出したように車に近寄り、ドアを勢いよく開けた。

そうしなくても誰もいないのは解っていた。車内に人影はなく、敵意をまとわりつかせるあの野郎などどこにもいない。空間移動か時間移動か、まあどっちでも俺の目の前から消えてくれたのは喜ばしいことだ。

「あたしも、さよなら」

少女が仕事を終えたとばかりに両手を打ち払い、山道の下を覗き込んだ。

「歩いて帰ることにするわ。あ、その車なら処分してくれてかまわないから。返しに

来なくていいのです。あげます」

「どうも」

森さんが応じ、やっと俺の手を放した。巣に残してきた子供を心配する親鳥のように、俺は朝比奈さんのもとにダッシュした。

「朝比奈さん」

肩を抱き起こす。小さく息をする音と、定期的に上下する胸が生存の証だ。一言悪罵を投げようと誘拐犯のほうを見ると、その少女はすでに山道から崖下へと下りていくところだった。

森さんが俺の側にかがんで、眠る朝比奈さんに顔を近づけた。首筋に指を当て、唇に鼻先を寄せる。

「ご無事です。二時間もあれば目を覚まされると思います。どうぞ、車まで」

もちろん俺が運ぶ。朝比奈さんを背負うのにもすっかり慣れた。どこの誰とも代わってやりたくない仕事の一つである。

黒塗りタクシーに戻ると、新川さんが孫を見る目で朝比奈さんを見つめ、俺にも似たような目をくれた。後部座席に力の抜けた朝比奈さんを座らせ、当然その横に俺も座る。一時はどうなることかと思ったが、取り戻せたのは万々歳だ。あのまま逃げられていたらと思うと……いや、そんなことは思いたくないし、あり得ないことだ。

規定事項を信じていいんだよな、朝比奈さん（大）。あなたがそうしているってことは、この朝比奈さんがあなたになるまでの時間は絶対に存在するんだよな？

俺は年下みたいな上級生の寝顔を見続けて、そのため俺の後から森さんが乗り込んできたことも、多丸氏二人に挨拶しなかったことにも、車が走り出してしばらくするまで気づかなかったほどだ。

「どちらに向かいましょう」

森さんの問いかけで、ようやく俺は乗った車が元来た県道に復帰していることを悟った。

「……図書館まで」

今は早いとこ長門の顔を見て安心したかった。俺はそう答え、朝比奈さんと同程度にぐったりとシートにもたれ掛かる。

亀の放流と再回収で事足りたと思っていたのに、朝比奈さんの誘拐と救出という大仕事が待ち受けていたとは意外を超えた出来事だった。精神的に疲れ切っていたが、のろのろと口を動かして声を発する。

「森さん……。朝比奈さんは、これまでもあの連中に狙われていたりしたんですか？

俺の知らないうちに誘拐未遂とかがあったんですか？　これからも……」

「この時代にいる彼女が誘拐されることはありません」

じゃあ、さっきのは何だ？

「わたしの言っていることは正しいと思います。現在の彼女はまったくの無事です。だって、未来の彼女が身代わりになってくれたのですから」

森さんの顔は慈愛に満ちていた。

「朝比奈みくるさんは多くの人に守られています。あなたや、長門有希さん、それに私たち……。彼女を何者の手にも渡したくない気持ちは同じです」

古泉を信用できるように、この人もそうであればいいんだが。

「他のことはあなたの素敵なメイドさんに聞いてくだされればと思います。もっと未来から来ている、あの綺麗で大人っぽい彼女に」

もっともな意見だった。俺は息を吐きながら、唐突に思い至った疑問を口にする。

「森さんは古泉の上の人なんですか？　名前を呼び捨てしてましたけど」

森さんは、ふふふ、と年齢不詳の笑い声を上げて、

「気にしないでください。同じ会社の仕事仲間なら、対外的にはたとえ社長でも敬称を略すのが普通です。それと同じようなものです」

話をかわされている気が充分にするが、『機関』とやらの序列やら上下関係にさほど興味があるわけではない。その気になれば古泉を締め上げて吐かせりゃすむ。本当のことを吐き出すとも思えなかったが、森さんだってそうだろう。言うつもりがある

んなら聞きたくもないのに話し出すのが古泉流、ひょっとしたら『機関』流だ。どうせそのうち頼んでもないのにペラペラ喋るに決まってる。

なら、その時を待つさ。

図書館前で俺はタクシーを降り、森さんの手を借りて眠り続ける朝比奈さんを背負い直した。

「次にお会いするまで、お元気で」

森さんがメイド時代に戻ったような穏和な笑顔で言い、新川さんは執事時代と同じく慇懃に黙礼、二人を乗せた黒塗りタクシーは速やかに国道方面に北上していった。

俺が古泉に連れられて《神人》見物に行ったとき、運転席にいたのはひょっとしたら新川さんだったのかもしれない。今度訊いておこう。そして改めて礼を言おう。多丸さんたちにも。

朝比奈さんを背にして図書館の玄関に行った俺は、入り口の外で長門の出迎えを受けた。長門は寒さを気にしないようにじっと立っていたが、俺が何か言う前に、

「無事でよかった」

無機質な目が俺の肩に頬をつけて眠る朝比奈さんの顔に向き、

長門の手が封筒を持っている。ファンシーなイラストの横に、手書きの文字でナンバーがふられていた。

＃5。

欠番だった未来からのメッセージが、長門のもとに届けられていた。差し出し主は訊かずとも解るが、長門はあっさりと口を割る。

「朝比奈みくるの異時間同位体。約一時間前に会った」

やっぱり来ていたか、朝比奈さん（大）。だが、長門のところにとは。

「何か言ってたか？」

「わたしをよろしく」

長門は淡々と伝言を告げると、指先を伸ばして朝比奈さんの額に触れさせた。

「……んんー……あふ……ふぁっ？」

魔法の指先だ。朝比奈さんはぱっちりと目を開けると、

「わわっ。キョンくん……あれっ？　あたし、どうしてオンブなんか、あ、な、長門さん……」

「事情は聞いた」

誰に。古泉か？

ゆっくりと首を振った長門は、さらにゆっくりと俺に片手を差し出した。

嫌がるシャミセンを無理に抱き上げるとこんな感じで暴れるんだよな。目覚めた途端にバタバタし始めた朝比奈さんだったが、いくらもうちょっとこうしていたいと思ってもおとなしくはしてくれないだろうし、長門の目もあるので下ろして差し上げる。森さんの話では二時間の効果を発揮していただろう麻酔薬も、長門がどうにかしてくれたのだろう、朝比奈さんが地を踏む姿勢に乱れはなかった。

朝比奈さんは目尻にうっすらと朱を差し込みながら、俺を上目遣い。

「あのぅ……。あたし、どうしてたんでしょうか。亀さんをあの人にあげて、それから……。そう言えば車が急に止まって……」

その直後に薬を嗅がされたらしい。何も覚えていない朝比奈さんに、俺は正直にあったことを教えた。話が進むに連れて青くなったり赤くなったりしていた朝比奈さんだが、俺の誘拐劇カーチェイス話ダイジェストが終わると、意表をつかれることに笑顔となった。

「そうだったんですか。あたしでも役に立てたんですね。今のこの時間のあたしを守ることができたんですね。よかったぁ」

その前向きな笑みに、俺の心の隅にこびり付いていた精神疲労も吹き飛ぶ思いだ。

そうなんだ。もしこの朝比奈さん（みちる）がいなければ、誘拐犯はもっと強引な手を使って朝比奈さん（小）をかっぱらって行ったかもしれない。ハルヒの目前だろうが、古泉とその一味が全力で阻止しようが、後先のおかまいを考えずに、ダメもとでだ。そんなことになっていたらそれは恐ろしい事態になっていた。ハルヒは激怒するだろうし、古泉一派が黙って見ているわけもない。だがこれで連中も解っただろう。比較的無防備だったほうの朝比奈さん（みちる）をさらっても、うまくいかないってことが。

長門の力を借りずに俺は朝比奈さんを取り戻せた。これに長門が絡んでくれたらどうなるか、あいつらも重々承知のはずだ。敵なら敵らしく相応の頭を期待するぜ。

「あ、その手紙……」

朝比奈さんが封筒＃5に目を留めて、

「それ、いつ……？」

さっき、長門に届いていたようですよ。

「長門さんに……？」

長い睫毛をパタつかせて、朝比奈さんは小声で小柄な団員仲間に、

「な、長門さん。これをあなたに渡したのって、もしかしたら……あ、」

「言わない」

キッパリと断る長門だった。無表情な宇宙人は言い聞かせるような口調で、

「あなたも、いずれ知る時が来る」

唇を開いて固まる朝比奈さんに、

「それは自分自身で知ること」

雪像が口をきいているような声で、長門はそれだけ言うとダッフルのフードを目深に被った。

言いたくないっていうより、言わずとも解るだろうと言いたげに見えたのは俺だけではないだろう。


黙り込んだ二人の女子団員に挟まれ、妙な居心地の悪さを感じる俺は、さっそく手紙をひもとくことにする。

＃5の内容。

『終わりです。そこにいる朝比奈みくるに元の駐留時間軸に戻るよう言ってください。時間指定はあなたがおこなってください。よければ、場所も。好きにして』

好きにして――か。違うシチュエーションで違う意味で言われたいね、一度でいいから。もちろん本物の朝比奈さんに。

まあ、俺のことだ、そんな願望が叶ったとしたら何もできずに立ちくらみを起こしてそのまま気を失ってしまい、こんこんと眠り続けたあげくハルヒあたりに叩き起こされる運命が待っているのだ。きっとそんなオチになる。身の丈に合わない願い事はしないでおくに越したことはない。ハルヒみたいに地球を逆回転させたくもない。起こって欲しくない願いは封印しておいたほうがいいのさ。世界はありのままでいてくれ。

そのためには朝比奈さんを元に戻すのが先決だな。俺は心をどこかに飛ばしている様子の朝比奈さんの肩を叩き、#5の手紙を見せた。内容より差出人を気にしているらしい彼女だったが、最後まで読んでしまうと納得の顔で、

「わかりました。あたしのすることはもう終わったんですね」

それからやや寂しそうに、

「でも、間接命令になっちゃうんですね。キョンくんを通じないと、あたしは元の時間に戻ることもできないんです」

しかし、そんな感情もすぐに霧消させ、朝比奈さんは微笑んだ。

「いつか、きっとあたしは自分で何もかもできるようになってみせます。その時は、あたしがキョンくんたちを助ける番。いつになるか解りませんが、うん、きっと……」

望みは叶いますよ。その目的意識と、それを目指したときの思いを忘れない限り。

俺は腕時計を見るともなしに見ながら、

「それで、戻る先の時間ですが」

この朝比奈さんが掃除用具入れに出現したのは、今から六日前の午後三時四十五分で、その時彼女は「八日後の午後四時十五分から来た」と言ったのだから、この朝比奈さんの元時間は今から二日後の午後四時十五分以降だ。それより前だと今と状況が違わなくなる。同じ時間帯に二人の朝比奈さんがいることは避けるべきだ。タイムラグは六十二秒ほどでいいだろう。

「二日後だと火曜日か。その午後四時十六分でどうですか？　それだと朝比奈さんが存在しない時間は一分くらいですみますが。場所も同じでいいですよね。部室の掃除用具入れの中ってことで」

「そうですね……。その時間ならキョンくんしかいなかったから」

「制服と上履き」

と言ってくれた長門のおかげで思い出した。この朝比奈さんは鶴屋さんの借り物衣装姿である。彼女が着ていたセーラー服は鶴屋さんの家に置き去りになっている。かと言ってこれから鶴屋宅に戻っていては正午に予定されている駅前再集合に間に合いそうになく、ここまで来て朝比奈さんを一人で放り出す気もさらさらない。

「こうしましょう。朝比奈さんにはその格好で二日後に戻ってもらうとして、制服と靴は俺が今日中に鶴屋さんのところに行って何とかします」

「お願いします。それから、あの」

ペコリと頭を下げた朝比奈さんは、まじまじと俺を見上げ、言い忘れていたことがあるような素振りで口を開きかけて、また閉じた。なぜか長門を気にする気配を感じたが気のせいか？

「なんでもなかった……です。その話は、ええと、戻った先で」

気にはなるが、大したことではなさそうだ。それに明後日に知れるようなことなら今知らなくてもかまやしない。

今この場で時間移動メカニズムを作動させてくれてもいいのだが、朝比奈さんはその瞬間を見られたくはないらしい。一人になれるところがいいそうだ。俺たちは図書館に入ると、女子トイレまで朝比奈さんを送っていった。

「キョンくん。色々ありがとう。本当は古泉くんや鶴屋さんにも言わなきゃですね」

古泉にはいつでも、森さんたちには今度会ったときにでも言えばいいことです。鶴屋さんは言わなくても解ってくれるでしょうが、それも俺から言っておきますよ。

「じゃあ……。キョンくん、長門さん。また明後日に」

朝比奈さんは最後まで名残惜しげにしながら、ためらいがちにトイレの中に消えた。個室のドアを閉める音がして、それっきりどんなSEも届かない。長門が静かに顔を上げ、

「現在時空から消失した」

教えてくれる。終わったな。これで後は二日後を待つのみだ。俺は長門を伴って図書館を出て、深い息を吐いた。

「なあ、長門。昨日と今日だけで俺は朝比奈さんとは別口の未来人と、古泉の組織と対立しているらしい連中に会ったよ」

「そう」

「ああ。だからさ、お前の言う違う宇宙人もどっかにいると思うんだ」

「恐い？」

長門は動かない目線で問いかけ、自分で答えを述べた。

「わたしは恐れない」

お前の言うとおりさ長門。俺も同じ意見の持ち主だ。朝比奈さんと古泉も同意してくれるだろう。似たもの同士、仲よくやっていこうぜ。

長門は黙ったまま前を向き、俺も口を閉ざして歩き続けた。

言わずとも知れたことをわざわざ言うことはない、俺はそれを知っていた。SOS団は五つの個人の集まりなんかじゃない。SOS団という一つの同体なんだ。そんなとっくに解っていたことを、俺よりよく解っているヤツに言う必要なんかないのさ。

第七章

駅前、ハルヒが俺と長門を見つけて応援団旗を持っているかのように両手を振り回した。その横にはちゃんと朝比奈さんがいて、少し離れて古泉もいた。ハルヒは躁的な上機嫌で、朝比奈さんもいつもより愉快そうな笑顔、古泉は俺にアイコンタクトを送ってきたが、言葉を発することなく前髪を指で弾いた。

「ゆっくりだったじゃないの、キョンと有希。どこで油を売ってたの？」

ハルヒは長門に腕を絡めながら、

「本当はずっと図書館あたりで暖を取ってたんじゃない？　図書館に不思議なスポットがあるんだったらいいけどさ。あったわけ？」

「ねえよ」

ページを開いたら中の世界に吸い込まれる本はなく、行間から中の世界のキャラが飛び出てくることもなかったさ。もっとデカいか古いかする図書館の書庫にならあるかもな。

「そうね、今度探しに行きましょ。古書専門店とかにね。あたしは鶴屋さんの一族以外立ち入り禁止の蔵ってのに入りたいけど、ご先祖様の遺言なんじゃしかたないわね」

ハルヒはどこに行くという説明もなしに歩き出した。朝比奈さんと古泉は行き先を知っているのか、平気な笑みでついていく。俺と長門も。

ハルヒに、おいどこに行くんだよ、なんてクエスチョンを投じても無駄なのは解り切っている。目的地が不明だとしてもかまわずハルヒは歩き続け、そのうち立ち止まった足もとを指差して「ここよ」と言って胸を張るだろう。SOS団号はハルヒ船長の操舵のもと、いずこへか出航し、まあ船の場合だったらバミューダまで行きそうだが、この時ハルヒが俺たちを誘ったのは、昨日も来た新装開店イタリア料理店だった。

昼飯を食っている最中、俺はたびたび朝比奈さんを眺めては複雑な心境を覚える。フォークとスプーンを使って貝とエビのクリームスパをのどかに食べている姿。心を安んじるシーンだが、これから彼女は過去の俺とバタバタした日々を送ることになるんだ。いっそ教えちまおうか。最悪、誘拐の件だけでも。

俺が葛藤していると、対面のハルヒが行儀悪く俺の皿の縁をフォークでこづいた。

「キョン、ぼうっとして何考えてんの？　悩み事でもあんの？　何だったら相談に乗るわよ、団長として」

輝く瞳は元気の印だ。ハルヒはエイプリルフールでたわいなくついた嘘にあっさり

引っかかったお調子者を見るような目で、

「それでさ、あんたがかけてきたあの電話。忘れたの？　イタズラ電話よ。あれ、何だったわけ？」

「ああ、それは」

俺はお冷やを口に含むだけの時間を獲得してから、

「我ながら面白くない冗談だった。なんかこう、そんなことを言いたい気分だったんだよ。言わなきゃよかったな。すまなかった」

俺は朝比奈さんを一瞬だけ見つめ、ハルヒも同じ行動を取った。朝比奈さんは「え」みたいな顔でパスタを口に運ぶ手を止めたが、次の瞬間には俺とハルヒは再び顔を見合わせている。

「いいけどさ」とハルヒは鷹揚に許しをくれた。「今度はもっと面白いイタ電をかけてきなさいよね。笑えるやつならボーナスポイントをあげるから。何個か溜まったらあたし特製の景品と交換してあげる。けど、くだらない冗談は容赦なく減点するからね。心しておくこと」

遠回しにイタ電を要求されているような気分だ。普通の連絡事項で電話したときにもジョークを考えておくべきなのかと悩み始めた俺を、ハルヒと朝比奈さんが類似したクスクス笑いで眺めた。

ランチタイムの後、ハルヒは心残りなど何もなさそうに総員解散を告げた。朝比奈さん（みちる）から聞いていたものの、午前の部だけで終わりとは、さすがのハルヒも二日連続は疲れたと見ていいのか。その割には元気の弾けすぎている顔をしているが。朝比奈さんが手で口元を隠しながら笑顔で俺に会釈し、長門は標準的な無表情で、古泉は見飽きたくらいの爽快さで、それぞれ違う方向へ向かっていく。

ちょっとの間、ブラブラしてから俺は古泉をとっつかまえた。

「礼を言っておくよ」

古泉は何事もなかったかのようなスマイル。

「どういたしまして。理想は未然に防ぐことでしたから、首尾よくいったとは言い切れませんね。カーチェイスは余計でした」

パトカーに乗っていた警察官姿の多丸圭一・裕兄弟は、あの人たちは本物なのか。実際に兄弟なのかどうかも疑わしいが。

「さて、ある時は孤島の館の主人とその弟、またある時はベンチャー企業社長とその弟、さらにある時は警察官コンビ……に身をやつした僕の仲間ということでいいじゃないですか」

森さんと新川さん。特に森さんの正体がどんどん怪しくなっている。

「お前の組織と、朝比奈さんや長門の親玉は手を握り合っているのか？」

「直接的にはノーです。ただし、いつの間にか暗黙の了解ができあがっていて、知らず知らず無言の連携を取っている場合はあるようです。僕にもよく解らない世界になっていましてね、いまや『機関』そのものが意思統一にほど遠い有様なんですよ」

路地裏を歩き続けながら、古泉は片方の肩をすくめた。

「一部の意見としては、宇宙人や未来人なんて本当はいないんじゃないかという極論もあるんです。長門さんや朝比奈さんは自分が宇宙人もしくは未来人だと思いこんでいる気の毒な女の子なのではないか、と」

いまさらそれはないな。保証書をつけてやってもいい。

「しかし、長門さんの魔法のような力や朝比奈さんの時間移動能力、それらすべては涼宮さんが発生させたものであって、そして彼女たちはそれぞれ自分たちが宇宙人あるいは未来人だと思いこんでいるだけだったとしたらどうでしょう」

そこまで言っちまったら、どんなことでもアリだろう。

「あるいは神的な能力の持ち主は涼宮さんではなく、別の誰かなのかもしれません」

古泉は皮肉めいた微笑にシフトしたつもりかもしれんが、俺にはいつもの爽快ハンサム顔にしか見えん。

「台風の中心部は晴れていますが、周辺部は暴風雨にさらされています。少し外れたポイントにいて外壁から真ん中を見下ろすような立場の人がいるかもしれません。いつも、いそがしく立ち回るのはあなたでしょう？　もし自分が脚本家なら、そんな疲れる役を自分に振りますか？」

古泉得意のあやふや解説だ。借りもあるので静かに聞いておいてやろう。聞いたことを覚えているかどうかは確約しきれないけどな。それができるんなら俺の成績はもっと小マシなものになっている。

「正直なところを言わせてもらえば、現実問題、僕も少数派になりつつあるんですよ。どの意見に帰属するのかと問われたら、僕はまず第一にＳＯＳ団を思い浮かべてしまいます。僕の所属団体はいまや『機関』よりもあそこであると感情が訴えかけているのですよ。だから、こうも思います。もし『機関』から与えられた使命がＳＯＳ団の利益を損なうような場合、果たして僕は葛藤などするのだろうかと、ね」

長々と演説したところで俺は聴衆を続けてやる気構えだったのだが、こんな時に限って古泉は心情吐露を短くすませ、ひらりと手を振って歩き去った。

俺は自宅に戻り、シャミセンとシャミセンの毛が散らばる部屋の床に座り込んで腕を組んだ。

朝比奈さん（みちる）のやることは終わった。朝比奈さん（小）はこれからだ。そしてだ、俺のやることもまだあるというわけだ。

手元に未来通信＃6が残っていた。

『すべてが終わったとき、あの公園のベンチに』

朝比奈さん（みちる）を元の時間帯に戻したのが＃5なのだから、次はこの＃6に従うだけだ。しかし、さてと。

本当にすべては終わったのか？　まだ何かあるような気がしてならないんだが、どうしてこんな気分になっているか自分でも解らない。メザシの小骨みたいなものが頭のどこかに引っかかっている。

インプットのない頭をいくらひねっても答えは出そうにないので、届けられた朝比奈さん（大）の手紙を全部読み返してみた。どれも未だ意味不明で、俺たちの行為にどんなメリットがあるのかさっぱりだ。だったが。

「そうだ。これ一つが例外なのか」

俺が取り上げたのは三通目の指令文書だった。

『山へ行ってください。そこに目立つ形をした石があります。その石を西に向かって約三メートル移動させてください。場所は、その朝比奈みくるが知っています――』

これだけが、ハルヒの動きと連動している。SOS団全員で同じ場所に立ったのはここだけだ。無益な宝探し。何も出てこず、出ないことの解っている……。

もう少しで何かつかめそうだったが、妹が晩飯の支度の終了を告げに部屋に飛び込んで来たため、ひっかかりを残したまま俺は部屋を出るハメになり、風呂に入って頭を洗っているあたりで考えていたとっかかりすら忘れてしまい、浴槽の熱い湯に顎まで浸かっている頃には今日は早めに寝ちまおうということしか頭になかった。

だが、本日最後になってまたしても指令がやってきた。未来人からではなくハルヒから、下駄箱通信の代わりに妹が電話を持って。

「キョンくん、電話ー。ハルにゃんからー」

浴室の戸を勝手に開いてやって来た妹が俺に電話の子機を渡す。俺は手を振って妹を追い出しながら、受話器を耳に当てる。

「もしもーし」

『あ。ひょっとしてお風呂にいんの？』

ハルヒの声が浴室にこだまする。その通りだが、変な想像をすんなよ。

『しないわよ、バカ。そんなことより、明日、また駅前に集合ね』

どうしてこんな時間にいきなり言い出すんだ？　昼の別れ際にでも言えばいいものを。

『いいでしょ。こっちにも都合ってものがあるのよ』

お前の都合以外に何かあった例などあったか？

『いいからっ！　ああ、でも集合時間は昼過ぎでいいわ。うーんと、午後二時ジャストね。あんたは何も持ってこなくていいわよ』

あんたは？

『こっちの話よ。いい？　明日の二時だからね。来なかったらメッチャ後悔すること請け合いなんだからね、時間厳守よ時間厳守、いいわね！』

早口で言うだけ言って、さっさと切るのがハルヒの電話作法だ。俺は子機を握ったまま風呂を出て、バスタオルで身体を拭きながら考える。

やっぱりまだ残っていたわけだ。今度は何だ。二月のハルヒはアンニュイモードから始まって、節分、宝探し、二日連続不思議探しと来て、これで最後か？

待てよ、どうして朝比奈さん（みちる）は言わなかったんだ。俺が彼女から聞いたスケジュールに明日の駅前集合は入っていない。朝比奈さんは無関係なんだろうか。知らなかったから言えなかった、または知っていても言わなかったか。

そんな歴史なんかなかった、ってのは勘弁して欲しいぜ。

もちろん言われた時間に言われた場所に行くのは習性以上に条件反射となっており、

その日の午後二時五分前に駅前にやって来た俺を、すでに全員が揃って待っているのは冬の次に春が来る以上に普通の現象だった。

珍しくもハルヒは俺の時間前遅刻を咎めることをせず、喫茶店に向かうこともしなかった。行ったのはバスターミナルであり、俺はハルヒに背を押されるようにして北へ向かうバスに乗り込まされた。

気になるのは朝比奈さんが小さな欠伸を連発しては、慌てて口元を隠す仕草で、よく見たらハルヒも寝不足なのかしばしば目を擦っている。しかし俺が見ているのに気づくとキッと睨み、口をアヒルにして窓の景色に顔を向け、景色はどんどん緑が濃くなっている。

俺たちを乗せたバスは山を目指していた。先日、宝探しに鶴屋家の山まで行ったものと同じ道程だった。

降りた停留所も同じだ。そして、また同じルートで鶴屋山山頂を目指すのかと思っていたら、

「こっちから登ると遠回りなのよね。もともと裏道だしさ。南のほうに回って、そっから登るのよ」

ハルヒがハキハキと歩き出し、朝比奈さんと長門も二度目の登山に何の疑問も持っていない足取りで続く。古泉はしばらく顎を掻いていたが、

「さあ、行きましょう。ここまで来たら引き返せないのは僕もあなたも同じです」

わけの解らんことを言い、くっくっと鳩みたいな笑い声を上げた。

ハルヒは山の麓をぐるっと周回するように南を目指している。どこに行きたいのか、俺にも解り始めた。何度か来たことがある。ごく最近、二回。

広がるのは山以外には枯れた田んぼと畑のみ。一度目、俺は朝比奈さん（みちる）とこの道を辿って山を登った。二度目、SOS団全員でこの道を下りてきた。

あのひょうたん石のある場所、そこへ至る最短距離の獣道に、ハルヒは先頭を切って入っていく。

「なるほど、道理でだ……」

俺が石を移動させた日、朝比奈さんにしては道案内がしっかりしていると思ったんだが、こうして何度か辿った道だからだったんだ。

その朝比奈さんはハルヒに手を引かれ、危なげな足つきで山を登り、長門が後ろで転落防止係を務めてやっている。

すぐに例の場所に到着、ハルヒは中腹の平地部分にぴょんと飛び出すと、お気に入りの椅子であるように、ひょうたん石の上に座った。

「キョン、古泉くん、宝探し第二弾よ。考えてみればさ、一日がんばっただけであきらめちゃうのは粘りがなさすぎるってものよ。やっぱ、見つかるまでやんないと、宝探しってのはそういうものよ」

極上の笑みを見せたハルヒは、コートのポケットから園芸用のスコップを二つ取り出し、俺と古泉に向けて放った。

「本当はこの前みたいにシャベルで隅々まで掘り起こしたいんだけど、特別にそれで許してあげる。それから掘るところも一つだけ、ここよ」

自分の真ん前、つまりひょうたん石のすぐ側を指差している。三日前、俺と古泉が二メートルも掘った部分とまったく同じところだ。そこはもう掘っただろう、と俺が言う前に、

「なくしたと思ってた物がいつの間にか一度探した場所に戻ってることってよくあるじゃない？　宝も似たようなものよ。探し物は、何度となく同じ所を探して見るものなわけ。あたしがあるって言ってるんだから、あるわよ」

花咲爺さんが飼っていた忠犬よりも確信に満ち溢れているハルヒだった。どういうわけか、朝比奈さんもうんうんと笑顔でうなずき、変わりないのは長門だけという状況下で、俺がスコップを手に何もしないでいる道理もなく、やっと俺は古泉が今浮かべている微笑の意味を悟り始めていた。

掘り進めるのに時間も手間もかからない。事前に掘り返されていた土は軟らかく、小型スコップでも余裕であり、深さもまたさほどではなく、ものの一分でスコップの

先が固い物にぶち当たった。

ハルヒのニヤニヤ笑いを浴びながら、俺は土をかき分けて掘り当てた物を地中から取り出した。四角い箱はどうみても元禄時代のものではない。センベイかクッキーかの缶製入れ物だ。三日前に俺と古泉が探したときにはこんなものはなかった。この三日間で誰かがここに埋め直した物に違いなく、誰が埋めたのかは考える余地もない。

「あけてみなさい」

と、ハルヒが言った。小さい葛籠を選んだお爺さんを見る雀のような顔で。

俺は缶に手をかけ、パカンと蓋を外した。

「…………」

黄金でも小判でもなかった。だが宝物と言ってクレームが来ないくらいの物には違いないだろう。

華やかな包装紙でくるまれ、綺麗にラップされた小さな六つの箱が入っていた。リボン付きなのは言うまでもない。

そしてやっと、本当にやっととしか言いようがない。

俺は今日が何月何日なのか思い出した。というより気づいた。ある意味、七月七日より重要な日付だ。一部の男子学生にとっては。

今日は二月十四日である。

つまり、バレンタインデー。

「手作りなのよ」

ハルヒが横を向きながら説明する。

「昨日の昼から夜までかかっちゃったわ。あたしとみくるちゃんと有希で、有希の家で夜なべしたのよ夜なべ。本当はカカオから作りたかったんだけど無理言わないでって感じよ。だからチョコレートケーキにしたわ」

包装に貼ってあるシールに三人の手による文字が書いてある。三つずつ、俺の名前入りと古泉の名が記されているもの。

スコップを置いた古泉は、几帳面に手を払って箱の一つを手に取った。「古泉くんへ　みくる」と書いてあるからそれは朝比奈さんが作ってくれた宝物だ。

ハルヒは機関銃のように、

「そりゃもう作ったわよ！　やってるうちに楽しくなってけっこう張り切っちゃったりもしたわよっ、けどいいじゃないのよ、あたしはイベントごとをことごとく押さえてないと気になって上の空になっちゃうし、正直言って『仕掛けられたとおりにハマってるんじゃない？』って思ったりもしたけど、それがどうしたって？　いいのよ、こんだけ広まってる風習なんだから、わざわざお菓子屋さん陰謀論を唱え出すヤツのほうが寒いわっ！　いいの！　あたしも有希もみくるちゃんも楽しかったからね！　ホントは唐辛子でも入れようかと思ってたんだけど、しなかったけど、何よっ、その目っ！」

いや、なんでもねえ。ただただ、ありがたい。本気でそう思うんだ。なんせ俺は今の今まで今日が世の男どもにとって妙にソワソワする日であることを完全に忘れていたんだからな。覚えていたら気の利いたリアクションを前もって考えておいたんだが、純然たる不意打ちをくらって女子団員三人の誰にも何も言えん。軽妙な受け答えも照れ隠しの韜晦もアドリブでは難しいんだ。たぶん俺にはそれをするだけの人生経験が足りてないんだろう。

体中の力が抜けていく。すべての謎が解けた気がした。二月に入って挙動と情緒のおかしかったハルヒ。時間を跳んでやってきた朝比奈さんが宝探しについては言いにくそうだったこと。谷口のヤサグレ具合とお前はいいよな発言。

ハルヒはあれだ、ずっとこのことを考え続けていたのだ。バレンタインデーにおけるチョコレートの渡し方。まったく全然、これっぽっちも素直じゃねえ。部室でくれりゃいいものを宝探しとか言い出して穴を掘らせ、その穴に埋め直しておくなんて、どんなヒネクレ者が考えつくんだ。てことは、そうか。鶴屋さんもグルか。つまりは宝の地図も嘘っぱちだ。ハルヒが簡単に宝をあきらめたのは、そんな宝など最初から埋まっていないのを知っていたからだ。ハルヒにとって宝と呼べるものは、あの時点ではこれから埋めるものだったんだ。その宝とは、すなわち今俺と古泉が手にしている三つずつのチョコレートで、こんなもののためにハルヒは二月の上旬をずっと不安定に過ごしていたってわけか。長門と朝比奈さんを巻き込んで。

なんという——。

バカ野郎だ。こんなことを企画したハルヒも、それに気づかなかった俺も。

「義理よ、義理。みんなギリギリ。ホントは義理だとかそんなことも言いたくないのよ、あたしはっ。チョコもチョコケーキもチョコのうちだわ」

秋の草むらで鳴く変な虫みたいなハルヒの声を聞きながら、俺は気力を振り絞って頭を上げた。

ハルヒが怒り顔で睨んでいる。朝比奈さんはイタズラ娘のような優しい笑み、長門は無表情に俺の手元を見つめていた。

「ありがとうございます。大切に食べますよ」

古泉に先を越された。ハルヒはきゅっと唇を引き結んでから、

「帰ったらすぐに食べちゃうことをお勧めするわ。晩ご飯の前に一気食いする勢いでね。神棚に飾ったりしないでよ」

ハルヒはぷいと顔を横向け、すっくと立ち上がった。

「じゃあもう帰るわよ。イベントは終わったらすぐに席立たないと帰りの乗り物が混雑するんだから。あたしは眠いわ。明け方まで、それ、やってたんだからね。それから徹夜のままここ来て埋めて、また戻って有希んとこで二時間くらいしか寝てないの。みくるちゃんも、有希もそうなんだからね!」


その帰り道だった。停留所でバスを待っている間、ハルヒは俺から最も離れた場所で明後日のほうに視線をやり、決して目を合わそうとしない。やれやれ。

俺は隣にいた朝比奈さんに小声で囁きかけた。

「本命はなしですか」

「うん」

どこか寂しそうに、朝比奈さんはこくりと、

「ここで誰かを好きになっても、あたしはいつか未来に戻らないといけないから。お別れしないといけないのが決まってるんです。その時が悲しいでしょう……?」

なんというマトモな意見だろうか。反論の糸口すら見つからない。完璧なまでの正論で、そうであるがゆえに、そのまま納得するのが躊躇われるほどだった。

「ずっといればいいじゃないですか」と俺は言った。「この時代だってそんなに悪くはないでしょう。未来にはたまに里帰りすることにして、住民票をこの時間に移しちまえばいい」

「うふ、ありがと」

朝比奈さんは緩やかに微笑んで、思わず奪いたくなる唇をほころばせた。

「でも、ここはあたしの生まれた時間じゃないんです。故郷はあっち、未来なの。いいえ、あたしにはここは過去。お客さんなだけ。未来がわたしの現在で、自分の家。いつか帰らないといけないところです」

竹取物語だな。どんな対策を講じても止めることができず、その時が来たら地上から去ってしまう。それは彼女の居場所がそこではなかったからだろう。俺だってそう思うかもしれない。百年前に跳ばされたりしたら、最初は物珍しくてもそのうち文明の利器が懐かしくなるに違いない。無駄なまでに動きまくるグラフィックばりばりのゲームをしたいし、コンビニでチキンカツ弁当を電子レンジで温めてもらいたいし、携帯電話で無意味なメールとか長電話だってしたいさ。何よりも、自分の部屋でダラダラと寝っ転がりながらゆっくり自分の時間を過ごしたくなるだろう。

いくらここで同じことをしていても、朝比奈さんには自分の時間ではないように思えるんじゃないだろうか。なんたって過去にいるわけだ。不自然な場所にいたら、あんまり気も休まらないんじゃないかと想像はできる。

「あっ、でもでも」

慌てたように朝比奈さんは手をパタつかせた。

「こうしているのが楽しくないんじゃないですよ。とてもやり甲斐があるし、がんばらないとって思ってるんです。本当、キョンくんがいてくれてよかったぁって思ってます」

嬉しいことをおっしゃってくれるじゃないか。ちょっと試しに言ってみよう。

「じゃあ、帰るときに俺を未来に連れてってくれるってのはどうですか？」

そんなことになったらハルヒが黙っていないだろうから、

「もうこの際全員で未来旅行といきましょう。ハルヒも長門もついでに古泉も連れてってやりゃいいんです。文句は俺が言わせたりしません。ああ、だんだん未来に移住すんのも悪くない気がしてきた」

「ええっ」

妖精のような瞳があっけに取られたように見開かれ、

「ダメっ、ダメです。ものすごく禁則事項です。そんなこと……」

しばらく朝比奈さんは驚いた顔をしていたが、ようやく俺の表情に気づいたのだろう、口を閉ざすと、細い肩を揺らし始めた。

「うふふ、もう。キョンくん、冗談ならもっと冗談っぽく言ってくださいよー。びっくりするじゃないですかぁ」

「すみません」

そうさ、冗談に決まっている。ここは俺がいるべき時代だ。今までさんざんな目に遭ったり、特に三年前から四年前にかけてせわしなく行ったり来たりもしたもんだが、必ず帰って来ることになったのが今のここであり、SOS団の部室である。高校生活だってまだ一年に満たないし、ハルヒだって現代にまだまだやり残したことをわんさか残しているだろう。あいつが何もかも完了する日が来るなんてありえんのかね。だったら、未来に逃亡を図るにはまだ早すぎるってもんさ。

朝比奈さんはいつか元いた未来に帰ってしまうのかもしれない。しかしとりあえず、今はまだ帰っていない。それでいい。楽しい時間を連続させていれば、おのずと未来も楽しいものになるだろう。かつて彼女が言ってた時間平面がどうしたというパラパラマンガの比喩、そいつを参考にして言うならば、すべてのページにギャグだけを重ねていって、ラストの一枚だけがホラーになるなんてことはないよな。そんなもん俺は納得しねえ。誰だってそうだろ？

俺は一度、ハルヒたちSOS団の仲間を失って、それから取り戻した。そん時の決意を俺はまだ忘れちゃいない。これから何がどうなるんだとしても、たとえ転けようが倒れようが必ず前向きにだ。たった二ヶ月前に刻みこんだ決意をあっさり翻すほど俺は全方位型のお調子者じゃない。ただし「やれやれ」は除かせてくれ。ありゃ特別だ。つまり、いくら安っぽいプライドでも叩き売りにかけるにはもうちょい値が下がってからだということだ。やれやれと首振りながらも全力で前に出ていれば、そうとも、セリフなんてどうだっていいんだ。「このバカハルヒ」でもいいし、「俺もつれてけ」でもいいし、長門のように無言でもいい。二人三脚で走る際には誰だって相方と脚を結ぶさ。二人で三脚を兼ねるより、五人六脚するほうがまだ簡単だ。

　そのことを、この一週間で俺は強く学んだ。


　駅前と自宅を行ったり来たりする日々だった。だが、それもしばらくは間隔が開くだろう。とうとう最後までハルヒはそっぽを向き続け、ろくに挨拶もせずに背を向けた。憤然と大股で歩いていく我らの団長殿だったが、さて明日はどんな顔をして教室にいるのかね。

　俺はポケットに収まった小箱の重みを確かめながら、朝比奈さんと長門に謝辞を述べ、朝比奈さんはかえって恐縮したように「黙っててごめんなさい。涼宮さんに固く口止めされてたの」と頭を下げた。なに、長門にすら有効なハルヒの口止めだ、無理もありませんし、だいたいこんな重要行事を忘れていた俺のほうがどうかしている。ここしばらく様々なことがあったとは言え、まるでバレンタインがNGワードにされていたようにすっぽり抜け落ちていた。

自室に戻った俺は、ハルヒの命に従うわけでも晩飯代わりにするつもりもなかったが、いそいそと三つの包みを開けた。透明なプラスチックケースの中に、溶かしたチョコレートでコーティングされたケーキが入っていた。

ハルヒのが円形、朝比奈さんがハート形、長門のは星形をして、おのおの表面にホワイトチョコで文字が書いてあった。

ぶっきらぼうに「チョコレート」とそのまんまなことを印しているのがハルヒで、「寄贈」と見事な明朝体を躍らせているのが長門だ。朝比奈さんのものには「義理」とあり、らしくないなと思いかけたらオマケ付きだった。急いで書いたらしい文章、「涼宮さんにこう書くように言われました」とメモられたキッチンペーパーの切れ端がケースの底から現れる。三人が長門のマンションのキッチンで大騒ぎしているシーンを思い浮かべながら、俺は三つの贈り物を冷蔵庫にしまいに行った。妹が勝手に喰わないよう、念を押すことも忘れるわけにはいかない。

陽が落ちてから、俺は自転車で漕ぎ出した。

最後のチェックポイントは長門のマンション近く、公園の例のベンチに指定されている。

暗く無人の公園で、外灯の光にポツンと浮き上がるベンチに先客はいない。チャリを止め、公園に足を踏み入れてもまだ人影は現れなかった。

冷たいベンチに腰を下ろし、俺は虚空に声をかけた。

「そこにいるんでしょう、朝比奈さん」

ベンチの背後にある常緑樹の植え込みがガサガサと音を立て、ゆっくりとベンチを回って待ち人がやって来た。

「座っていい？」

もちろんです。話は長くなるかもしれない。

「ふふ、わたしはあまりお話しできないと思うけど」

朝比奈さん（大）の優麗な姿が俺の横に席を確保した。冬の装いをした大人バージョンの朝比奈さんは、そうして見るだけなら一般人とまるで変わらない。見ている者の目が熔けそうになるくらいの美貌を除けばな。

俺は冬の空気を吸い込み、吐き出しながら言った。

「説明してくれるんですよね」

「どこからにしましょうか」

「俺と朝比奈さんがやった、お使いみたいな初っぱなのイタズラから」

地面に釘を打って空き缶をかぶせ、気の毒な男性を病院行きにさせた。もう遠い日のことのようだ。

「そうしなければならなかった理由があるの」

朝比奈さんは斜めに向けた顔を淡く微笑ませ、

「キョンくん、想像してみて。もしあなたが何年でも何十年でもかまいません、過去に行ったとして――」

慎重な口調だ。

「そこで過去の歴史を見ることができたとします。でも、その歴史が自分の知っているものと違うものだったら？」

「違うものってのは？」と俺は飲み込めない。

「たとえば、あなたが去年の今日に時間遡行したとします。その時の、一年前のあなたはどこにいましたか？」

たぶん、部屋でゲームしてたかでしょう。誰かにチョコレートもらって浮かれていた覚えもない。

朝比奈さんは小さくうなずいて、

「その歴史が違っている状態を考えて。あなたが一年前の自分の家に行ったとき、その家にあなたが住んでいなかったらどうですか？　あなたも、妹さんも、ご両親もいない。あなたの家には別の知らない家族が住んでいる。そして、あなたの家族はあなたの知る自分の家ではなく、どこか遠いところで別の人生を歩んでいたとしたら……」

そんなバカな。

「過去に来てみた時、わたしたちの知っている歴史と微妙にずれていたら、その未来にいるわたしたちがどう思うか解る？　過去は常に未来の干渉を受けねばならないとしたら。そうしないとわたしたちの未来が形成されず、別の未来になってしまうとしたら」

朝比奈さんの声が少し遠くなった。まるで述懐しているような口調で、

「本来なら生き続けていないといけない人が死んでいる過去。本来なら出会っていたはずの二人が出会わない過去。その過去を放置していたら、わたしたちの未来が訪れないと解ったとしたら」

寂寥感のある微笑みがさらに翳った。

「種明かしをしますね。あなたが置いた空き缶を蹴って足をケガしたあの人、病院である女性に出会います。二人は結婚して子供をもうけ、その子供は次の子孫を残すことになります。それはあの時、あの男性が病院に行ったからなんです。それ以外に

出会う歴史はありえません」

その男性が俺と一緒にいた朝比奈さんを見上げ、微笑ましい表情を作った映像がフラッシュバックする。

「あの記憶媒体もそうです。データをあの状態にして届けることが必要でした。その人は偶然から同じデータを構築することになっていたの。でも、その偶然の目がこの過去にはなかったんです。もしかしたら抹消されていた。だから送る必要がありました。できるだけ偶然を装う形で」

花壇に落ちていた記憶メディアを誰かが拾い上げ、たまたま適当な宛先を書いて送ったところがその人だった——とか、と彼女は説明した。

俺は二の句が継げない。そんな偶然があるわけがない。おまけにあの時には、変な野郎が現れてデータを手渡しまでしてくれた。あいつが邪魔していたらどうする気だったんですか。

「彼は邪魔をしません。そのデータは彼の未来にも必要だったものです。だから彼もこの時代に来ることができています」

朝比奈さんは明瞭に、

「わたしたち、未来からはそれは必然でした。でも、あなたやデータをもらえた人にとっては偶然なんです。時間はそういうふうにできているの」

頭がくらくらしてきたのは、俺のイマジネーション可能領域を軽々突破しているからだろう。

「亀とあの子が出会ったのも偶然です。あの子はあの時、二人の男女から亀をもらったことをずっと覚えていました。男の人が亀を川に投げ入れたとき生まれた波紋や、ぼんやりと流れていく波紋。亀は長生きして、あの人はその亀を見るたびにその様子を思い出すことになります。それがきっかけになって、そうね、一つの基礎理論が生まれます。別の要素がたくさん組み合わさった結果なのだけど」

「…………」

おそらく——と俺は目眩とともに想像を飛躍させる。あの少年はタイムマシンの発明者か何かになるんだ。あわやの交通事故にゼニガメ。俺の手が未来を変えたわけか。あの少年の未来と、この世界の未来を。俺がやったちっぽけな働きのおかげで……

出し抜けに別の記憶が蘇った。文化祭の数日前、映画のクライマックスに四苦八苦していた俺に、長門が言ったセリフだ。

『未来の固定のためには正しい数値を入力する必要がある。朝比奈みくるの役割はその数値の調整』

俺の記憶力も大したものだが今は感心している場合ではない。ここで最も気になるフレーズは、未来の固定のため、ってところだ。固定するも何も未来は一個だけだろう、という心境には、最早なれない。

たぶんだ。確信がないのでまだ明確には言えない。だが俺の洞察力は次のように答えを打ち出して、ただしクエスチョンマーク付きで脳裏を駆けめぐっていた。

未来は固定されていないのか？

て、ことは、朝比奈さんのものとは別の未来がどこかにあるってことなのか？

そう考えるとわずかに納得がいく。わずかだぜ。だが、未来が枝分かれしているというのなら、つまりだ。あの眼鏡少年が生きている未来と死んでいる世界の二つがあってもおかしくない。でもって、俺はあの時、後者の可能性を消してしまった。

ようするに俺は一つの未来を片腕だけでまるごと消滅させてしまったのだ。

正解かどうかは知らん。そんな推測も成り立つと言うだけの、ここで『読者への挑戦状』を挿入したらドアホと言われるだけのモロモロな基盤だが、いったん思いついた妄想は簡単には去ってくれない。俺は茫然とし、さらに唖然ともした。他にどうしようがある？

「分岐点がこの時間帯に集中していました。たいていはどちらの道を進んでも同じ未来になるんですが、あなたがこの数日でしたことだけは必ず分岐先があるんです。違う未来に続いていた……」

優美な声が薄くなったように感じる。

「近いうちに、もっと大きな分岐点がやってきます。とても強力な未来……。そちらが選ばれてしまうと、わたしたちの未来は……ええと、あまりよくないことになっちゃうかも」

何故か身体の動きが鈍い。朝比奈さんのほうを向こうとしているのに、くそ、顔が妙に強張っている。

「でも大丈夫。わたしは信じているから、ね?」

俺の意識がかすみ始めた。モヤの中に見たことのある文字と線が渦巻いている。ホワイトボードの絵が頭の中で駆けめぐった。二つのXが渦の中に見える。古泉の仮説。X時点は二つある。

過去を完全に消し去ることはできない。修正された歴史は元の時間に上書きされる。そして俺には別の思い出もあった。あのループする夏休みだ。俺たちは一万回以上も同じ二週間を繰り返していた。

しかし、長門を除いて最後の二週間しか覚えていない。そのほかの一万何千回はなかったことになっている。なら、すぐに答えは出るじゃないか。

過去はなかったことにできるのだ。事実として過去があろうがなかろうが問題にはならない。確かにそれがあったのだとしても、誰も気づかなければないのと同じだ。

そのためには——。

記憶を消せばいい。

十二月十八日から二十一日の間、俺があちこち走り回って三年前に跳んだり朝倉に刺されたりしたという記憶を抹消されて、ただ病院のベッドで目覚めたとしたらどうなる？　俺はきっと、古泉の説明通りに階段から落ちて頭を打った拍子に三日間の記憶喪失になっていただけだと思ったことだろう。

文芸部少女となった長門や書道部の朝比奈さんやポニーテールが異常に似合う他校のハルヒや一般人化した古泉の記憶を、まるごと消されていたとしたら、時間のループやタイムトリップの整合性なんか気にしなくてすんでいた。

だが、それでは不都合だった。

十八日の未明、朝倉の一撃で瀕死になっていた俺は未来から来た俺たちを見て、もう一度俺がその時間に行かねばならないことを知った。異常化した長門を直せるのは三年前の長門だけで、実行したのは先月一月二日の長門。それだけは必要だった。

そして時間は上書きされた──。

寒気を感じる。ハルヒはそのことを知らない。谷口や国木田もそうだ。知っているのは俺と長門、朝比奈さんと伝聞情報のみの古泉だけだ。

だとしたら、俺がハルヒの立場に置かれていた可能性がないとは言えない。俺の知らないところで歴史が書き換えられていたとしても、仮に知ったのだとしても、その記憶がなければ事実もないってことになる。

それどころか、今こんなことを考えている俺が、別の時間軸によって上書きされる可能性だってあるんだ。今の俺はなかったことになり、別の俺が未来に向かって進んでいく、そんな時間軸が。

病室で聞いた長門の言葉が蘇る。

――あなたから該当する記憶を消去したうえで

――そうしなかったという保証はない

一週間後から来た朝比奈さんは、一週間以内に自分と出会ったことはないと証言してくれた。だから俺は鉢合わせしないように苦労したのだ。だが万が一、出会っていたとしても大した問題ではなかったかもしれない。

なぜなら、この時間にいた朝比奈さんからその記憶を奪い去ればいいだけだ。そうした上で一週間前に時間遡行させれば、会おうが会うまいが結局どっちでもよかったことになる。

腹の奥で暗い情動がふつふつわき上がる。二ヵ月前、病院のベッドで情報統合思念体に感じたものと同じ感情だ。今度の矛先は朝比奈さん(大)へ向いていた。

この人は過去の自分を、朝比奈さん(小)をいいように操っている。朝比奈さんをいつまでもオロオロしがちな頼りなく可愛い上級生のままにさせている。ああ、そうでないとダメだというのは解るさ。かつての自分の経験した歴史をそっくりなぞらせる必要性も理解する。過去に対する未来の対抗措置と古泉は言った。でも、もう少し何とかならなかったのか。

首から顔にかかっていた呪縛が解けた。横を向くのに一時間もかかったような気がする。俺は思いつくままのセリフを言おうと口を開き、そこに誰も座っていないことに気づかされた。

朝比奈さんが俺の横から消えている。弱々しい外灯が照らしているベンチには俺しか座っていない。ただ、朝比奈さんの身代わりのように小さな箱が置いてあった。

包装され、リボンのかけられた正方形の小箱。

メッセージカードがついていた。灯りに透かしてみる。ただ一言、『Happy Valentine』。

何の変哲もないチョコレートだった。未来のお菓子的な形も味もしない。朝比奈さんの時代でも菓子作りのレシピがそんなに変化していないのか、この時代に合わせてくれたのか。

「だけどな、朝比奈さん……」

これで簡単に懐柔されたとは思って欲しくはないぜ。今日は今までとは桁外れに情報を提供してくれたが、それでもまだ不十分だ。自分の誘拐は言わずもがなと思ったのだと解釈してあげてもいい。しかし、バレンタインの絡んだハルヒの宝探しとひょうたん石に関しては、あえて言わなかったとしか思えない。そうさ、あれだけが全然無意味なんだ。ハルヒはどこにチョコレートを埋めてもよかった。あの石の近くでなければならない理屈なんてない。俺に石を移動させる理由もない。

それとも朝比奈さん（大）、これもあなたの読み通りですか？　今から俺がしようとしていることも、すべてあなたの規定事項なんでしょうか。

『すべてが終わったとき――』

どうやら今日じゃなかったようだ。いつかそのうち、その日に俺はまたここに来る。いっそのことSOS団全員で押しかけてやろう。ハルヒや古泉に説明する言葉を今のうちに考えていて欲しいものだ。俺にはオブザーバー役しかできないだろうからな。

俺はその場で電話を一本かけた。

「もしもし、あ、鶴屋さん？　俺です。ああ、みちるさんなんですけどね、自分の家に帰りました。鶴屋さんにくれぐれもありがとうと、借りた服は必ず返し……え、そうですか？　それと、あのですね、明後日あたりにあなたのよく知っている朝比奈さんが意味もなく謝るかもしれませんが、聞き流しておいてください。それで彼女が離れに残した北高の制服がありますよね、それ、明日、学校に持ってきてくれませんか。ええ、俺んとこに。放課後までに」

　ここまではただの報告だ。俺は鶴屋さんの『あーい』という明るい合いの手を聞きながら、息を整える。

「それからもう一つ。こっちが本題です。鶴屋さんのあの山、宝の地図の山ですが。ああ、そのことならいいです。ハルヒも回りくどい手を使ったものだと……。ええ、もらいましたよ。四つ、いや三つね。まったく楽しいイベントでした」

　鶴屋さんの上げる笑い声を遮り、

「その宝の地図の話でもあるんです。あの山の南、田んぼの脇から登ってく道があるんですが、知ってます？　それなら話は早い。そこを登ってすぐに平らになっている部分があるんです。それも知ってますか。じゃあひょうたんみたいな石があるってことは？　うん、実はあるんです。でですね、その石が置いてあるところから、東に三メートルほど行ったところを掘ってみてください。面白いものが出てくるかもしれません」

　疑問符のついた応答をする鶴屋さんに、

「俺にも確証はないんで百パーセントじゃありませんが。でもありそうな気配なんですよ」

もし俺が石を移動させておかなければ、ハルヒは目についた石を目印にしてその場を俺たちに掘らせただろう。そして何かを見つけたかもしれない。見つかるはずのない何か。見つけてもらっては困る何かを。

西方向へ三メートル。俺が石を抱えて歩いた距離だ。たったそれだけ。

鶴屋さんに適当な生返事をしておいて、俺は電話を切った。

せめてもの抵抗さ、朝比奈さん。俺はあなたも未来も出し抜くつもりはないが、それでも何かをやってみたい時だってあるんだ。

ハルヒほど傍若無人ではないにしろ。

エピローグ

翌日、朝礼ギリギリで教室に飛び込んだ俺は、ふくれ面の谷口やそんな級友をからかう国木田を無視して自分の席の後ろに声をかけた。

「よう、元気か」

「当たり前でしょ」

ハルヒは陰謀を巡らしている時特有のチェシャ猫笑いを返してきた。おやまぁ、睨む前に笑いかけられるとは、こいつも一晩で感情を入れ替えられるタチなのか。

予鈴を聞きながら席に着いた俺の背後から、にゅうと首が伸びて耳元で囁き始めた。

「キョン、言っておくわ。昨日のこと、ベラベラ喋っちゃダメよ。特に谷口とかにはね。内緒にしておきなさい内緒に。あたしが恥ずかし……くは別にないけど、いい？あんまり吹聴すんのはよくないわ。希少価値が薄れるし」

何をゴニョゴニョ言ってんだ。もらったものなら俺は返さないぜ。食い物となるとなおさらな。

「返せなんて言わないわよ。だったら初めからあげたりしないもんね。それとは別の話。今日の放課後はいそがしくなるから覚悟しといてよ」

解っているさ。実は俺もいそがしいんだ。今日の朝比奈さんを八日前に行かせて、二日前から帰ってくる朝比奈さんを出迎えないといけない。それでようやく終わる。長い長い一週間が。

その日の昼休み、鶴屋さんが俺の教室まで来た。滅多に弁当を持ってこないハルヒが学食に行っているのは幸いだ。俺は食いかけの弁当を放置して、「キョンくんーっ！」と廊下で叫ぶ上級生のもとへと走った。

「ここじゃなんだからっ」

鶴屋さんは俺のネクタイを引っ張るように階段を駆け上がり、最上階のさらに上、屋上に出るドアの手前で足を止めた。かつてハルヒが俺を連れて行った薄暗い踊り場である。雑多な美術用品が転がっているのはあの時のままだ。

「いきなり本題なんだけどっ」

俺を試すような笑みで、鶴屋さんは胸元から写真の束を出してきた。

「ねえキョンくん、どうしてあっこにあんなもんが埋まってるって解ったんだい？

あたしはものごっついたまげたよっ」

やっぱり出てきましたか。で、何が。

「とんでもないもんが！」

鶴屋さんは写真を扇状に広げて、

「まず一個ビックリしたのはさ、穴掘ってたら、ほんっ――とうに、三百年以上前の壺とコンニチワしたことさ！」

差し出した写真にはひび割れだらけの土器がどこか白い壁を背景に写っている。

「三百年以上前ってのは確かなんですか？」

「スーパー確かだよっ。アイソトープ検査までしてもらったし、なんと、中に入ってたのがまた驚き！」

二枚目の写真中央にはボロボロになった和紙が写し出されていた。仮名文字が書いてあるみたいだが、俺にはさっぱりだ。一つ解るのは、和紙の端のほうにどこかで見たような山の絵と、小さな×印がついているところだけ。その×印が山の中腹についてあるのが何とも言えない。

「これがねえ、マジで鶴屋房右衛門、あたしのご先祖様が書いた文章なのさ。時に元禄十五年。内容は、ざっと訳すと『何だか変なものを手に入れたが妙な胸騒ぎがするので山に埋める』とかって書いてあんだよ、これ」

ハルヒの宝の地図。あれにも似たようなことが書いてあったとハルヒは言った。そしてあっちはガセの地図で、こっちはマジ。

「でもこの房右衛門爺さん、うっかりしすぎだよねっ。埋めた場所を書いた手紙を一緒に埋めてるんだものさっ。どうやって探せって言うんだっ？」

笑いながら鶴屋さんは三枚目を提示した。

「何です、これ」

写真に収まっているせいで縮尺の程度がよく解らないが、どうやら十センチほどの金属棒だ。地中で長い眠りについていたとは思えないほどピカピカで、目をこらすと表面に基盤のような線が蜘蛛の巣のように描かれている。無秩序な模様に見えて、その実は美しい対称性を持っていることに俺は気づいた。江戸時代の装飾品かな。

「壺の中にあったのは手紙とこれだけ！　しっかしこれが大問題なのさ。先祖のタイムカプセルから出てきたって、なかなか信じてくれなくてさー」

「どうしてです？」

鶴屋さんは嬉しそうに、写真を振って言った。

「だってそれ、チタニウムとセシウムの合金だよっ？」

ここは驚くところなのだ。あとで国木田に尋ねて、改めて驚こう。

「三百年前の地球の科学技術じゃこんなの加工できないってさ。調べてくれた人が言ってたけど、もしこれが本当に何百年も前のモノなら、超古代文明の遺産か、その時代にやって来た未来人の忘れ物か、よその星から来た宇宙船の欠片くらいしか思いつかんっ、とかって呻ってた」

……超古代文明はちょっと勘弁してもらいたいな。

「でも、これ、なんかの部品っぽいよねっ？」

鶴屋さんは三枚目をしげしげと見つめ、そして俺に笑顔を向けた。

「キョンくんはどっちだと思う？　未来人か宇宙人だったら、どっちがいい？」

邪気のない上級生は、さらにこんなことまで言って俺を無言にさせた。

「そろそろ決めといたほうがいいかもにょろよっ！」

鶴屋印の壺から出てきた謎のオーパーツは鶴屋家が厳重に保管してくれることになった。鶴屋さんが確約してくれたのだから安心だ。間違いなくそうしてくれるだろう。まずはハルヒの目に届かないようにするのが先決だが、実はある予感に苛まれていることを告白しておく。そんなことにはなって欲しくないと考えているし、正直考えたくもないのだが……。

その部品がいつか必要になる時が来るような気がしてならない。

ひょっとしたら鶴屋さんに宝の在処を教えてしまったのは早計だったかな。誰にも教えず、俺が掘り返すこともなく、胸にしまって放っておくという手もあったかもしれん。

しかしさ、できるか？　そこに何かがありそうだと悟って、割合たいそうなモノが埋まっているらしいと気づいて、そのまま何もしないでいるようなことがさ。俺の知的探求心は知らない言葉をすぐさまネットで調べたくなるくらいにはまだ現役だ。

それに、なんかの拍子にハルヒが掘り返す可能性を残すより、鶴屋さんの所有物となったほうが謎パーツにとっても幸せだろう。ある日突然、超古代人か未来人か宇宙人が現れて、それを返せと言ったとしてもハルヒなら絶対うんと言ったりしない。そもそもあいつの目の前にそんなもんが現れて欲しくない。その連中が朝比奈さんや長門のように身分を隠してくれるとは限らないからな。過去に戻って現在を未然のものとするよりも、今できることをして未来の不幸を未然に防ぐべきなのさ。俺たちは現在に生きているのだから。

鶴屋さんと別れた俺が教室に戻ると、ハルヒが俺の弁当を勝手に喰っているところに出くわした。

「おい、こら。それは俺のだぞ」

「解ってるわよ。あたしだって知らない人のお弁当を無断で食べたりはしないわ」

知っているヤツのなら喰っていいことにはならんぞ。返せ、吐け。

「そんなことより」

ハルヒは空になった弁当箱に箸を入れて俺に突きつけながら、妙な顔で俺を見上げてきた。

「あんた、何をそんな気持ちの悪い顔してんの？　ニヤニヤしちゃって」

ニヤニヤ？　俺がそんな顔をする理由があるか。と、俺は自分の頰を撫でた。驚いたことにハルヒが正しい。確かに俺の顔は弛緩しているというか歪んでいるというか。

「変な顔」

失礼なコメントを放って、ハルヒは顔を背けた。髪が舞い、やや幼めの耳元が覗く。

その瞬間、どういうわけだか把握した。

俺が無意識にニヤニヤしているらしい理由さ。だって、どうして笑ってなどいられるんだ？　この一週間で俺はどんな目に遭った？　もう一人の朝比奈さんとさまよい歩いたのはまだいいが、新型の未来人と新手の組織が登場し、朝比奈さんを誘拐したりなどの、さも敵っぽいことをしでかしてくれ、そいつらがまた出てきそうな上に、どうやらその勢いで別口の宇宙人までやってくるらしいことに加えて、山の中から用途不明のオーパーツまで出てきたって言うのに、へらへらしている場合じゃないだろう。

そんなヤツはタダのバカであり俺はタダのバカでないつもりだ。俺が顔を緩めているんだとしたら理由があってのことだ。そうだとも、今にして気づいた。

今までさんざんな目に遭い、これからも遭いそうだってのに現在の俺はまったく動揺していないんだ。何だろうが誰だろうが好きなように現れろ、と思っているんだ。

なぜならば、俺はそいつらをちっとも恐れたりはしないからだ。来たいのなら来ればいい。相手をしてやろうじゃないか。だが俺一人で立ち向かうんじゃないぜ。きっとその時、俺の横には長門がいて、古泉がいて、朝比奈さんがいる。むしろ俺の前でハルヒが仁王立ちしているかもしれんし、後ろで鶴屋さんがケラケラ笑っているかもしれない。それでもいいのなら、やって来い。敵も味方も中立も共闘勢力も知ったことか。

俺はハルヒから手渡された空の弁当箱に蓋をすると、ナプキンで包んで鞄に押し込んだ。

変な顔と言いつつ、ハルヒのほうがよほど変な顔をして俺を眺めている。それほど変か、今の俺は。

「なあ、ハルヒ」

「何よ」

眉を寄せるハルヒに、俺は言った。

「SOS団を頼んだぜ」

バカリと口を開けたハルヒは、

「あったりまえでしょ」

瞬時に唇と目の端を吊り上げるという独特な笑顔となって叫んだ。

「それは、あたしの団なんだからっ！」


その放課後である。後は二人の朝比奈さんを入れ替えるだけだと思っていて、俺のやるべきことはそれで合っていたのだが、ハルヒのやることもまた一つ残っていた。いや、忘れていたわけではない。まさかこんな大騒ぎになるとは聞いていなかっただけの話だ。

俺が知らされていたのは、ハルヒがアミダクジ大会を開き、巫女の格好をした朝比奈さんが賞品進呈係を務めるということのみで、まさかクジ引き大会の内容が、

「SOS団プレゼンツ、朝比奈みくるちゃんの手作りチョコ争奪、一日遅れのバレンタイン特別アミダクジ大会、参加料一人五百円！」

という、今現在ハルヒがメガホンで触れ回っているようなものだとは思い至らなか

った己の不明を深く恥じるしだいだ。

そりゃあ、朝比奈さんの手作りチョコレート争奪アミダクジ大会ともなれば巻物レベルの紙が必要とされ、参加費を一人五百円にしても楽勝で応募者が殺到し、万単位の稼ぎになりそうで、それが俺のもらったやつならば、もちろんこんな罰当たりな場に提供することはしないわけだが、朝比奈さんだけは俺と古泉用のものにプラスして、三つ目の義理チョコを作らされていたらしい。

「実は長門さんがほとんど作ってくれたんですけど……」

すまなそうに白状する朝比奈さんは、今すぐ神社にテレポートしても通用しそうな巫女装束を着せられて中庭の芝生に怯えた顔で佇んでいる。ハルヒがどこかから持ってきた衣装で、ホームルームが終わるやすっ飛んでいったハルヒが朝比奈さんを部室に連れ込み、強引に着替えさせたものである。節分の豆まきで俺が漏らした言葉を執念深く覚えていたとみえる。

ハルヒの激励を受けた俺と古泉が部室の長テーブルをかついで降り、中庭に置くやハルヒはメガホン片手に走り出して、受付嬢の役割を拝命したのは長門である。

そして中庭には生肉に引かれたゾンビのように男子生徒どもが群れ集い、黒山の人だかりを形成しているという、この国の行く先を憂いたい気持ちが充満する空気を醸成していた。群衆の中に谷口と国木田がいるのを見て、俺はクラスメイトの将来をも憂い始めた。

ハルヒが大量の男子生徒と少数の女子生徒の群れをメガホンで誘導しつつ、

「受付はこっち、有希の前に並んでちょうだい！　五百円と引き替えに数字入りの整理券を渡すから、券をもらったら古泉くんのところにいって、アミダの好きなところにその数字を記入するの。横線は一人一本、どこでも自由に描いていいわよ！」

長門が手際よく客をさばいている横で、古泉はB４コピー紙に定規で縦線を引きまくっていた。このぶんだと三ケタは必要で、紙も二枚や三枚ではすむまい。

古泉がコピー用紙をテープでつなぎ合わせる回数が増え続けるにつれ、俺が腕時計を見る回数も増え始めた。非常にまずい。このままでは間に合わなくなる。

朝比奈さん（みちる）が帰ってくるのは四時十六分。ここにいる朝比奈さんを過去に行かせるのは四時十五分で、それも巫女から制服に着替えさせる必要があるときた。

そして現在の時刻は四時を今回ったところであり、長門の整理券配布と古泉の線引きはまだ終わっていない。

マスコットにしては引きつった笑顔の朝比奈さんが、プレゼント仕様の装飾を施された包装箱を手にして立っている。この時期に巫女の格好も寒そうだが、そんな感想を抱いている場合ではなくなってきた。この衣装をといて制服に着替えるのに何分かかるだろうと、頭の中で計算しているうちに、ようやくアミダクジは完成した。予想通り、丸めたらちょっとした巻物になりそうな長さを誇っている。

ハルヒはおもむろにペンを取ると、何十もある縦線の一本を選んでその下にハートマークを描き、ついでにむやみと無秩序に横線を増やしまくってから、

「さあ！　このハートに辿り着くことのできたたった一人だけが、朝比奈さんの義理チョコを手渡しでもらえます。もらえた人は大喜びすること！　じゃあ右端から順にいくわね」

アタリのマークから逆に辿れば一回で済むってのに、どうしてそんな時間のかかりそうなことをするんだ。そりゃ一発で当たる確率は低いから、徐々に盛り上げていったほうがいいのは解る頭の働きだが、俺が不都合なんだよ。

俺の焦燥を知らないハルヒは、持参したCDラジカセをテーブルにのせると、再生ボタンをガションと押した。威勢のいいテーマが流れ出す。『天国と地獄』。運動会か。

こうなれば頼みの綱を使うしかない。ここにはクジ引きの女神が居合わせている。

「悪い、長門」

俺はセンベイの缶に投げ込まれた硬貨と紙幣の山を見下ろす振りをして、パイプ椅子に腰掛けて動かない受付嬢の横顔に囁いた。

「一発でクジを当てさせてくれ。時間がない」

「…………」

緊張と寒さに震えるコスプレ巫女をじっと見つめていた長門は、目だけを動かして俺を見ると解ったとも何とも言わずにすっと立ち上がり、ハルヒが赤ペンに持ち替えてアミダを辿り始めようとする直前、横から手を伸ばして横棒を一本書き加えた。


その十分後、俺は朝比奈さんの手を引き部室めがけて走っていた。

「わわっキョンくん……！　いたい、その、どうしたんですかぁ？」

足をもつれさせる朝比奈さんが悲鳴じみた声を出しているが、この時ばかりは気遣うヒマがなく、残り時間は五分もなかった。

「説明は後でします。今は急がないとヤバいんです」

俺は小柄な上級生巫女を片手で抱えるようにして階段を三段飛ばしで上がる。

アミダクジのほうだが、さすがは長門、あっさり俺の願いを叶えてくれた。一番手の生徒がいとも簡単に賞品を引き当てたことに関しては、ハルヒも他の連中も驚く以前に白けていたようだが、もともと誰かに当たるようなものなんだから気にするな。

ハルヒはそれでも盛り上げるつもりか、BGMを『勝利をたたえる歌』に切り替え、整理券ナンバー56を持つ生徒を強引に引きずり出すと朝比奈さんと向かい合わせに立たせた。ちなみに当選を勝ち取ったのは巻き毛の可愛い一年生女子で、しきりともじもじしていたのが印象的だ。妙に暖かい空気の漂う中、朝比奈さんはぎこちない手つきでその娘に賞品チョコを渡すとハルヒの要請に従って握手を交わし、なぜかその場の全員が拍手するという意味不明な事態を巻き起こした。これもハルヒがどこからか持ってきたポラロイドで二人がツーショット写真を撮られているところまでは我慢したが、もう限界だった。

俺は問答無用で朝比奈さんの手をひっつかむと、後のイイワケを考えずに走り出し、今に至る。そして部室にも至った。

「ひい、あのぅ、なにが、キョンくん……？」

朝比奈さんが怪しむのももっともだった。いきなり部室に連れ込まれて、

「早く着替えてください！」

ハンガーに掛かった制服を突きつけられているんだからな。

「三分以内にです！　早く！」

俺の迫力に押されたか、それとも俺がよほど鬼気迫る顔をしていたのか、朝比奈さんはカクカクとうなずいて、だがまだ衣装を脱ごうとはしない。いっそ俺の手で脱がせるべきかと腹をくくり始めたとき、白い指先がおずおずとドアへ向けられた。

「あの……」

「なんでしょうか！」

「外に出てください」

一秒で退散した。俺は閉じた扉の前で腕時計とにらめっこを開始する。十二分三十三秒。

「朝比奈さん、まだですか！」

「……ちょっと待って」

ごそごそする気配や衣ずれの音に妄想を働かせている余裕はなかった。ハルヒが後を追っかけて来やしないかとそっちの心労もキツい。

「朝比奈さん！」

「もうちょっと……」

午後四時十四分を通過した。もう待てない。俺は部室に飛び込んだ。

「わわっ、キョンくん？　まだ、わっ、わっ」

目をいっぱいに開いた朝比奈さんは、セーラー服のファスナーに手をかけた姿勢で固まっていた。急いでくれた証拠に白衣と袴が床に散らばっている。拾うのは後回しだ。

俺は朝比奈さんの両肩をつかむと、そのまま掃除用具入れに押していく。

「わひぃ、きょ、きょ」

そんな声を聞きつつ闇雲に押していたのがよくなかった。朝比奈さんが足を滑らせ、その勢いで俺は彼女を押し倒した。

「わぁっ！　だめ、だめです……」

何をしているんだ俺は。床に伸びてか弱く首を振る姿をゆっくり眺めることなく、軽いセーラー服姿を引き起こし、片手でスチールロッカーを音高く開けると朝比奈さんを押し込む。

「いいですか朝比奈さん。よく聞いてください。今すぐ、今から八日前に遡行してください。いいから、とにかくしてください」

目元を潤ませていた朝比奈さんは、きょとんと、

「……え。でも、申請しないと」

「してください、すぐに！」

「八日前にですか？　あの、何時に？」

くそ、さっさと思い出せ。あれは何時何分だった？　朝比奈さんは何と言った？

キョンくんが八日前の午後――、

「午後三時四十五分。そこまで超特急で!!」

「は、はい……あれっ？」

小動物のような目で俺を見上げていた朝比奈さんは、さらに目を見開いて片手を頭に当てた。

「まだ申請してないのに、もう来ました。時空間座標……。八日前、二月七日午後三

時四十五分の——ここ？　えっ。最優先強制コード……？」

「行けば解ります。そっちで俺が待っているはずだ。そいつがどうにかしてくれます。よろしく言っといてください」

四時十五分まで十秒を切った。

驚いている顔の朝比奈さんにうなずきかけながら掃除用具入れを閉めた。スチールロッカーに阻まれて息づかいも聞こえない。

情けは人のためならず、ということわざがある。誰かに何かをしてあげたら、その何かはいずれ自分に返ってくるのだよってな意味だが、良くも悪くも自分の行為が自分に戻ってくる現象を今ほど実感したことはない。俺がここまで息せき切ることになったのは、二日前の俺が朝比奈さんの帰還時間を四時十六分などと指定したせいだ。その二日前の俺がその時間を選んだのは、二日後の俺がこれほどせっぱ詰まることをまるで想像していなかったせいだ。どっちにしても俺のせいか。

「朝比奈さん」

ロッカーに喋りかけてみる。返答はない。無駄だとは解っていた。八日前の俺へ向けた忠告を言付けることはできない。なぜなら俺はそんなことを聞かなかったし朝比奈さんも言わなかった。言いたくても時間切れだ。

腕時計の表示は四時十五分を三秒も上回っていた。

やけに静かだ。俺以外誰もいない部室で聞こえるのは、風の音色とそれに乗って中庭からやってくるぼやけたガヤくらいのものだ。まだ何かやってんのか？

俺は掃除用具入れの前に立ち、待ち続けた。

かたん──。

この音じゃなくてもいい、掃除用具入れの中に掃除用具以外のものが現れる音をさ。息づかいが聞こえなくとも気配で解る。単なるスチールロッカーが、まるでアンティークな調度品に変化したような錯覚を覚える午後四時十六分ちょうど。

俺は扉を開き、このために用意していたセリフを言った。

「おかえり、朝比奈さん」

二日ぶりに見るロングコートにショール姿。鶴屋さんの借り物衣装。

「あ……。えっと……」

朝比奈さんは照れくさそうにうつむいて、そして、ゆっくり面を上げた。清らかな瞳が俺をおずおずと見上げ、上目遣いのまま固定される。やがて仄かな笑みを形作った唇がそっと花を咲かせ、言葉をも生み出した。

「……ただいま」

これでゆっくり見つめ合うという叙情的な雰囲気を味わうことができたらよかったのだが、俺と朝比奈さんを取り巻く状況はそれを許さない。今着ている外出着から着替えてもらわねばならず、しかしまだ鶴屋さんから制服一式を受け取っていない。

しかたがないので朝比奈さんにはもう一度巫女さんになってもらうことにして、俺は部室を出るとドアにもたれ掛かった。

それにしてもハルヒたちは遅いな。都合のいいことではあったが、やけによすぎるのが気がかりだ。そしてもう一人、こっちはもう少し早く来てくれたら手間が省けたかもしれない人が紙袋を手にして歩いてきた。

「やっぽー。キョンくん、ゴメンよう。これ、みくるの制服と上靴。昼休みに渡そうと思ってて忘れてたよっ」

鶴屋さんは数歩で距離を詰めると、

「んで？　ハルにゃんたちは中庭で何かやってたけど、みくるはどうしたい？」

無言で部室扉を指した俺にニッカリ笑いかけ、鶴屋さんは自分の家の冷蔵庫を開けるような気安さでノブを回した。

「やぁ、みくるっ。着替えかい？　あー、ちょうどいいや。その服、ついでに持って帰るよ」

俺に片目を閉じて見せ、鶴屋さんは部室に入っていった。慎んで廊下の壁を眺める俺には見えないが、朝比奈さんの驚く顔なら容易に想像できる。何度も見たからな。

「手伝ってやろうかっ。着せ替え着せ替え。今日は巫女サービスデー？」

　朝比奈さんのあたふたした声と鶴屋さんの童女みたいな笑い声を聞きながら、俺は廊下に座り込んだ。朝比奈さんの生き別れの妹に貸したはずの服を、どうして朝比奈さん本人が着てこんなところにいるのかなんて、鶴屋さんにとってはどうでもいいことだろう。あんな説明に何の効能もないのは俺も彼女もよく解っている。それでもまったく気にしないのが鶴屋さんの偉大なところだった。一生頭が上がりそうにないな。

　俺が苦笑の面持ちでいると、長門と長テーブルを背負った古泉を引き連れてハルヒが戻ってきた。船ならば大漁旗をデカデカと掲げているような得意顔で足音高く、缶の中の小金をジャラジャラさせながら、

「どうしてみくるちゃんを連れ去ったりしたのよ。ブーイングものだったわ」

　あんな薄着であれ以上外に出しておいたら風邪を引きかねないと思ったんだよ。それにもったいないだろうが、朝比奈さんの特別衣装姿なら鑑賞料だけで五百円取れるぜ。

「まあ、そうね。あんたの言うことも解るわ。こういうのは出し惜しみしないとね。ありがたみが減っちゃうもの」

　第二弾の企画をすでに始めているのか、ハルヒは機嫌よく同意して、

「それよりキョン、びっくりしたわ。有希がいきなり残念賞を発表するんだもん」

ハルヒは長門の細い背をぱしぱし叩きながら、

「徳用袋入りのチョコレートがあるでしょ？　アルファベットとかが刻まれてるやつ。それを一個一個、クジに外れた連中に配ってあげたのよ。そんなの用意してたなんて驚き。有希、よくそこまで気が回ったわねえ。でも、いいアイデアよ。これで外れた連中だって、今度何かしたときも残念賞目当てで財布を緩めるってものよ」

長門目当て、の間違いではなかろうかと思ったが、長門の機転に感動を覚えるほうが先だな。その時間稼ぎのおかげで助かったよ。

「……………」

長門はわずかに身じろぎをして、早く部室に入って読書をしたいと言いたげな、俺にしか解らないような顔をする。

その時、部室の扉が内側から開かれた。

「あ、鶴屋さん、来てたの。どうしたの？　その服」

「やあ、ハルにゃん！　これはね、みくるに貸してたのさ。あたしは取りに来ただけ、お邪魔虫にはならないっさ」

鶴屋さんはロングコートを肩に引っかけ、残りの服を紙袋に入れて靴を指先でブラブラさせていたが、

「じゃね、ハルにゃん」

「うん、またね。鶴屋さん」

ハルヒとハイタッチをかわすと、最初から最後までまったく目線を泳がすことなく立ち去った。朝比奈さんのことも昼休みのこともまるでなかったかのような日常ぶりだ。ありゃあ真似できそうにない。大物過ぎる。あの人がいる限り鶴屋家は安泰だ。

「…………」

長門はふらりと部室に入り、本棚から無造作に本を選び、パイプ椅子を広げて座ると、さっそく読みふけり始めた。

俺が古泉を手伝ってテーブルを運び入れるのを尻目に、ハルヒは巫女姿の朝比奈さんが懐かしそうな顔をしているのにも気づかないで、

「みくるちゃん、今度思い切って高いお茶っ葉を買ってきていいわよ。軍資金はたんまりせしめたから。これもあなたの働きによるところ大だわ。喜んでちょうだい、みくるちゃん。この功績によってあなたはSOS団副々団長に昇進することが決定されたわ」

団長机の中をまさぐるハルヒの意気揚々たる姿を見ながら、俺は端の席を確保すると、テーブルに突っ伏して脱力した。

それにしても疲れた。ヘタに時間移動に関わると、つじつま合わせに奔走することになるってのがよーく解った。誰を責めようにも、そうしちまったのは俺なのだから

責任転嫁の矢印は常に自分に向いている。未来人はいつもこんな苦労をしているのか？　なら朝比奈さんには当分何も教えないほうがいいな。現在の朝比奈さんに精神負荷のかかる重い荷物を背負わせたら、あっという間につつかれたダンゴムシになりそうだ。

「その苦労のいくつかを僕にふってくれてもよかったんですよ。事後処理は僕の得意科目です」

隣にいる俺にだけ届く小声で囁きつつ、古泉はカードゲームのパッケージを破った。

「涼宮さんの計画なら、少しは見当がついていましたしね」

俺が顔を上げるとトレーディングカードをためつすがめつしながら微笑んでいる古泉と目が合った。ハルヒは「これに一番似合う髪型はどれかしらね」とか言いつつ、椅子に座らせた朝比奈さんの髪をあれこれいじくり回している。されている朝比奈さんが背中の毛をくしけずってもらっている猫のように目を細めているのを見て、

「お前、ハルヒがいつもと変わらない調子でいるとか言ってなかったか？」

「だからですよ。宝探しも市内探索も、いつもの涼宮さんがやりそうなことです。むしろ無理してでも普通に振る舞おうとしていたんですよ。まさか、あなたがバレンタインデーを忘れているとは涼宮さんでなくとも思いません。僕たち男子生徒にとってはもらえるアテがなくとも気になる日ですからね。当然、彼女はあなたがその日を気

にしていると思っていて、わざと素知らぬふりをしていたのです。二日連続の市内パトロールもその表れですよ。ひょっとしてもらえないのかな、と、あなたをヤキモキさせる計画だったんでしょう」

まとめて下駄箱にでも入れておいてくれてもよかったんだ。俺の靴箱は未来人専用の郵便受けじゃないんだぜ。

「局所的に普遍性を嫌う涼宮さんのことです。それでは面白くないと思ったのでしょう。それに宝は苦労して探しあてるもので、手に入れたときの喜びも大きいというわけです」

古泉はカードを吟味するように並べ、その手を休めずに、

「僕はたいそう嬉しく思いましたが、あなたは違うんですか？」

何だそれは、誘導尋問か？

俺が気の利いたリアクションを考えていると、

「そこ、キョンに古泉くん！　くつろぎ私語タイムは終了！」

大声がウトウトしていた朝比奈さんをビクリとさせ、俺と古泉の視線を集めさせた。

ハルヒはシニヨンに結った朝比奈さんの頭から手を離すと、

「では、講義を始めます！」

ホワイトボードをバンバン叩く。

「特にキョンと古泉くんはよく聞いてないとダメよ」

どことなく策謀家めいた笑みを閃かせた団長は、デキは悪いが性格は素直な生徒を前にした塾講師のような顔で言った。

「これから、三月に予定されているイベントについて講義します」

俺は来月のカレンダーについて考えを巡らし、

「ひな祭りか」

一瞬黙り込んだハルヒは、

「……そうね、それもあったわね」

忘れていたらしい。

「覚えてたわよ。目新しい行事を楽しくやるには故きを温ねることが大切なんだから、忘れるわけがないじゃないの。三月三日には、そうね、渡り廊下の最上階から雛あられを撒きましょう」

ひな祭りがそんな行事だったとは初耳だ。

「それはそれとして、三月はもっと別の忘れちゃいけないイベントがあるでしょ？」

ハルヒは特大の望遠鏡を銀河中心面に向けたときに見れそうな星空のような笑顔で、

「今日はその日のことを、あんたと古泉くん限定で脳ミソに刻み込んであげようっていうの」

いったい何を張り切って講義してくれるのか。

「ホワイトデーについてよ。三月十四日、この日はバレンタインにチョコレートをもらった人が義理だろうが何だろうがくれた相手に三十倍の恩義で報いなければならない日とされています」

いつもはブリンカーをつけられた暴れ馬なみに斜め前を突っ走っているっていうのに、どうしてこいつは都合のいいときだけ普遍性を取り戻すんだ。まあ三十倍ってあたりにハルヒ的インフレモードが働いているが。

「有希とみくるちゃんも今のうちに希望の品を言っておきなさい。この二人が」

俺と古泉を指差して、

「何でも好きなものをお返しに持ってきてくれるわ。恩返しする鶴がいたのは大昔、今は現代で、それも人間だってんだから、反物よりもっと素晴らしいものを返してくれるわよ」

ハルヒはものすごい勢いで口元を笑わせた。

「参考までに言っておくと、あたしが欲しいなぁって思うものはね、候補はいくつか思いついてるんだけど、今考え中。近々発表するわ。だいじょうぶよ、一ヶ月もあれば何とかなりそうなものにしてあげるつもりだから」

遠慮も何もないハルヒのことである。おそらくかぐや姫が求婚者にそうしたように無体なものを要求するに違いない。それが『邪馬台国畿内説を裏付ける物的証拠』とか『蓬莱島産不老不死の妙薬』的な無理難題でないことを切に祈りながら、俺は減らず口を叩いた。

「ただし、俺たちが宝探しに費やした程度の苦労はオプションでついてくるぜ」

言い終える直前にこれでは逆効果だと気づいたが、もう遅い。

「もちろん」

ハルヒは両眼にプレアデス星団をまるごと押し込んだような光を灯らせ、

「そっちのほうが楽しみよ。あたしが欲しいものをくれるんだったら火星にだって取りに行ってあげる。ねえ、有希、みくるちゃん。あなたたちもそう思うでしょ？」

朝比奈さんが遠慮がちに、長門が本に目を落としたままうなずくのを眺めながら俺は肩をすくめた。まるで呼吸を合わせたような、古泉とぴったり同じタイミングで。

主人公になれない人生

最果（さいはて）タヒ

自分が世界の中心でないということが、苦痛で仕方がなかった。物語のように、起承転結があること、伏線が回収されること、全然望めないのが苦痛だ。自分を傷つけた人間が、罰を受けることなどないし、努力をしたって報われない。そういうときに羨（うらや）ましくなるのは、物語の中にいる「主人公」たちだった。嫉妬（しっと）している。かならず終わりが来る、彼らの悩みなど、自分とは無縁のものだと思う。理不尽さはかならず回収され、カタルシスが生じる。そんな人たちに共感などできない。でも、そのぶんだけ、彼らは自分の理想を体現している。

誰にも邪魔をされたくない、絶対的な力がほしい、他人の感情の起伏になんか、巻き込まれたくない。

傲慢（ごうまん）だと思う。でも、本当はそう願っていた。努力が報われないことを、恨みながら、努力が必ず花開く物語の中の主人公を見ながら、本当はそう願っていた。努力とか関係なく圧倒的な力が欲しいのだ。世界すべてを覆すような存在で、ありたかったのだ。こんな傲慢な気持ち、恥ずかしくて、そうして、そんな理想を口にする暇もないほど、現実は理不尽にまみれていて、だから、直視などしなかった。欲求すべてをすりつぶして、なんとか社会に適応している、いい人になろう、なれなくてもせめて無難な人にはなろうと、必死だった。そんな自分に麻痺をして、いつか他人の傲慢さに苛立ったりもするのだ。自分のこと、世界の中心だとでも思っているんじゃないの。そう、つい頭によぎる、そのとき、わたしは自分の体を見失ったように、居心地が悪い。自分だって、本当は、そうでありたかったくせに。

他人が何を思っているのかわからない。でも、他人も同じように生きていて、私と同じぐらいいろんなことを考えている。都合とか、事情とかがあり、それをすべて打ち明けられるわけでもない。互いがすべてを理解することはできず、完璧な思いやりなどできるわけもないのに、相手の態度に人は傷ついてしまう。麻痺することはできるけれど、平気にはなれない。そうやって、嫌われていく。嫌われたいなんて、思ったわけじゃないのに。優しくしたつもりなのに。あいつは冷たい、と言われてしまう。

理不尽だ、世界の方が、わたしより。だから、わたしだって、本当は理不尽でいてもいいはずなんだ。

それでも力がなくて、技術もなくて、うまく相手にアピールもできなくて、いい人のふりをするほうが楽で、バランスを取るためだけに態度を変える。そういうことが「賢さ」だという世の中に染まりきって、私は自分の「理不尽さ」を、悪と定めて殺してしまった。

世界を私の瞳で観測すれば、私を中心に広がって見えることは当然なのだ。自分が生きているのだから、自分の人生において、自分は主人公である、普通のことだ。みんな傲慢だから、みんな衝突するんだし、正論を唱えたって、教室すら静かにはならない。

主人公ちゃんはずるい。十代の頃、物語を追うことが苦痛だった。主人公はなんだかんだで、努力が報われ、優しさを誰かに気づいてもらい、愛が誰かに伝わったりする。よかったね、とカタルシスを感じながら、自分が置き去りにされているような、感覚になった。設定とか世界観とか、そういうことよりも、まず物語という「終わりがあって」「つじつまがあう」ような、構造がそもそも非現実的にみえる。愛とか努力とか夢とか優しさとか、なんだかんだいいものとして描かれるのが非現実的。私にはあれらは無味無臭に見える。あったところで何かが変わるなんて稀だ。そういう現実に、本を閉じれば、ひとり、放り出される。私のことを、主人公だと思っているのは、私一人だ、っていう、そんな現実へ。

涼宮ハルヒシリーズを知ったのは、そんな時期だった。どうしようもなく、いたたまれなさがあった。それは、自分の欲求が見透かされているような気がしたから。主人公のように、認められたい、活躍したい、努力をして、立派に成功して、好かれたりしてみたい。でもその奥に、どうしようもないことの苛立ちや、悲しみで、世界を巻き込みたいとも思っていた。どこかで、「神様」みたいになりたいと、思っていたのかもしれない。そのことすら見透かされたように感じた。ハルヒの苛立ちや、憂鬱によって、暴力性が発露する。それに巻き込まれる人々がいるのに、彼女は無自覚で、その無自覚さもまた、私にとっては「図星」だった。誰にも非難されずに、罪悪感なんて持たずに、絶対的な力を持っていられたら。けれど、ハルヒは自分の力のことさえ知らず、憂鬱すら抱えている。彼女に憧れるたび、同時にこれまでにない、安心感がそこにはあった。どこまでも世界の中心で、どこまでも「主人公ちゃん」らしくある、彼女が、普通の学生のつもりで、普通の日常を生きているつもりで、普通の憂鬱を抱えている。そのことに、私は惹かれていたんだ、彼女の力に巻き込まれる人々、最悪な出来事、それらを解決するのが、ハルヒのそばにいた「普通の人」であることにも。どんなに日常の理不尽さに苦しんでも、私は、結局、日常の中での幸福を願っていて、あがいているだけなんだろうか。そう、気付かされた瞬間だった。

涼宮ハルヒに憧れている、そう感じるとき、私はいつも気恥ずかしかった。それは自分の欲求が暴かれているように思うから。そうして、それでもなんだかんだ、現実の、今の自分の憂鬱を、投げ捨てたいわけでもないと、わかってしまうから。現実を恨んだふりをして、それでも何かを諦めきれない。すこしだけこの薄暗さに陽がさしてほしいと、本当は願っているだけだ。友達と、くだらないことで時間を浪費し、薄っぺらい後悔をしながら、反省もせずにまた、同じ失敗をしてみたかった。そういうときに生まれる感情を、友情とか愛情とか語るのも、どこかめんどうで、現状維持を願いながら、それでも、足りなさがあり、不満に心が揺れたりもする。幸福になろうと、きっとすべてが満たされることはなく、その苛立ちすら、手に入れるまでは羨ましくみえていたりするのだろう。だとしたら、圧倒的な力だとか、世界の中心だとか、絶対に報われる努力とか、そういうものが、本当に欲しいものではないのかもしれない。自分や他人を恨むかわりに、そうやって世界を恨んでいるけれど、私はただ日常を、もう少しだけ楽しく過ごしたかっただけなのかもしれない。

十代を終え、もはや「青春」という言葉にどこか抵抗を感じ、鼻で笑い、達観したつもりで現実を揶揄していたけれど、そういう態度すらわかっていて、ハルヒシリーズは、心臓を貫いた、「青春への後悔」を、躊躇なく、丸裸にして、そうして駆け抜けていった。切なさが残る、それでも、その切なさが特別なもののように思えていた。私にとって、これはそういう物語。

本書は、二〇〇五年九月に角川スニーカー文庫
より刊行された作品を再文庫化したものです。

涼宮ハルヒの陰謀

谷川 流

平成31年 4月25日　初版発行
令和7年 1月20日　5版発行

発行者●山下直久

発行●株式会社KADOKAWA
〒102-8177　東京都千代田区富士見2-13-3
電話　0570-002-301(ナビダイヤル)

角川文庫 21556

印刷所●株式会社KADOKAWA
製本所●株式会社KADOKAWA

表紙画●和田三造

●お問い合わせ
https://www.kadokawa.co.jp/（「お問い合わせ」へお進みください）
※内容によっては、お答えできない場合があります。
※サポートは日本国内のみとさせていただきます。
※Japanese text only

ISBN 978-4-04-107420-6　C0193

◆◆◆

角川文庫発刊に際して

角川源義

第二次世界大戦の敗北は、軍事力の敗北であった以上に、私たちの若い文化力の敗退であった。私たちの文化が戦争に対して如何に無力であり、単なるあだ花に過ぎなかったかを、私たちは身を以て体験し痛感した。西洋近代文化の摂取にとって、明治以後八十年の歳月は決して短かすぎたとは言えない。にもかかわらず、近代文化の伝統を確立し、自由な批判と柔軟な良識に富む文化層として自らを形成することに私たちは失敗して来た。そしてこれは、各層への文化の普及滲透を任務とする出版人の責任でもあった。

一九四五年以来、私たちは再び振出しに戻り、第一歩から踏み出すことを余儀なくされた。これは大きな不幸ではあるが、反面、これまでの混沌・未熟・歪曲の中にあった我が国の文化に秩序と確たる基礎を齎らすためには絶好の機会でもある。角川書店は、このような祖国の文化的危機にあたり、微力をも顧みず再建の礎石たるべき抱負と決意とをもって出発したが、ここに創立以来の念願を果すべく角川文庫を発刊する。これまで刊行されたあらゆる全集叢書文庫類の長所と短所とを検討し、古今東西の不朽の典籍を、良心的編集のもとに、廉価に、そして書架にふさわしい美本として、多くのひとびとに提供しようとする。しかし私たちは徒らに百科全書的な知識のジレッタントを作ることを目的とせず、あくまで祖国の文化に秩序と再建への道を示し、この文庫を角川書店の栄ある事業として、今後永久に継続発展せしめ、学芸と教養との殿堂として大成せんことを期したい。多くの読書子の愛情ある忠言と支持とによって、この希望と抱負とを完遂せしめられんことを願う。

一九四九年五月三日